国家出版基金项目
NATIONAL PUBLICATION FOUNDATION

大国治村

李英　著

浙江文艺出版社
Zhejiang Literature & Art Publishing House

在美丽乡村建设中深情表达

（代序）

李炳银

中国的广大乡村，既是中国历史文化主要的基础源地，也是中国社会发展推进以至延续的重要的环境力量所在。在我看来，即使城市建设发展的地位不断提高，乡村的影响力量也依然存在。因此，在我国经历改革开放四十余年，城市的发展已经取得辉煌成就的时候，积极加强与推进乡村建设，使之能够与时代发展脚步协调，缩小城乡差距，发挥乡村特殊优势，让农民分享现代文明和国家发展成果，逐渐过上文明、法治、富裕、和谐的生活，是一个非常具有战略意义的抉择。

对于乡村建设，习近平总书记在浙江省任职的时候，就有很多深入的调查研究和思路清晰的倡导指引。及至今天，浙江在新农村建设方面，依然行动快捷，举措得力，实践创新，成果丰硕。"春江水暖鸭先知"，对于浙江各地在乡村建设中，在"千村示范、万村整治"工程中，所经历的过程和积累的许多经验，需要很好地总结、表达和推广。习近平总书记在庆祝改革开放 40 周年大会上指出："前进道路上，我们必须始终把人民对美好生活的向往作为我们的奋斗目标，践行党的根本宗旨，贯彻党的群众路线，尊重人民主体地位，尊重人民群众在实践活动中所表达的意愿、所创造的经验、所拥有的权利、所发挥的作用，充分激发蕴藏在人民群众中的创造伟力。"[1]

令人十分高兴和欣慰的是，报告文学作家李英非常敏锐和自觉地承担起了表现人民群众在家园建设发展中的意愿、创造和经验的有历史和现实意义的写作。这部《大国治村》，正是李英投身浙江乡村建设大潮，对几个具体的乡村深入采访之后，提供给读者的真实生动的故事与变化巨大的图景，令人振奋，感慨良多。相信这部作品，在浙江，乃至在全国各地开展乡村文明建设的过程中，会给人许多启发和实际的帮助，对于推进乡村治理和改变中国乡村面貌也能发挥很好的作用。因此，这部作品不仅在文学创作方面具有个性价值，在通过文学热情积极地融入时代，生动地书写新鲜的中国故事等方面，都有很好的示范性。

《大国治村》真实生动地描绘了武义县的后陈村，如何在胡文法等人的组织领导下，创造性地依靠合法途径，在村民的支持下，建立村务监督委员会，将权力关进制度的笼子，将一个贫穷、村务混乱、"前腐后继"、矛盾不断的上访村，建设成了经济发展、邻里和谐、人心思进、环境优美的新农村。"后陈经验"受到国内外相关部门的高度重视，甚至影响到国家相关法律的制定。作品同样真实生动地描绘了永康市塘里村，在毛遂自荐的村党支部书记孙朝厅的领导下，解决了村子群龙无首、矛盾堆积、环境脏乱、各项事业发展迟缓等问题，将德治融入美丽乡村建设之中，创造性地利用本村的历史文化特点，改造老旧房屋，发展旅游产业，使原本沉闷郁结的塘里村充满生机活力的情形。作品还真实生动地描绘了东阳市花园村，在邵钦祥的多年统领下，坚持走乡村工业发展之路，根据社会环境的变化不断调整产业结构，采用"村企合一、共同致富"模式，开创性地建立村级工会，加强自治发展，在成功开发红木家具、生物医药等项目的基础上，努力开展文化建设和旅游产

---

[1] 习近平《在庆祝改革开放 40 周年大会上的讲话》，新华社北京 2018 年 12 月 18 日电。

业，使过去"村名花园不长花"的花园村变成如今各业兴旺、花团锦簇、和谐富裕、一派繁盛的景象。作品真实描摹了淳安县下姜村在习近平总书记的亲切关怀下，成为几任浙江省委书记的基层联系点，通过近二十年的发展，形成了精准扶贫的"下姜模式"，成为中国脱贫攻坚和乡村振兴的典范。作品还抒写了杭州市临安区上田村发生的细微而又巨大的乡村变革，它是浙江省农村文化礼堂的发源地，又是浙江省第一个"微法庭"的诞生地，成为"枫桥经验"的升级版，成为"绿水青山就是金山银山"的实践者和获益者。后陈、塘里、花园、下姜、上田村的新旧变化，使人感受到了时代的潮流，同时也具体深刻地感受到了民间的智慧和力量。它提醒我们，在社会建设发展的过程中，必须重视和及时认真地总结基层的创新成果。联想到当年安徽省凤阳县小岗村农民的"大包干"行动，再看上述这几个村子的巨大变化，就非常强烈地感受到，基层很多源于实际的治理思路和建设法则，也许比有些凭空设计出来的机械简单的所谓"蓝图"更加富有价值。因此，《大国治村》提供的这些真实、生动、形象的典型案例，非常具有学习参考价值，是活的榜样，是十分灵动的乡村治理教材。

报告文学是在现实社会生活中生长的文学根苗，在与社会生活的相依相伴中成长和发展。李英的报告文学创作，很能够说明这一点。从和朱晓军合作创作《让百姓做主》开始，他就一直将关注的目光投向现实的社会生活，在生活中发现创作的题材与对象，寻找前沿的苗头和现象，并及时将这些发现、感受和认识真实地表达出来，扎根深，接地气，独特新颖，富有社会生活影响力。中国的文学创作，一贯主张"文以载道""经世致用"。这是一种鄙视空谈、看重内容价值的文学主张。它虽然不放弃文学艺术的方法与形式的追求，但明显更注重作品参与和影响社会生活的内容价值。报告文学就是一种经世致用的很好途径，它在真实的社会生活表达中发挥积极的建设作用，是割瘤的刀，是筑墙的砖，是成功者的知音，是趋向光明的引导！李英的这部《大国治村》，正是体现报告文学这些独特品质的例证。作品用真实质朴的语言对乡村振兴中的先行者进行描绘，充满钦佩，透出热情，对很多故事的叙述，对很多人物的刻画，令人印象深刻。

优秀的文学作品，总是因为作家紧密地投身社会生活历史场中而富有生命力和价值。我想，《大国治村》也有这样的质地和特性！

目 录

引 言

> 我喜欢塘里这个名字
> 如此朴素而充满想象力
> 我喜欢的爱情大概也是这个样子
> 荷花开的时候，那种纯白的颜色
> 让天空更蓝，树梢更软，竹林更充满弹性
> 人走在村里，可以像水波一样，一颤一颤的

我在浙江省永康市塘里村采访，在诗歌小巷的泥土墙上，读到了诗人大卫写的诗句。

塘里村是一个小村。并村前，塘里村只有 146 户，人口约 360 人。这个名不见经传的村子是三国东吴大帝孙权后裔的聚居地。

阳光朗照，蕉雨穿窗，天籁唱和，云卷云舒。

我已经第四次到塘里村采访，差不多可以当半个导游了。每逢节假日，村里游人如织，欢声笑语，安谧祥和，生机盎然。

美丽乡村建设，使塘里村闻名遐迩，每个来过这里的人都会被它深深吸引。在快节奏的发展中，塘里村走出了属于自己的独特道路。这里

的顾盼长廊、后山公园、劝学碑、千秋阁，还有雅致的塘里诗社及《塘里诗刊》，都是塘里村馈赠人们的礼物。

当我们站在新时代的门槛时，回望中国社会发展的滚滚洪流，不难发现，自中华人民共和国成立以来，尤其是改革开放以来，中国社会发生了千年未有的历史性变革。

我们的目光，再一次聚焦浙江这片生机勃勃的大地，新时代美丽乡村建设从浙江出发，全新启航。浙江已然成为习近平新时代"三农"思想的重要萌发地、中国美丽乡村建设的重要发源地，为中国乡村振兴提供了实践样本。

中国的美丽乡村建设梦想正在成为现实，而这里发生的每一个故事，都生动、独特又鲜活。

中国新农村建设始于 20 世纪初中国农村建设思想的萌芽，一百多年来，经历了从新村主义到以晏阳初、梁漱溟、卢作孚、陶行知等人为代表的民国乡村建设运动，费孝通的"乡土中国"研究，中华人民共和国成立初期的建设社会主义新农村，直至今天的新农村建设、美丽乡村建设这一漫长的发展历程。

社会学家费孝通先生是皓首穷经研究"乡土中国"的专家，对于农村建设问题有着天然的热爱和热情，有着诸多的研究和思考。早在 1936 年，他就进行了著名的"江村调查"，开始了他对中国农村建设问题的探索。《乡土中国》收录了他早期调研的成果，分别从乡村社区、文化传递、家族制度、道德观念、权力结构、社会规范、社会变迁等诸多方面分析、解剖了乡土社会的结构及本色。费孝通深入解读了中国传统乡村社会，认为中国是一个具有"乡土底色"的传统社会，乡土社会的核心是"土"，人和土地的关系构成中国农村社会的特殊性。

以农立国的中国，经过几千年的沧桑巨变，构建了费孝通先生所说的"差序格局""男女有别""礼治秩序""长老统治"等具有"乡土本色"的"乡土中国"。

　　费孝通在《乡土中国》中说："乡土社会在地方性的限制下成了生于斯、死于斯的社会。常态的生活是终老是乡。"

　　中国农民的"乡土中国"的梦想经历了漫长的历史过程，背后是沉重的历史代价和亿万农民的艰苦探索。

　　历史的变迁是不可抗拒的。

　　1949 年，毛泽东在雄伟壮观的天安门城楼向世人庄严宣告："中国人民从此站起来了！"中国将告别贫穷落后，走向富强繁荣。

　　旧时代的"乡土中国"自然而然地终结，扑面而来的是构建全新的"乡土中国"的滚滚热浪。

　　中国农村应该走什么样的道路？新的"乡土中国"是什么样的？中国应当怎样治理农村？中国学者与时俱进地探索着，中国农民不屈不挠地实践着。

　　1978 年，党的十一届三中全会的春风吹拂神州大地，中国进入改革开放时代。

　　1978 年 11 月 24 日，安徽省凤阳县小岗村十八个农民在要求分田到户的一纸"生死状"上按上了红红的手印。这份材料被称作"十八颗红手印"，被誉为"生死印"，掀开了中国改革开放史的新篇章。

　　2003 年春节前夕，时任中共浙江省委书记习近平到浙江省余姚市横坎头村考察调研。当时，这个山村没有一条水泥路，全村没有一个公厕。

　　2003 年 4 月 24 日，习近平书记到杭州市淳安县下姜村调研，把下姜村作为自己的基层联系点。从那以后，习书记始终牵挂着下姜村百姓的生活，先后多次到该村走访调研，为下姜村和当代中国农村的发展道路指明方向。

　　2003 年 6 月，在习近平书记的倡导和主持下，以农村生产、生活、生态的"三生"环境改善为重点，浙江在全省启动"千村示范、万村整治"工程，从全省四万个村庄中选择一万个左右的行政村进行全面整治，把其中一千个左右的中心村建成全面小康示范村。

2005年6月17日，习近平书记到浙江省武义县后陈村调研，对后陈村建立全国第一个村务监督委员会给予充分肯定。十多年过去，"后陈经验"已被写进《中华人民共和国村民委员会组织法》；党中央在全国推行国家监察体制改革，为改革全面推行和制定国家监察法提供了实践支持。

2005年8月15日，习近平书记在浙江省安吉县余村考察时强调："我们过去讲既要绿水青山，又要金山银山，实际上绿水青山就是金山银山。"①这就是著名的中国新农村建设的"绿水青山就是金山银山"理念，成为划时代的思想引领。如今，亿万中国农民正根据这一理念，在中国美丽乡村建设的大道上奋勇前行，走向社会主义生态文明新时代。

2017年10月，习近平总书记在党的十九大报告中指出，实施乡村振兴战略。农业农村农民问题是关系国计民生的根本性问题，必须始终把解决好"三农"问题作为全党工作重中之重。要坚持农业农村优先发展，按照产业兴旺、生态宜居、乡风文明、治理有效、生活富裕的总要求，建立健全城乡融合发展体制机制和政策体系，加快推进农业农村现代化。他还指出，加强农村基层基础工作，健全自治、法治、德治相结合的乡村治理体系。②

2018年9月26日晚，世界的目光聚焦在美国纽约曼哈顿，联合国环境规划署将年度"地球卫士奖"中的"激励与行动奖"颁给中国浙江"千村示范、万村整治"工程。从联合国官员手里接过奖杯的浙江省副省长彭佳学说："它是对浙江省5600万干部群众的褒奖，是对浙江

---

① 《人不负青山　青山定不负人——共同建设我们的美丽中国》，《人民日报》2020年8月10日第5版。

② 习近平《决胜全面建成小康社会　夺取新时代中国特色社会主义伟大胜利——在中国共产党第十九次全国代表大会上的报告》，新华社北京2017年10月27日电。

省在习近平主席指示和身体力行的推动下，努力建设美丽乡村的褒奖，也是对中国以乡村振兴战略推动农村可持续发展的肯定!"

在中国这样幅员辽阔、人口众多的大国中，该如何治村? 这是我一直关注的。在我看来，核心的问题和路径正是习近平总书记所指出的"自治、法治、德治相结合的乡村治理体系"。

在这个过程中，我关注到身边正在悄然发生的巨变。我看到了浙江省武义县后陈村人多年来对法治和民主的寻找，后陈村作为全国农村改革的典范，将被载入中华人民共和国的史册; 永康市塘里村洋溢着诗意的顾盼，他们把德治融入美丽乡村建设之中，让这个小山村成为新农村建设的一颗璀璨明珠; 东阳市花园村建立了村级工会，发挥自治的独特作用，使这个村庄里的都市迈向世界名村和世界强村; 杭州市淳安县下姜村作为习近平同志在浙江任省委书记期间的基层联系点，真正告别了贫困，成为诗情画意的社会主义新农村的典范; 杭州市临安区上田村建起全省第一个农村文化礼堂，打响了"文武上田"的品牌，成为"杭州后花园"临安的一道美丽风景线，闪耀在临安的百里画廊、千里长卷之中。

这是一个伟大变革的时代，这是一个乡村剧变的时代，这是一个值得讴歌的时代。

乡村振兴的号角已经吹响。亿万农民新的"乡土中国"梦想正在成为现实，他们的生动实践成为令世人瞩目的绚丽画卷。

在鲜花盛开的后陈村，在诗意荡漾的塘里村，在幸福欢乐的花园村，在凤凰栖居的下姜村，在春光明媚的上田村，你会发现美不胜收的秀丽风景，发现创新创业的时代精神，发现广大乡村的华丽转身。

在浪飞波涌的钱塘江畔，在翠竹掩映的天目山上，在满目葱绿的钱江源公园，在碧波万顷的千岛湖，在水墨金华的古婺州，你会发现中国农村社会的巨变，发现构建人类命运共同体的蓝图，发现中国提供给世界的智慧。

第 一 部

花开后陈

一辆套上三匹"马"的大车，在凌晨的雾色中响着清脆悦耳的蹄声，缓缓地朝世人走来。

我急急地走出家门，目的地是武义县的后陈村。

雨水好像也来武义赶入梅这场庙会，淅淅沥沥下了好几天，终于停下来。后陈村的空气格外清新，庄稼和路边的野草野花，被雨水冲洗得格外精神。

2004年6月18日上午10点多，一大群村民聚集在村办公楼院内翘首以待，穿铁灰色短袖T恤的胡文法和穿淡蓝色长袖衬衫的张舍南，满脸喜悦地将一块两米多高的牌子捧起来，稳稳当当地挂在村办公楼大门的一边。

牌子上写着黑色宋体大字——"后陈村村务监督委员会"。

他俩仰头看看，确认牌子挂正了，然后转身。掌声爆响。

中共武义县委副书记、纪委书记骆瑞生和县工作组同志们的脸上，顿时绽放出会心的笑容。

大门的另一边，挂着两块牌子：一块写着红色宋体字"中共武义县白洋街道后陈村支部委员会"，一块写着黑色宋体字"武义县白洋街道后陈村村民委员会"。三块披红挂彩的牌子，并排而立。

有人说：这代表着三种权力，村务监督委员会是"第三种权力"机构。

有人说：从此，中国农村开始三权鼎立，相互制衡了。

有人说：这等于有三个机构管一个村子了。

有人比喻，这叫作"三驾马车"。

如果说1943年2月6日河南省西沟村创建了全国最早的农业劳动互助组——"李顺达互助组"，拉开了中国建设社会主义新农村的序幕，如果说1978年安徽省凤阳县小岗村十八个农民以"托孤"的方式在土地承包责任书上按下鲜红的手印，拉开了中国改革开放的序幕，那么2004年6月18日浙江省武义县后陈村村务监督委员会牌子的挂出，则意味着中国农村基层民主从"秋菊打官司"式的上访告状，进入了村务监督委员会行使"第三种权力"——分权制衡、民主监督的阶段。

围着这块崭新的村务监督委员会牌子，村民们放起了鞭炮。

老实巴交的村民们做梦也想不到，自己正在做的是一件惊天动地的大事——其举动推动了全国基层民主制度建设的进程。

"后陈经验"引起了市、省，乃至中央领导的高度重视。

2005年6月17日，时任中共浙江省委书记习近平同志到后陈村调研，对"后陈经验"给予充分肯定。

2010年，武义县后陈村的经验，即建立村务监督委员会制度，被写入了《中华人民共和国村民委员会组织法》。可以说，后陈村的试点经验、武义县的改革精神、挨家挨户走访的群众路线，以及武义县委、县纪委勇于担当的工作作风，值得学习、借鉴。

2017年11月，全国人大常委会通过在全国各地推开国家监察体制改革试点工作的决定，为改革全面推行和制定国家监察法提供了实践支持。

无论是后陈村建立全国第一个村务监督委员会，还是国家监察体制改革的不懈探索，都是中国民主政治的伟大实践和创新发展。这一切离不开一群勇于探索的基层干部和群众，是他们推动了后陈村的发展，推动了中国基层民主制度建设，推动了中国法治社会的进程。

历史不会忘记他们！

第一章

上访村的阵痛

一

2003 年岁尾，"前腐后继"的村干部像一群闻到血腥味的鬣狗，赶不跑，轰不绝，深深困扰着武义县的三位领导，一位是中共武义县委书记金中梁，一位是中共武义县委副书记、纪委书记骆瑞生，还有一位是白洋街道工业办公室副主任胡文法。

县委书记坐镇一方，从基层党建到经济发展，从县域治理到国计民生，都是他每天要考虑的事。纪委书记主抓党纪执法，责任重大。而大面积"塌方式"的村干部贪腐案，大规模的群体性上访事件，给县域治理带来了严重的创伤和干扰。

就在这个节骨眼上，胡文法临危受命，被派往后陈村任党支部书记。

当时的后陈村，几任书记"前腐后继"，都丢了乌纱帽，是全县闻名的后进村、问题村、上访村。武义县委和县纪委为破解村干部腐败、村民上访不断的问题，选择走群众路线，以后陈村作为"麻雀"，进行解剖，做试点，实行真正的民主监督、民主管理和民主决策，从根本上维护村民的利益。

武义县位于浙江省中部，地处金衢盆地东南边缘地带，地势南高北低，中部隆起，丘陵起伏，山地延绵。武义县是一个山区农业县，海拔千米以上的山峰有雄鸡岩、乌龙尖、六千岗等 79 座，最高峰为牛头山，海拔 1560 米，属仙霞岭山脉延伸的分支。全县人口 33.74 万，辖 3 个街道，15 个乡镇，546 个村民委员会。面积 1577.2 平方公里，丘陵占 61%，山地占 33%，平原占 6%。

武义县历史悠久，唐天授二年（691），析永康西境始置武义县，隶婺州。相传武则天执政时，新设郡县均冠以"武"字，因县东有百义山，故名武义县。武义山川秀美、物华天宝，萤石储量居全国之首，温泉资源"华东第一、全国一流"，素有"萤石之乡、温泉之城"的美誉。武义还是新文化运动先驱、湖畔诗人潘漠华，著名经济学家千家驹，著名工笔画大师潘絜兹的故乡。

武义人自古淳朴，乡土感情浓厚。唐朝大诗人孟浩然在游历东南时曾写过《宿武阳即事》："川暗夕阳尽，孤舟泊岸初。岭猿相叫啸，潭嶂似空虚。就枕灭明烛，扣舷闻夜渔。鸡鸣问何处，人物是秦徐。"这正是武义县民风淳朴的生动写照，也是武义几千年来社会风物特征的一种文化表现。

位于武义县城东北的后陈村，是白洋街道管辖的行政村，坐落在武义江畔的平原地带。

平展的土地上，有几片大水域，如前湖、西塘和可塘，波光涟漪，把后陈村装点得颇有些杭嘉湖水乡的模样。村西有条很宽很长的武义江，自南往北波涛滚滚地流到金华，在金华与义乌江合并为婺江，婺江流进兰江，然后兰江又流进富春江、钱塘江。

那是一个难忘的冬天。

2003 年的冬天，特别漫长。老天爷天天阴沉着脸；村里村外树木多是光秃秃的枝丫，像一只只举起的手臂在使劲地晃动；池塘边、大江边的草一片焦黄，没有半点生气。

时近年关，按理说村民们应该置办年货了。可是今年村里静悄悄的，鸡不啼，狗不叫，没有一点动静；村民们蹲在檐下，坐在巷口，站在桥头，一个个如同泥塑木雕，对即将到来的年节无动于衷。

村民们三三两两聚在一起，并不说半句与年节有关的话，而是悄悄地、交头接耳地在谈论同一个话题。

什么话题？

村里要分土地款了！

村民们最最关心的是：村里收进的土地征用款到底有多少？这些钱怎么分？按户分还是按人头分？什么时候能够分？分现金还是汇到银行账户？分到手的钱能否自作主张派用场？……特别现实。因为只有把钱放进自家口袋，才是最最要紧的事、天大的事。

一直以来，村民们最不放心的是村干部大权独揽，暗箱操作。村里不论什么大事都让村民们觉得如坠云里雾里。村民们想盯住村集体收进的巨额土地征用款，可是，又盯不上。

为什么？

因为村民没有盯钱的权利，没有盯村干部的资格。

坦白地说，如果不是工业化、城市化大潮铺天盖地地扑到了小小的武义县，就不会有城乡接合部的开发区建设，就不会有后陈村村民做梦也想不到的土地征用。那样的话，后陈村仍然是一个数百年一以贯之的以传统农业为主的村庄，当然也就不会有巨额土地征用款，不会有村干部的贪污腐化，不会使后陈村因上访不断而成为全县闻名的上访村、问题村。

后陈村距武义县城 4 公里，由湖头、皮店、后陈三个自然村组成，334 户人家，900 多人口。村集体经济的主要收入来源为沙场、茶叶园、鱼塘承包和集体房租。

其中，湖头村紧挨武义江，原来有一个重要码头，武义人、永康人世世代代由此前往金华府城。当年湖头村有两条街道，两侧挤满客栈和店铺——据说仅酒肆、酒坊就有十八家之多，人口逾千，兴盛繁华，是方圆百里有名的大村庄。后来湖头村被洪水冲没了，河道西移，码头也消失了，村民们纷纷外迁，最后只存下少数几户。直至南宋绍兴年间，徽商程升山从皖南歙县黄墩村迁来，在湖头村东头开了爿皮货店，才重新形成村庄，村名就叫皮店村了。

到了明朝成化年间，又有义乌县人陈之模（富八公）从义乌双林乡下园西陈村迁到陈高山西侧居住。不久，为了方便耕种，又从陈高山西侧移到皮店村东侧。于是，就这样渐渐地形成了村庄，村名为后陈。

湖头、皮店、后陈三个自然村，虽然住着不同姓氏的人，但世世代代和睦相处，家家户户相互尊敬，子子孙孙没有纠纷，所以慢慢地发展壮大了，壮大到连成一片了。大家一起过着日出而作、日落而息的农居生活。

村里以陈姓为主，占总人口的51%，另有洪、叶、张、徐、何、程等姓。富八公陈之模白手起家，《始祖富八公传》载："相与区处谋划者数年，相与经营图度者数载，日夜辛勤朝夕不遑，爰立基址而室家以定。"经过数代人努力经营，到了第六代陈承志（宁七公，1689—1751）时，"为之家塾而诗书可传，为之田园而衣食有足"，与其弟陈承瑞（宁八公，1691—1746）矢志诗书，"非耕即读"，考取庠生，双列黉宫。此后，后陈村确立了"重公德风化，奖学励农"的传统。后陈村陈姓人氏历史上出过贡生5人，庠生、廪生36人，邑武生1人，太学生13人，被授予候选县丞、六品顶戴、八品职衔等官员7人。清朝末年废科举、兴新学，陈姓宗祠免费普及初小四年，升读高小以上者实行助学金制，因而，后陈村在民国时期出现了一批受过高等学校教育的人才。

由于屡遭兵燹，后陈村遗留的古建筑很少。现存较完整的陈氏宗祠是县级文物保护单位，占地 1160 平方米，坐北朝南，由照壁、门楼、前厅、中厅、后厅、两侧厢庑组成，平面呈"日"字形。中厅明间金柱上有乾隆年间进士朱若功撰写的楹联，字迹虽然模糊不清，但仍可见往日的峥嵘风度。

据《公议功德祠宇记》记载，陈氏宗祠从富八公的六世孙宁七公、宁八公发起兴建建议，族人各捐资材，屡次敛资数载，"始建于雍正庚戌（1730），暨乙卯（1735）而落成"。至咸丰七年（1857）进行大修，"造亭阁，创柜门，广围墙，饬栋宇，俨然庙貌增新"。

但修缮才过四年，陈氏宗祠又在太平天国运动时遭到全面破坏。20世纪 90 年代以来，陈氏宗祠进行了两次大修，现已成为村民了解村落历史的活教材和举行文化活动的主要场所。

说起这些历史，村民们有说不完的故事。

当然，当代也有值得村民们自豪的事情。后陈村曾经是全县"农业学大寨"的"红旗村"，可谓农副牧业全面发展。村民们跟上时代发展的步伐，村风村貌发生了翻天覆地的变化。改革开放初期，后陈村是全县领先的富裕村，不仅盖起了三层的村委会办公楼，修筑了全县第一条水泥路，还率先用上了自来水。在村民们的记忆中，那时一任又一任的村干部个个勤勉肯干，个个为百姓办事，个个值得大家信任赞誉。

但是想不到，金钱是妖魔，是鬼怪，它会让好干部变坏。

20 世纪 90 年代中期，如火如荼的建设高潮中，金丽温高速公路建设项目涉及后陈村，继而出现了村干部重大决策不公开、村务管理不透明、财务支出不规范等问题，出现了村民对村干部的信任危机，而且这种不信任与日俱增。

2000 年前后，因工业园区开发及城乡一体化建设需要，后陈村有1200 余亩土地被征用，土地征用款收入高达 1900 余万元。如何管好、用好村集体的巨额资金，成为村民们普遍关注的焦点。村干部的专权与村民们的关注引发激烈的矛盾，再加上部分村干部以权谋私，使得村干部的信任度彻底崩溃，村庄秩序严重失控，矛盾百出，村民们怨声载道。

就这样，后陈村从一个"红旗村"变成了问题村。

2001年12月，武义县农村审计站对后陈村自1996年至2001年11月的村级财务进行了全面审计。在审计报告中提出以下审计结论和建议意见。

审计结论：

（一）村务、财务公开不规范。村主要干部对村务公开认识不足，自从1999年公开栏建立后，没有把村务、财务的具体内容全部向群众公开，从而引起群众对村干部的疑虑。

（二）审计期间我们共收到群众来信28封，反映村财务方面问题的有16封，我们对村财务方面全部进行了调查，并经过1996年以来村开支发票的逐笔审核，未发现村主要干部有贪污、挪用问题。

（三）1996年以来，该村共向有关部门争取资金1588681.19元，但招待费开支也较大，为142122.84元，包括招待、送礼、钓鱼，平均每年招待开支为23687元。

建议意见：

（一）建议村两委对白条子抵库和应收款进行一次清收。该收回的应采取措施坚决收回。

（二）进一步规范村财务管理制度，严格控制非生产性开支。

（三）规范村务财务公开制度。一是公开的内容要齐全，对群众普遍关心和涉及群众切身利益的实际问题全部要公开。二是公开的时间要规范，每月5日前公布上月财务收支情况。三是公开的人员要落实。四是公开后，村两委要认真听取群众的反映和意见，对群众提出的疑问要及时作出解释，对群众提出的要求及时予以答复，对大多数群众不赞成的事要坚决予以纠正，真正让群众参与公开事务的管理，实行有效的民主监督。通过完善财务管理制度和村务公开制度，进一步密切党群干群关系，促进农村经济和社会事业的发展。

但是，村民们对这份官方审计报告很不满意，对诸如"公开不规范""认识不足"之类不痛不痒的表述不买账。

要知道，21世纪的村民，多有文化，多有头脑，而且多有法律意识。对于关系到切身利益的事情，想用打官腔的文章吓唬他们，想用甜言蜜语糊弄他们，想变戏法一样地欺骗他们，不管用，那都是应该进博物馆的老套路了。

听，村民们开口说话了。这是隔靴搔痒，糊弄百姓！这说明后陈村28封群众上访信并没有让上面引起高度重视。尤其是对审计报告结论中"未发现村主要干部有贪污、挪用问题"的表述，村民们更是议论纷纷，情绪激动。

一个月吃掉一万多元，这是陈岳荣、张舍南、陈联康等村民无论如何不能接受的。

陈岳荣是村民代表，他和其他村民一样，心里有杆秤。村里的钱是大家的、集体的，村干部哪能像花自己口袋里的钱一样，今天想吃就拿来吃，明天想喝就拿去喝，甚至连自己家里买把门锁都到村财务报销，真是太目无法纪了！

还有，村里沙场承包收进多少钱，都用到哪儿去了？餐费及烟酒等招待开支那么多，都招待谁了？土地征用款准备如何分配、如何使用？此类问题，村民们一点也不清楚，全被蒙在鼓里。1900万元的土地征用款，是挨家挨户分发给村民，还是集体保管，村民和村干部意见分歧很大。对村干部的不满和对村里现状的担忧，导致后陈村村民不断上访。

陈岳荣他们主张写信投诉，结果村民们纷纷响应，毫不迟疑地在投诉信上签了名，摁了手印。四五百名村民歪歪扭扭的签名和鲜红鲜红的手印，像火炉里飞出的火星，密密麻麻地布满了几大页白纸，灼得人眼睛生疼，灼得人心中生疼。

投诉信像断了线的风筝，有去无回。于是村民们开始一拨拨上访，少则几十人，多则数百人，不论是街道还是县里，纪委、信访局、检察院、法院，该递交的材料都递交了，该去的地方都去了。

就这样，后陈村成了全县有名的上访村。

但凡武义县政府门前有几百名上访群众聚集时，县里的机关干部们就知道，估计又是后陈村村民来上访了。

武义县委、县政府对后陈村村民的上访十分重视，每次都由县委、县政府主要领导接待。中共武义县委副书记、纪委书记骆瑞生就曾多次接待后陈村上访群众，与后陈村村民陈岳荣、张舍南、陈联康等上访带头人都很熟悉。

但是，后陈村的问题该怎么处理，怎么解决呢？

那些年，像后陈村这样的问题村很多，上访事件此起彼伏。尤其在城乡接合地区，开发大潮风起云涌，群体利益多元分化，经济利益纷争多发，农村治理面临困顿。有专家指出，农村社会治理正面临着社会矛盾调处风险期、集体信访纠纷激发期、公共服务均等化需求急增期和基层治理能力现代化准备期的"四期叠加"挑战，高速发展的集体经济带来频繁的利益纷争，成为首要的不稳定因素，甚至严重影响了中国经济社会的平稳转型和执政基石的稳固。

21世纪之初，后陈村在武义已经成为闻名全县的问题村。时任后陈村党支部书记不到一年就因为挪用公款被开除党籍。他刚当选村支书时也曾经受到村民的拥戴，可是不受制约的权力导致他挪用公款，从而失去了村民的信任。村民们天天上访，把他拉下了马。于是，整个后陈村乱成了一锅粥，过去的村支书成为陌路人。他心灰意冷，把村里的房子租给别人，自己则在邻村开了一爿轮胎店，平时即使回村也不串门，收了房租就回他那爿小店，小店成了他的家。

早在1999年，武义县柳城畲族镇的乌漱村就曾经查办过一起村干部贪腐案。时任乌漱村党支部书记兼出纳吴某贪污村里投资水电站的分红后，做假账贴在村务公开栏里，当晚就被村民揭下来告到了检察院。检察院查证属实，依法逮捕、起诉吴某。最后，法院认定他侵吞集体资产7.5万余元，以贪污罪判处有期徒刑十年。

新华社浙江分社摄影记者王小川得知检察院准备将被贪污的公款还给村民时，专程赶赴武义采访，采集了检察官向村民返还公款的新闻组图，以《武义：村务公开，村官下台》为题发表在1999年3月25日的《人民日报》华东版上，在武义这个小县城引起了不小的震动。

而我，也深受震动，并陷入深思……

村务不公开，决策不民主，蒙得了一时，蒙不了一世，给村务管理敲响了警钟。群众的眼睛是雪亮的，终有一天会觉醒。随着工业化和城镇化的快速推进，集体资产迅速增加，一些村干部因为权力不受约束而滥用职权，村民对村委会不信任的程度加剧，村庄内部矛盾加深。这是严重影响农村社会稳定和谐的大事情，是严重影响农村经济发展的大事情。

当时的后陈村只是20世纪末21世纪初中国农村治理乱局的一个缩影。中共武义县委书记金中梁、纪委书记骆瑞生和后陈村新任党支部书记胡文法敏感地意识到，破解村务财务管理混乱的村庄治理危机，是农村民主政治建设必须面对的一个重要课题。我深以为然。

二

2004年1月4日，胡文法在白洋街道党委副书记、纪委书记徐向阳陪同下，来到了后陈村。

胡文法，后陈村人，个子较高，满头黑发，红铜色的脸上时常略带微笑，随和当中透着几分刚毅，穿着半新半旧的夹克，一看就知道是饱经风霜、踏实做事的乡镇干部。

后陈村办公楼二楼会议室里，村两委成员、党员和村民代表们坐得满满的，有的交头接耳，有的大声说话，但每个人都笑容满面。有不少村民是赶来看热闹的，会议室里面坐不下，就站在过道上，里三层外三层，把会议室挤得水泄不通。

徐向阳代表街道党委宣读了任命文件。

当后陈村的党支部书记，等于将屁股坐到火坑上去。这一点，胡文法心里早早地明白了。

可是他更知道自己是后陈村人，他和家人的户籍关系一直都在村里没有迁出来，坦白地说，心中或多或少与村里还有难以割舍的情分。

几天前，村民张舍南特意跑到街道办事处找他说："文法，咱后陈现在已经成了全县后进村，名气可大了。大在哪？一个字，'乱'哪！"

没等胡文法提出问题，张舍南紧接着说出此行目的："我看只有你回村里去，后陈才可能有挽回局面的希望。"

胡文法说："我离开后陈已经多年，对村里情况不大了解。"

张舍南说："不管怎么说，你从小在后陈村长大，人头熟，闭着眼睛也能说个道道出来。"

胡文法说："我在街道工业办公室上班，管着一摊子事，还要做联村包片工作呢。"

张舍南感到一下子无法说服胡文法，心中不免有些失望。他呆呆的，不知如何收场。但在临走时，他扔下一句话："为了村民利益，我们要继续上访，直到把问题解决！"

张舍南前脚刚走，后脚又来了几个后陈村村民。有说到街道办来办事的，有说到县城来买东西的，都说只是顺便拐过来看看胡文法这个老邻居的。

就这样，村民们走了一拨又来了一拨。胡文法心里明白，他们跑到街道办，其实话里话外都表达着同一个意思：希望他回村当掌门人。

后来听人家说，张舍南早就把书面请求报告送到街道办去了。

改良版的"三顾茅庐"。

胡文法不得不认真了。

胡文法祖籍在永康——武义县东边。他祖父那一辈时正值抗日战争时期，日本鬼子驻扎在他们村庄不远的地方，三天两头进村烧杀抢掠，闹得鸡犬不宁。对于荷枪实弹的日本鬼子村民们心惊胆战，不得不东躲西逃。眼看着地里庄稼成熟了，胡文法的祖父只得无奈地带着一家老少离开祖祖辈辈生活的地方，一路颠沛流离，好不容易来到武义县后陈村落脚。

后陈村坐落在武义江东岸，宽阔的武义江原是水上大通道，后陈村里有三三两两的店铺，在当时还算热闹。

胡文法祖父带着全家人在武义江边开荒，靠沙地里极为可怜的收成养家糊口，日子过得极为贫困，然而还算安稳，毕竟来到这里可以少受日本鬼子的欺凌。

武义江两岸有不少村庄，但是没有桥梁，没有渡船，人们来往得绕一个大圈子，极不方便。胡文法的父亲找来木头做了一艘长长的木船，开始干起摆渡的营生，后来大家就叫他胡长船了。那时，胡文法父亲为人摆渡，多是尽义务做好事，并没有收入，偶尔碰上来往于集市的生意人，会给他一点钱。渡船方便了两岸的村民，胡文法父亲认识的人多了，也在村里赢得了好口碑。这对他们这样的外迁人来说，是不容易的。而更重要的是，渡船成了他们一家人的栖身之处，祖孙三代每晚挤挤挨挨地睡在一个船舱里，住的问题就这样解决了。

后来，后陈村的人可怜他们，让他们在岸边搭了个小茅屋，就算有个家了。

胡长船一家就在这样艰苦的环境中生活。从牙牙学语的娃娃到毛头小鬼，从青春少年到满头白发的老人，一年三百六十五天，祖孙三代每天在武义江两岸劳作，喝的是武义江水，看的是武义江上的日月星辰。

新中国成立后，胡家在村里建了低矮的泥瓦房，有了真正意义上的家，成了地地道道的后陈村村民。胡长船还被推选为后陈村高级农业合作社社长——相当于现在的村委会主任，成了后陈村村民的主心骨。他和村民们一起斗地主、分田地，组建互助组、合作社，每天为村里的事忙得不着家。当时的后陈村还没有党支部，胡长船很早就在上邵村党支部加入了中国共产党，1956年被上级派回后陈村当第一任村党支部书记。胡文法的母亲李兰芬1958年入党，当了村妇女主任、副大队长，一干就是几十年。

那时，村里也没正儿八经的办公室，开会就在村干部家里开，大家就围着八仙桌坐，坐不下就搬个凳子在边上坐，或者干脆坐在门槛上。

村干部没有什么误工补贴，全是尽义务，忙完了村里的事，再做家里的事。大到婚丧嫁娶，小到鸡鸭丢失，村民们都要找村干部。胡文法父母亲作为村干部，为乡邻们解决困难热情周到，办事不带任何私心杂念。他们早早立下规矩，不收受村民任何礼物。

有一次，村里有个青年和邻村姑娘谈恋爱，按农村风俗已办了订婚手续。可过了一阵子，女方突然要退婚，男方父母眼看快上门的媳妇要"飞"了，一段美好姻缘就要断线，急得像热锅上的蚂蚁——团团转。男方托媒人上门游说，请亲朋好友过去疏通，全被拒绝，女方父母就是不松口。最后，女方终于放出话来，除非请村干部来说情，才会应允。男方只得心急如焚地找到胡家，胡文法父母满口答应，立马换上干净衣裤和鞋袜，然后按乡风民俗，带上了一篮熟鸡蛋、一篮熟花生，到女方家拜访。就这样，双方家庭终于消除隔阂，圆了这段姻缘。男方感激不尽，拎了一只芦花鸡登门致谢，胡文法父母不肯收礼，好话说了一大箩筐，才让村民拎着礼物回家。

父亲经常教育胡文法，做人要心胸开阔，不要贪小便宜。别人给你送五百，你就会想要一千，贪欲不会满足，人心不足蛇吞象。其实不拿人家的钱，家里有一块钱就已经很好了。父亲对他说："做人、当村干部都一样，人家说你这个人做事很硬，这才是最大的肯定和收获。"

胡文法受到父母的言传身教，从小就被灌输了老老实实做人、老老实实做事的观念。当了几十年村干部的父母亲，就是胡文法最好的榜样。

但是，如今一切都变了。

难道不是吗？村民们已经和村干部闹得水火不相容了，上访、告状、围堵、谩骂……已成为后陈村的家常便饭。

那么到底有什么不可调和的矛盾呢？问题到底出在哪里呢？村民们为什么要"三顾茅庐"请胡文法回去呢？他区区一个街道工业办公室副主任，势单力薄地回去，能为村里做点什么呢？

胡文法自然也听到了要他去后陈村当书记的风声。胡文法做人刚正不阿，铁板钉钉——硬到家了，这是大家一致公认的。他也是一个肯吃苦的人，虽然只有初中文化程度，但自从十六岁开始当学徒修柴油机，和齿轮、螺丝这些机械物件打交道后，他对发动机的每一个部件都了然于胸，很快成为当地远近闻名的机修专家。邻近三个村的村民，小到自行车、三轮车有故障，大到发电机、拖拉机趴着不会动，都会找上门来请他修理。胡文法态度和蔼，人也勤快，从不拒绝，乐呵呵地帮人家捣鼓捣鼓就修好了，还从不收人家一分钱。后来，他被招到社办企业的机修厂，从普通工人一直干到车间主任、厂长。再后来，他又被提拔为街道工业办公室副主任，在企业管理、财务管理等业务方面，早已驾轻就熟。组织上要他回村任职，就是看中他既有政治头脑，善于思考，敢于担当，又有企业管理和农村工作的经验，是党组织可以信任的人。

那些天，后陈村的村民找他，一些和他要好的朋友也找他。有朋友对他说："你都快五十的人了，土埋半截了，还去当村支书，折腾啥？"

胡文法不由自主地深思、苦思，弄得好几天彻夜不眠。

想不到仅仅过了两天，街道办主任就代表组织找胡文法谈话了。

主任说："后陈村已经成为全县闻名的问题村，上游两个村子也不稳定，群众上访不断，我已经没办法了，只得派你去后陈村当书记了。"

胡文法听说过，上邵村出现了大片的违章建房，地基像私有一样，菜园、自留地随便转换，房屋不按规划放样，随便搭建，违章建筑像雨后的韭菜一样齐刷刷地冒出来；下邵村也因为土地征用款问题，村民三天两头上访。然而，比较起来，最乱的还是后陈村。

胡文法知道主任的话无法拒绝，但还是不由自主地说："我已经住在白洋渡十多年了，村里情况也不大了解，村里的事也从来没有管过，当书记没经验。"

主任说："你就别推了。街道对后陈村的情况，看在眼里，急在心里。大家一致推荐你去当村党支部书记。这不是空穴来风。你在街道工作多年，有丰富的工作经验。但更重要的是你人品好，不贪不占，做人做事光明正大，组织上放心。"

胡文法被说得感动了，眼睛都湿漉漉起来。

他想：自己毕竟是组织的人，怎么能不服从组织？怎么能对组织的信任视而不见？怎么能将村民们的满腔热情拒之门外？……

"你这次回去不仅仅是救急、灭火，更重要的是抓稳定、抓发展。"主任毫不含糊地说，"给你三个任务：一是把村里的乱摊子收拾好，尽快稳定下来；二是把制度完善起来，找到根治问题的办法；三是代表组织考察村里下一届班子人员，把村两委建设好。至于你的个人待遇，街道也作了充分考虑，完成任务回来，就给你中层领导待遇。"

胡文法说得也很明确："工作我会尽力去做，至于待遇不待遇，我从没考虑过。"

平地一声雷，胡文法回村任党支部书记的消息传遍了后陈村。村民们奔走相告，把这当作后陈村的一件大事情。

徐向阳宣读完白洋街道党委的决定，没等胡文法开口，会议室里就像炸开了锅，急不可待的村民们争先恐后地站起来，你一言我一语地抢着说话。

"村里账目多年不公开，我们要求清查！"

"听说土地征用款都被村干部拿去投了保险，几千元回扣被私底下分掉了。"

"说得好听的保险，村里十六岁到六十岁投同一险种——等被保险人过世以后，保险受益人可获得 1200 元赔偿。大笑话呀，笑掉牙呀！十六岁的人等到过世以后才有 1200 元赔偿，这不等于拿钱打水漂，白白地送给保险公司吗？"

"村里沙场包出去，早就挖过界了，也没人管。"

"几百万、上千万元的土地征用款，该怎么分？"

"村里的招待费高达几十万元，都招待谁了，吃的什么山珍海味？"

还有说得更直接更厉害的："村干部花天酒地，不管老百姓死活。"

胡文法一边抽烟，一边静静地听着，心里想：干部和群众之间的积怨怎么会如此之深？矛盾怎么会如此之多？……

这个会开得像山歌里唱的那样："天上布满星，月牙亮晶晶，生产队里开大会，诉苦把冤伸。"

村民们一个个苦大仇深的样子，或控诉，或咒骂，这个还没骂完，另一个又挤进来骂。骂人也是个力气活儿，有的人骂饿了，跑到外边买张麦饼，吃完回来接着骂，没完没了。

这真是会有多长，骂声有多久。

据说以前村里经常开会，一开就开到凌晨一两点钟，骂人的和挨骂的都挺不住了，也就散会了。现在，胡文法第一次参加会议，没想到就是这样的"马拉松会议"。

骂人是语言技巧的演绎，是感情与态度的体现，也是一种阐述见地的方式。胡文法一边在本子上记录，一边轻轻地点头。

徐向阳坐不住了，大声地说："请大家安静一下，胡文法第一次参加会议，大家总得听听他的讲话吧!"

掌声噼噼啪啪地响了起来。

等大家平静下来，胡文法语气和缓地开口说："我虽然这些年很少回村里来，可是心里永远装着我的乡亲邻里。我这次回来工作，需要大家支持。我们村究竟出了什么问题，刚才大家提了一些，我已经记录了，但要好好梳理，好好核实。来日方长，我回村当党支部书记不是一天两天的事情，哪些问题需要先解决，大家提出来，我们一起想办法解决。我们先易后难，把问题一个个解决掉，好不好?"

听着胡文法实实在在、通情达理的话，望着胡文法黝黑的额头上那几道深深的抬头纹，几多熟悉感、几多亲切感、几多踏实感、几多信任感，不知不觉在村民们心头油然而生，好像他从来没有离开过后陈村，没有离开过乡亲们。

三

后陈村有胡文法光屁股时的童年伙伴，有曾经朝夕相处的街坊邻里，还有堂兄堂弟、七姑八姨、表姐表妹一大串，真可谓"爹娘亲娘舅亲，打断骨头连着筋"。虽然他在外工作多年，但各种信息通过不同渠道都会传到他的耳朵里，尤其是村里乱象丛生的传闻，让他的耳朵都磨出茧子来了。

随着如火如荼的开发区建设，后陈村大片大片的土地被征用，一幢幢高楼、一排排厂房，像雨后春笋般噌噌噌地冒出来。看! 到处都是施工工地，到处都是机械作业，到处都是人声鼎沸，到处都是热火朝天的景象。

但是外人不知道，在大开发、大建设的大潮之下，后陈村涌动着一股暗流，一股不小的、有相当冲击力的暗流。

这股暗流是被村里的掌权者高高在上、目无法纪的气焰逼出来的，这股暗流就是村民们日益不满的愤怒情绪。

村民们开始悄悄地行动，对村里的账务进行调查，搜集各方面的信息，开始没完没了、大规模地上访。

有个村民姓陈名忠荣，不由自主地被卷进这股暗流。他当时还是村党支部委员。可是像他这样的班子成员，对村里的账务也一头雾水。他是个血性汉子，跟其他村民一样坐不住了。

普通村民怎么样可想而知。

村民们只听说村里有上千万元的土地征用款进来，但谁也说不清具体数目，谁也不知道怎么安排。作为普通村民不知情可以理解，但是村班子成员也两眼一抹黑，实在是荒唐。

当时的村党支部书记一手遮天，大小事情一把抓，天大的事情一个人说了算，活脱脱一个"土皇帝"。

在陈忠荣家里，经常聚着情绪激动的村民，陈岳荣、张舍南和陈联康是常客。

陈岳荣从20世纪90年代末开始，曾经先后四次带领村民集体上访，是闻名全县的上访"头目"。

张舍南是20世纪70年代末的高中毕业生，在村里算得上是文化人，早些年外出养珍珠蚌，是村里数一数二的富裕户。

陈联康曾经当过后陈村生产大队副大队长，有天不怕地不怕的胆量。

他们在村民中都有很高的威信。

陈联康开口了："我们几次去村里查账都无功而返，还受一肚子气。"

张舍南说："堵得住黄鳝洞，塞不了狐狸窝。要制止村干部胡来很难啊。忠荣是村干部，堂堂村支委和我们一样不知情，真是大笑话。"

陈忠荣憋着一肚子火说："书记是极端听不进人家意见的人，是一个很专权很自以为是的人，而且得一望十，得十望百，贪得无厌。为了村民最关心的事情，我和他吵过无数次了。他肯定也在心里记恨我了。"

张舍南站起来大声地说："忠荣，你要站出来为村民说话！村民们一定会支持你的。"

陈联康拍了一下桌子："得饭望饱，闹事望了。"然后用征求意见的口气说："看来我们要两条腿走路，一是调查村里账目往来，一是继续上访！"

正当大家讨论怎样上访的事情时，有人跑来说："外面有人打架了。"

大家跑出去一看，原来是村支书和村里一个老人家在吵架，还动了手。

这个敢和书记吵架动手的老人家身份有点儿特殊，是县保险公司一名会计的岳父。围观的村民越来越多，表情大都漠然，但显然都是同情和支持老人家的。

老人家对村民们说："大家都来评评理，他仗着是书记，就欺负咱小老百姓。还有大家都不知道的事，村支书和村委会主任用村里的土地征用款投了保险，而且数额不小，96 万元呢，回扣就是村支书和村委会主任拿的。"

村支书振振有词地说："保险是为每个村民投的，十六岁以上的村民都投了。"

这么一说，围观的群众就闹哄哄的，说什么的都有了。

"这么多钱投保，我们为什么一点都不知道？"

"给十六岁以上的人都买了保险是什么意思？"

"村干部的心都在想些什么鬼花样！"

"让村支书说说，村里的钱都去哪儿了？"

这次打架对村支书来说是孔雀开屏——屁眼自露，把 96 万元土地征用款拿去买保险的事给抖了出来。要不然，村民们还被蒙在鼓里，不知道有买保险这回事呢。

没过几天，陈忠荣他们又得到一条线索，前两年建高速公路时碰到后陈村的一条小溪，需要改道砌护坡，县里给后陈村补助了7万元。

陈忠荣他们找到村里的会计盘问。会计说："没有啊，从来没有看到这笔钱进来。"

这在后陈村不亚于又投了一颗重磅炸弹，成为全村人谈论的话题。村民们再也不相信村干部了。但大多数人敢怒不敢言，因为上面不重视，村民们拿村干部没办法。

陈忠荣坐不住了，急匆匆找到张舍南、陈联康几个人，说，后陈村再也不能这样下去了，必须向上级部门反映情况。

他们几个先是到县农业局查询，农业局的干部说，7万元补助款早拨下去了，都快一年了。他们回来又问村里的会计，会计说确实没有收到过。

钱到哪儿去了？

他们通过朋友去街道办再一次查证，钱确实早已下拨。

于是他们连续几次到县里、街道上访。村支书终于感到再也隐瞒不了，慌手慌脚地把7万元钱交给了村里的财务。

陈忠荣他们穷追不舍，最终敲定，村财务收据上的日期和街道拨款日期整整相差十一个月。

村民们愤怒了，拨款后过了十一个月才把补助款交到村里，这不是挪用公款吗？如果不去查的话，这个钱会交出来吗？大家知道，挪用公款数额巨大是要负刑事责任的，村支书把7万元挪用了将近一年时间，居然逍遥法外，安然无恙！

还有溪滩畈问题。

那是2001年，武义县工业园区开发建设以后，沙石料供不应求，价格一路飙升。谁拥有开采承包权，谁就像有了一台印钞机，钱就像水一样哗啦啦地流进来。

前些年，乡政府在与后陈村相邻的郑进村办过农场。农场地不够，按照上级意见，就把后陈村的土地划给他们了。后陈村村民当时是不同意的。

后来，郑进村在这块土地上办沙场，矛盾果然凸现出来。土地是后陈村的，郑进村凭什么挖沙、卖沙、赚钱，坐享其成？

于是，后陈村村民三五成群地去运沙路上拦车。但人家开的是轰隆隆的铁怪兽一样的拖拉机、翻斗车，村民们赤手空拳，怎么拦得住！于是，两地村民一天到晚打口水仗。

沙场老板拍着胸脯说："我们采沙都是合法的，一有合同，二有土管部门许可证。"言外之意，他们在县里有后台。

没有不透风的墙，后陈人终于了解到其中的一些内幕——原来，街道的书记插手沙场承包了。

当年，这个书记用的车是一辆解放牌吉普车。给他开车的驾驶员和邻村的一个书记把那片沙场承包了下来。显而易见，这承包本身就有猫腻。能说街道书记没份吗？事情明摆着，有街道书记插在中间，吵架这种习以为常的事情当然不会及时解决。

村民们看在眼里，气在心里。

有一次，运沙车开出来时陷到了坑里，沙场老板一个电话打到街道办，吉普车带着钢索开过来把运沙车拉出来。那时，吉普车是街道办最好的也是唯一的公务用车，沙场老板竟然可以呼之即来。

吉普车在前面拼足马力拉，后面的运沙车吭哧吭哧从陷坑里往上爬，活脱脱一台老牛拉破车的滑稽剧。

后陈村村民远远地站在路口看热闹。这些看热闹的大多是上了年纪的老大爷、老大妈，别看他们年老体弱，却是每次上访的主力军，谁也不能拿他们怎么样。这会儿，他们看着吉普车吭哧吭哧地爬坡，很生气。自从郑进村办沙场后，后陈村的路被压得坑坑洼洼，一塌糊涂，晴天灰尘漫天，雨天水漫金山，根本没法走。

村民们说，沙场在我们后陈村的地面，运沙的路也是后陈村的，有一段还是后陈村以前向下邵村买来的，可是沙场的经济效益，后陈村一分也得不到。再说这吉普车，那时候乡政府穷，买吉普车的钱是各村出的份子。后陈村也出过钱，可是如今公家的车在给私人干活，还耀武扬威地拿乡政府吓唬人。村民们越看越生气，越说越愤怒。

当吉普车开到村委办公楼门前时，很多村民有意无意地站到路中间，不让过。吉普车先是放慢了速度，但并没有停下来的意思；过了一会儿，反而加大油门……想轧过来，还是吓唬吓唬人？

村民们怒不可遏——"乡政府的车想撞人啦！"

围观的人越来越多，村里的男女老少都向村委办公楼这里聚拢，几百人把吉普车围了个水泄不通，争辩声、谩骂声混杂在一起，简直像火山喷发一样。

村民们想要捍卫自己的利益，但并不知道违法的后果。于是，有些年轻人上去敲打吉普车，想找地方解解气。

"把吉普车翻了！"有人大声喊叫。

年轻人们一齐喊了起来："翻！一、二、三！"

仅仅三五秒钟的时间，吉普车就被翻得底朝天，四只轮子骨碌碌地朝天旋转。

"街道办不解决问题，这车就别想开走！"

大家吭哧吭哧又把车翻回来，然后推到办公楼前的院子里，锁了起来。

刺耳的警笛声越来越近，派出所干警赶来了。他们是来解救吉普车和驾驶员的。村民们不约而同地上前把干警围了起来，你推我拽的，气氛很紧张。

面对愤怒的人群，干警们不知所措，乱了阵脚，只能带着吉普车驾驶员从围堵的人群中硬挤出去。村民们在后面怒吼着，追赶着。

村民们愤怒的情绪终于有了一次发泄的机会。他们说："咱们村村民想当年可是活捉过汪伪军的，有的是胆量。"

对活捉汪伪军的故事，村民们记忆犹新并引以为豪。

那是 1942 年 6 月 26 日，一小队汪伪军共八个人，抢掠完上邵村、下邵村后，进入后陈村。一进村，他们就闯入农家翻箱倒柜抢东西，还有抓鸡的、牵牛的、抲猪的。村民们大都逃到附近山上去了。当时，村里年轻力壮的程大熊有两支枪，又有几个同村青年陪伴左右，发现汪伪军在上邵村抢东西后，就悄悄地躲藏在村中。他们看到汪伪军放下枪到这家那家抢东西，就跳出来把汪伪军的枪收了起来，并开了三枪，向山上的村民们发出缴枪成功的信号。村民们一边呼喊，一边拥进村来，堵住各条路口。八个汪伪军除了一个逃到江边妄图潜水逃脱而淹死外，其余七个全被抓获。愤怒的村民们用锄头、柴刀将七个汪伪军砍死。这就是他们口中的"后陈大捷"。到了 7 月 15 日，日本侵略军进村追查八个汪伪军失踪之事。一进村就堵住路口，把全村男女老少都赶到空地上列队追问，将刀枪架在村民们的脖子上威吓。村民们从容不迫地回答："不知道!"日本侵略军就开始疯狂报复，把湖头村六十余间房子烧毁，杀害了村民陈樟廷、陈德新（第三天死去）、陈联达，一直折腾到傍晚才退出村去。

如今，村民们说起活捉汪伪军的故事仍然眉飞色舞，隐隐约约地透出一股骄傲：别小看咱后陈人哦!

看着锁进院子的车子，村民们傻笑着说："胜利了，胜利了!"

然而，翻车、扣车事件震动了武义县委、县政府。

对于这种突发事件，自然有常规解决办法。

派出所先把带头的几个人都抓起来，该警戒的警戒，该拘留的拘留，把闹事的先压下来。

夜已经很深了，陈联康和几个上访带头人也作为嫌疑人，被带到派出所做笔录。

小小的派出所里灯火通明，被带到派出所审讯做笔录的人太多，除了涉嫌闹事的当事人，还有很多亲属、朋友也跟着来到派出所。他们有的坐在走廊的长条凳上，有的蜷成一团蹲在院子的树底下，有的哈欠连连，有的抽烟解闷，有的低头不语。

民警喊："陈联康进来！"

陈联康仿佛从梦魇里被惊醒，打了个激灵从地上站起来，准备进屋。这时，守在旁边的妻子、儿子立马围上来，扯住他的袖子说："你可不能承认。"

陈联康笑了笑说："共产党最讲实事求是，我没啥好怕的。"

他走进办公室，灯光亮得很刺眼，刚才在院子里黑乎乎的，一下子亮堂得让他很不适应。

审讯的干警先给陈联康拍了照片，正儿八经地开始审讯。

干警："希望你好好交代问题。"

陈联康断然说："我没问题好交代。"

干警："别跟我装糊涂，交代什么，你心里很清楚。"

陈联康坐在凳子上，一副岿然不动的样子。

干警："这次翻车事件有预谋、有组织，你是不是策划者？"

陈联康："全是村民自发的。"

干警："没人组织，为什么那么齐心？"

陈联康："村里财务乱得不能再乱了，村民们早就心怀不满了，拦运沙车也不是一天两天的事。"他说得没有半点含糊。

干警："翻车时，你在现场吗？"

陈联康："我在现场。"

干警："那怎么解释和你没关系？"

陈联康哼哼一笑："我就站在村委办公楼那棵大树下面。我是看热闹的。"

干警："你必须把事情讲清楚！"

"我已经讲得很清楚了！"陈联康的语气极肯定。

独虎好擒，众怒难犯。就这样，陈联康和其他几个带头人被关了一夜，最后因为证据不足，第二天就被放了出来。

过了几天，陈联康在武义三中工作的女婿赶到家里，对岳父说："你别再去凑热闹，村里乱得一团糟，咱惹不起啊！"

陈联康说："看到村干部又贪污又霸道，我的气不打一处来！"

女婿说："你带头上访，替人垫刀背、冒风险，我们做晚辈的整天提心吊胆，怕你遭人报复。"紧接着又说："我们学校食堂正缺人，我已向校长推荐你去管食堂。你当过副大队长，又有文化，年纪也不大，校长对你很满意。"

陈联康闷声不响地愣在那里。

女婿说："校长已经同意，这机会很不容易，你就别犹豫了。"

陈联康思前忖后，最后还是同意了女婿的安排。难得女婿有这份孝心，再说村里的乱局也真让人寒心，恐怕不是三天两天能治好的，三十六计，走为上计，走掉了眼不见为净。陈联康摇摇头，叹了一口气，心里五味杂陈。

他离开了他的故乡后陈村。

武义县纪委介入，对后陈村村支书进行调查核实，街道党委很快就把村支书免职了。村里的党员干部集中到武义县委党校办培训班，统一思想，提高认识，维护稳定，促进发展。

我多次到后陈村采访，村民向我描述当时的乱局，说："上级对后陈村采取了很多措施，可是这一切，似乎对后陈村都不奏效。"

村党支部因此改选了，新的党支部书记干了一年多时间，又出了问题，很快被开除了党籍。

后陈村面貌依旧，矛盾重重，问题多多。村民们仍然匆匆忙忙地奔走在上访路上。

第二章

胚胎的孕育

一

住在白洋街道十多年的新任后陈村党支部书记胡文法，搬回后陈村住了。

一大早匆匆走出家门，他先沿着前湖绕村子步行，转来，折去。

虽然住在白洋街道好多年了，但他对村里的一草一木、老街小巷，还是很熟悉的。走着走着，童年的小伙伴们调皮捣蛋的音容笑貌，隔壁的老头老太颤巍巍的模样，像电影镜头一样接二连三地涌现在他的脑海里。

胡文法不由得感慨：后陈啊后陈！你是生我养我的地方，你的一切早已经渗进我的血液，融入我的生命。为了你——虽然我已年近半百——我不管花去多少心血，付出多大代价，全都理所当然呀！

后陈村地处武义江畔，早晨的天气特别清爽、凉快。村民们已三三两两地在田间地头劳动。他们看到胡文法，一个个都和他打起招呼，有的还停下手中的活，走近来叨叨几句。胡文法就村里的事请大家支招。

村民们觉得胡文法是真心实意回村来，是想好好为村里办事的，所以都乐意向他反映情况。

张舍南远远地看见了，大声喊道："文法，咋这么早？"

"早起已经成习惯了。"胡文法说道，"舍南，我们村的事你应该最清楚。村民们眼下最关心的是什么事，你得多给我说说，参谋参谋。"

"文法啊，一家人不说两家话，村民们眼下最关心的是村里的土地征用款怎么个分法。"

"说得好，我也认准是这事！"

胡文法回村后多次召开座谈会听取村民意愿，挨家挨户走访，征求大家意见，大家反映最集中的就是土地征用款的问题。他把村里近三年的账本复印下来，一页页认认真真地看，仔仔细细地看，反反复复地看，甚至叫老婆也帮着看。

真是不看不知道，一看吓一跳：这里面疑点、猫腻不少，真让人如陷云雾深处啊！

例如，村干部去派出所办一个暂住证，原本只需二十元，可请客吃饭倒要花几百元。再例如，做一个工程，请客送礼动辄上万元。此外，账本里面还有什么钓鱼费、香烟钱，其中有一些还涉及街道和县里。真是深不可测，问题多如牛毛。

张舍南说："现在村民们特别紧张两件事：第一件是村里到底有多少钱，都用到哪儿去了，账目一定要公开；第二件呢，听说村里还有几百万元，大家要求分钱到户，那么怎么分？"

胡文法说："你看准的问题，正是村民们最关心的问题。账目正在清理，春节前要公布。至于土地征用款怎么分，村两委要讨论，还要向村民代表征求意见。总之，这两件事春节前都要有个明确的结果。"

张舍南说："好！你回来了，大家心里平和了许多。"

胡文法说："村里的事情要办好，还要靠大家一起努力。"

张舍南说："你啥时候用得着我们，我们一定会出力。不瞒你说，我和陈忠荣几个都是村里上访的带头人。我们去县里上访已经像到外婆家一样熟门熟路了。上访次数多了，我们连信访局的干部都混得很熟了。这次你回来了，我们几个才没有去上访。村民们早盼着你回来解决问题呢！"

胡文法说："很快就到年关了，怎么着也得让村民们过一个安稳年。问题要先易后难，一个一个解决。"

张舍南连说："对，对，对。"

胡文法走到村口又碰到了陈玉球。她是村支委、村妇女主任，健壮的腰肢上别着一大串钥匙，有办公楼的、会堂的、祠堂的……其他村干部不管的事都归她管。她就像一个大管家。

陈玉球说："文法，你没来时，我们心里都急死了。"

胡文法说："我既没有三头六臂，也没有灵丹妙药。以前老人们说，八两换半斤，人心换人心。我首先要用真心诚意换得村民们的信任，因为要把村里的事情办好，得靠大家齐心协力。"

胡文法经过一阵子夜以继日的工作之后，基本上摸清了村里矛盾百出的根源所在。那就是村里财务不公开，民主监督和民主决策缺失；权力过分集中，书记和村委会主任两人说了算，项目想给谁干就给谁干，想收多少好处就收多少好处；村干部以权谋私，侵占村民利益，胆子太大了。村里问题多，群众意见大，可想而知。

胡文法理出头绪，准备快刀斩乱麻，给村民一个满意的答复。

胡文法在街道工作时经常参加各种各样的会议。他觉得最有效的就是民主恳谈会。每一个与会者都可以开诚布公地谈问题，都可以直截了当地讨论解决问题的方案，没问题也可以讲讲心里话，很透明，很民主，很公平，效果很好。他觉得，要解决村里的问题，开民主恳谈会是一个好办法。

想了好几天，他下决心开几次民主恳谈会。但是农村开会只能放在晚上，白天大家各忙各的，人也凑不齐，总不能耽误日常劳作吧。

就这么着，晚上开会，开一次会，讨论解决一个问题。胡文法下决心了。

第一次民主恳谈会从专题讨论投保问题开始，然后，以此为契机，讨论成立村民财务监督小组。

此前，村支书和村委会主任用96万元投保，开始时只为他们两个人投保，是个人分红险。村支书、村委会主任说，如果盈利了，钱还是集体的。几千元的回扣就神不知鬼不觉地进入了他们个人的腰包。后来呢，又说给十六岁到六十岁的村民投意外保险，被保险人过世以后，保险受益人可领到1200元死亡赔偿金。但是怎么投的保，投了什么险种，村民们什么都不知道。

在民主恳谈会上，村两委成员、党员干部、村民代表都来了，而且还把保险公司业务员也叫来了，目的就是要把问题放到桌面上来讨论。

胡文法在会上说："保险公司的人也来了，请你讲讲买这种保险有什么效益，看看大家是不是愿意投保。如果村民不愿意，怎么办？"

听保险公司业务员介绍完投保问题，大家你一言我一语地开始发表自己的意见。

"这个保险投了有什么用呢？十六岁的人等到老死才可以返还本金，而且只有1200元的死亡赔偿金，那怎么合算呢？"

"这个保险业务是前任村支书的堂叔的妹妹的女儿做的，是村干部利用权力为亲戚谋利，还拿回扣，本身就是不廉洁的表现。"

"用近百万元投保，这么大的事，也没开过村民代表大会，这绝对是不民主、不公开的。"

噼里啪啦一番议论之后，胡文法让大家表态：投还是不投？

与会者异口同声地说："不投！"

村委会主任无可奈何，在会上作了自我批评，明确表态会把收到的回扣退回去。

保险公司业务员也当场表态，回去立马办理退保手续。

胡文法最后作了会议小结："我们要充分尊重村民的意愿，既然大家都反对投这个保险，我们就不投了。"

简明扼要地说到这里，胡文法倒挂葫芦顺放瓢，把话题顺势而转。他说："以后，村里的钱怎么花，我们要成立一个机构来监督。有了监督机构，类似的问题就不会出现了。"

会场上响起了一阵热烈的掌声。

会议虽然开得像马拉松，大家都有些累，但总算有了结果。大家都说："这样的会值得开，再累也值得开。"

村民们并不知道胡文法瞄准的其实是村民们特别关注的头号问题：如何管好钱、用好钱，如何让村民们放心、满意。

2004年春节一过，刚刚有点桃红柳绿，胡文法就着手召集村两委成员和村民代表开会。

在这次会议上，胡文法提出，要建立一个财务监督小组，这是他回到后陈村后几十天来日思夜想的头等大事。

他认为，船到江心补漏迟，早早防范，才能把不合理的支出管住，才能让村民们放心，才能叫村民们少上访、不上访。他估计村民们这边肯定没问题，但是村委会主任会同意支持吗？他心里七上八下，有点吃不准。

他打了个比方：村集体经济就像门口这个池塘，一边需要用制度把堤岸巩固起来，不让它漏水，一边希望全村人努力把池塘的水蓄起来，蓄满了才能备日后之用。

村民们听得云里雾里的，弄不明白。

胡文法说："我们农村是集体所有制，也就是说，整个村子的土地、房屋乃至一草一木，每个村民都有份。我认为，村庄相当于社会上的股份制企业，每个村民就相当于股东。因此，我们不妨参照股份制企业的管理模式，在村内设立一个相当于监事会的机构，来加强管理。"

与会人愈听愈糊涂了。村民们压根儿不知道股份制企业里的监事会是怎么一回事。

"简单地说就是监督企业经营与财务的机构，能够看住管住花钱、用钱和批准用钱的人。"

"哦……"与会者好像听懂了。

为了这个方案，胡文法翻阅了许多法律、法规和文件，设计了后陈村的"监事会"，草拟了财务管理制度。他将财务管理制度初稿和成立后陈村村民财务监督小组的想法提交大会讨论。

胡文法清了清嗓子说："今天会议的第一个议题是建立后陈村村民财务监督小组。"他介绍了建立这个监督小组的原因，监督小组将由几个人组成，将怎么样开展监督工作，等等。

想不到没等他把话全部说完，就迅速得到了大多数与会者的响应和拥护。

后陈村的会风好转了，不再像以前那样乱糟糟了。

胡文法来了以后，给大家定了规矩：第一，村民代表大会每次都围绕一个议题就事论事；第二，不能打断别人发言；第三，发表意见要出于公心，你既然代表村民来发言，就要为村里谋划，不能在会上为自家争利益；第四，要服从决议；第五，不能会上不说，会后乱说，到关节点上又推卸责任。

就这样，开会秩序好了，效率也高了。而最主要的，还是村务公开民主了，村民们的怨气逐渐消失了。

胡文法让村两委各条线制定各种规章制度，汇总起来有厚厚的一大本。

但也有人说，胡文法太死板。

胡文法觉得，有了制度，做事才有依据，才有规矩。

他说："制度好像是关鸟的樊笼，只有把权力关进笼子，才能从源头遏制贪腐。只有制度才能真正加强管理。我们用制度管的是人，依靠制度来管人，一切工作都好办了。这在任何地方都是行得通的好办法。

"同志们啊，不是我胡文法讲大话、讲空话，这是我的心里话，按制度办事实际上是减少人犯错误的机会，还能够减少干部和群众之间的误解。如果没有制度，就会出现各种各样的问题、各种各样的矛盾。到那时，群众就不信任你、不支持你，你就什么事都干不了。如果群众支持你，提出来的方案得到响应，你就能干成事业，你就有成就、有威信。"

胡文法的想法很朴素。他说，在台上讲得再多，下面的人不来听你的是没有用的，所以还得有制度。

胡文法说："要想让村民信得过，村两委就得改变过去的做法，真正做到民主管理、民主决策、民主监督。我认为，首先要在财务上做到公开透明，让村民明白、放心、信任。村民明白了，放心了，信任了，还村干部一个清白，村干部才能心情舒畅地工作。"

大家听着听着，都频频点头表示赞同。

那么，具体应该怎么做呢？

后陈村财务管理制度规定得很详细。

例如，生产性支出与非生产性支出，规定多少额度要由村民代表讨论通过，多少额度要由村两委讨论通过。又如，村里的招待费标准，每人每餐最高不得超过二十元，原则上不提供香烟，而且招待费报销不仅要提供发票，还要附上菜单，注明接待的单位、人数。

有人提问："制度定起来了，如果不落实、不执行，怎么办？"

胡文法说："制度要落实，必须要有监督，有人去管。我们可以先建立一个财务监督小组，相当于村里的'监事会'。"

胡文法毕竟在街道的机关里工作了几十年，说得头头是道，考虑问题全面、周到，很现实。

按胡文法的设计，"监事会"成员从党员和村民代表中选举产生，条件是：要有一定的文化，要懂财务；能坚持原则，有正义感；不是村两委成员的直系亲属。不过，正副组长要由村两委委员担任。

好！就这样，后陈村村民财务监督小组就建了起来。

后陈村财务管理制度中规定，日后每张发票，都要先由财务监督小组的人签字，再由村委会主任签字，才能报销。而且，账目要向村民公示。

财务监督小组成立后，财务公开透明了，胡文法的工作也顺风顺水了。

让胡文法这位基层的党支部书记想不到的是，他发明创造的这个财务监督小组，居然是中国农村村务监督委员会的胚胎。

二

为了讨论土地征用款怎么用，胡文法特地召开了第二次民主恳谈会。

他回村时，后陈村账上还有600多万元，街道还有60多万元征用款没打进来，此外还有一些应收款未收，总共加起来约有800万元。这些钱大都是村里的土地征用款。全村有1200亩土地被征用了，占后陈村土地的一大半。起初，土地征用费标准很低，一些山坡地每平方米才6元，费用高一些的每平方米也只有18元至25元；后来才提到每平方米40元。40元，还不够买一包高档香烟，村民们有口难言。昨天土地还是村里的，什么时候被征用了，推土机、挖掘机就会开进来，眨眨眼睛的工夫，就造起了厂房，建起了大马路，盖起了高楼大厦。

世世代代守了千百年的土地说没就没了，村民们心里本来就憋着一股气。再加上可怜得不能再可怜的土地征用款打进来后，账目混乱，村务不公开，土地征用款总共多少钱，已收进来多少钱，人家还欠村里多少账，等等，村民们都不清楚，怎么能没有怨气，怎么不怒火中烧？

胡文法回来前，村民们心里早就在盘算着怎么分钱。前村委会主任说每个人分4000元，前村支书说每个人分6000元，各自想着自己卖人情。但到底如何分配，一直争执不出结果。前村支书因为村民上访举报被查处，这个事就被搁下来了。

胡文法新官理旧事，接手了土地征用款分配问题这么个烫手山芋。村干部已经承诺过要分土地征用款，但面临的情况很复杂：村干部的误工费很多都没结算；外面又有欠账，做的工程有些还没付工程款，每天都有人上门讨账。

此外，村里还有二十几户因为"农转非"等问题无法确定该如何分配土地征用款。有的是人在户口不在，有的是户口在人不在，有的是新嫁进村里来……各种情况都有，可以用"十分复杂"四个字来形容。而各方面的人因为利益关系，分到的钱少了或分不到钱，都会来闹事。还有人早早放出狠话，要是不解决好这个问题，过年就上胡文法家里去吃住。

俗话说，一丘番薯一丘芋，冬天不用开谷橱。过去，生产队每天评工分，稻谷、玉米、毛芋都按人头计算，能图个温饱。村民们说，我们虽然不会赚大钱，但过去总归还有点田地，种点毛芋什么的，日子还能过。现在土地卖掉了，就没有田种了，去打工，企业又不要，村民们都觉得心里没底。

有一次，村两委开会时，就有一个老人走到胡文法后面，拍拍他的肩膀，说："你们要是不分钱，就把我那点田还给我，我自己种点毛芋还能活下去。"

有人哈哈大笑，说："你想得美！你那点田上早就盖起高楼了。"

而作为村党支部书记的胡文法则在考虑大家没想到的问题——假如把土地征用款全分了，以后村集体经济怎么发展，没地种毛芋的村民拿什么填饱肚子……

后陈村没有桂林那样俊美秀丽的山川，没有瑶琳仙境那样奇幻神秘的溶洞，没有杭州西湖那样碧波荡漾的景致，没有东阳卢宅那样雕梁画栋的古建筑，没有磐安高海拔村庄那样可以避暑的气候优势，没有松阳杨家堂村那样幽深曲折、光怪陆离的小巷，没有白居易、苏东坡那样的文人，也没有西施、杨玉环那样的美女，因此，后陈村不可能像有些地方一样凭借自然或人文资源搞村庄旅游，让村民有事干、有钱赚，无忧无虑地过好日子。

这是明摆着的现实。怎么办？

胡文法在街道办工作多年，对经商办企业稔熟于心。他认为，只有壮大村集体经济，后陈村才能持续发展，才能有实力为群众办事，才能让村民世世代代放心过日子。

胡文法苦苦琢磨了好几个不眠之夜，一个设想慢慢地在他脑海里成形了。

可是，用什么办法才能够说服大家呢？村民们会支持吗？

不知道。

听说这次专题会是讨论土地征用款的分配问题，来开会的人就特别多。除了村两委成员、党员干部、村民代表，很多普通村民都来了，又把会议室挤得满满的。

胡文法在会上说："大家都知道，我们的土地都是祖宗留下来的。今天我们把土地征用款分掉了，分光了，过几年，今天分的钱花完了，我们怎么生活？过八年、十年，我们的子孙怎么办？他们要不要生活？他们将来吃什么、喝什么？……"

想着分钱的村民，被胡文法连珠炮似的提问弄得一时语塞。

他接着说："我们能不能想办法让村里的钱生出钱来呢？就像老母鸡生蛋，能够不断地生下去呢？"

"怎么个生法？"

"建标准厂房出租，村里收租金，让村民每年都有分红。"

"建标准厂房？你们村干部是不是又想找捞钱的机会了？"眼看就要到手的钱让胡文法给拦下了，有人光火了，指着他的鼻子大骂，"没想到来了新的村支书，村民还是得不到利益！"

"天下乌鸦一般黑，看来胡文法也是一只会吃人的老虎。"

等大家骂够了，骂累了，胡文法不温不火、不紧不慢地接着说："村民的利益肯定要考虑。但是，这利益有长远利益与眼前利益的区别。眼前利益是把钱分去，家家户户口袋鼓鼓的，欢天喜地。但过不了多长时间，有的家里装修把钱花光了，有的被人集资集去拿不回来了，有的去赌博输掉了，有的做生意血本无归了……请问各位村民，请问我的父老乡亲，大家以后的日子怎么过？怎么过？？怎么过？？？"

整个会场被胡文法的一连串问题问得鸦雀无声。

过了好长好长时间，有人缓过气来，轻声附和："这倒也是……"

那么怎么办？长远利益怎么个长远考虑？

胡文法坚持原有观点，板上钉钉地说："建标准厂房出租！"

这就是胡文法到后陈村之后考虑的另一个大问题。把钱一分不留地全部分掉，村民肯定最高兴，最放心。但是，以后村里还能拿什么分给大家呢？怎么保证村民衣食无忧呢？八年十年乃至更长的几十年几百年后，村里的子子孙孙怎么过日子呢？当然，大家可以出去打工，但是城市里有这么多就业岗位吗？本来村里有土地，村民种点庄稼、蔬菜什么的，不管怎么样都能自力更生填饱肚子，但是没了土地，日后谁来帮助农民解决吃饭问题呢？村民们拿什么来填饱肚子呢？

这是一件关系到家家户户切身利益、子孙后代吃饭问题的大事情。

胡文法认为，这个问题才是后陈村长治久安保稳定的关键所在，才是他作为后陈村党支部书记要做的头等大事。

"我们不能捧着金饭碗要饭吃啊！"

胡文法分析给大家听："后陈村建标准厂房有几个优势：一是离县开发区近，这是地理优势；二是后陈村有一批村民早年曾经开厂办企业，懂行，这叫行业优势；三是可以为企业做配套服务工作，比如供应快餐，比如开洗衣店、小餐馆，比如办幼儿园，等等，这是近水楼台先得月的优势。"紧接着，他又补充一句："建标准厂房出租，每年都有租金收入。好像挖了一条渠道引进水来，可以源源不断地享受。村里有了租金收入，就可以分给大家。因为租金年年收，所以大家年年可以分到红利，衣食无忧。"

然而，村民们担心："会有人来租吗？"

胡文法说："家有梧桐树，不怕招不来金凤凰。"

说到这里，立刻有人站起来表示赞同了。

"这个主意太好了！后陈村离开发区近，很多企业都在找厂房，村里建标准厂房出租，很好！"

于是，整个会场你一言我一语的，又热闹起来。

有的说："做事确实要留后路，要瞻前顾后。不能光看眼前，不顾长远。"

有的说："土地征用款少分一点，留下来建标准厂房。好主意！"

有的问："那么，分土地征用款是不是要定几条原则？"

灯不拨不亮，话不说不明。

与会者经过激烈的讨论，最后终于形成了一致的意见：

一、春节前先按人均 3000 元分配土地征用款，没有异议的人员张榜公布，若有异议，村里再讨论讨论，拿出个原则意见来应对处理。

二、村里立即请人做规划，好好地建一批标准厂房。

就这样，村民们虽然眼前拿到的钱少了些，但都表示愿意接受建标准厂房的方案。道理讲得清，顽石也动心。因为道理说透了，大家明白了，放心了，气也就顺了。

大家期盼着胡文法给村里带来富裕、带来幸福，信心更足了。

三

一天，胡文法和村里的几名干部正在商量如何建标准厂房，有人冲进会议室说："不好了不好了，沙场那边打起来了！"

郑进村沙场事件没有平息，后陈村沙场里又打起来了。

胡文法叫上几名村干部立即赶到现场。

后陈村沙场有 55 亩，在武义江边的沙滩上。原先沙场合同规定，承包人先开挖 20 亩，回填后再开挖另外 20 亩，然后再挖 15 亩。可实际上呢，承包人挖了 20 亩以后没有回填，却夜以继日地把 55 亩全挖了，而且还变本加厉，在 55 亩以外的沙滩上也开挖了。

整个沙滩坑坑洼洼、满目疮痍，低的地方积了水，随着开挖范围的扩大，水面变得越来越大。

张舍南带着一些人在沙场丈量，另一拨人则在运沙的路上堵车，双方争执不下，剑拔弩张。村民们心里憋着一股气，他们都是自发来丈量的，误了工又没有谁给他们误工费。为了这事，村民们已经多次上访，县里之前也召集当时的村支书、村委会主任和承包工程的老板到街道办事处开过协调会，但最终不了了之，没有彻底解决问题。

据说承包人心里也窝火。因为他曾经和村里有一个口头协议，再增加 10 亩地挖沙，他支付 3 万元一亩的承包款。道路难行钱作马，城池不克酒为兵。为沙场的长久之计，承包人还把当时的村支书和管理沙场的几个人请到江西景德镇去"潇洒"了一回，吃香的喝辣的，享受了一阵，私底下给村支书、村委会主任都"意思"过了。但一运沙，仍有大批村民出来阻挠，所以承包人觉得，村支书、村委会主任太不仗义了，没有把村民摆平。

村支书、村委会主任收了好处费，但是并没有经村两委、村民代表大会同意，只是口头允诺承包人开采，自然在村民们面前无法交代，无奈之下只能由着村民们出来阻挠。何况村支书、村委会主任再怎么傻，也不会公开承认是自己同意承包人开挖的。

村民们上访，协调，没有成功；再上访，再协调，仍然没有解决问题。

这样来来去去几个回合，双方都没有耐心等待了。

最后，承包人一状告到中共武义县纪委。县纪委一查，问题出来了，承包人给当时的村支书、村委会主任送了 3 万元钱。

村支书立即被开除党籍。村委会主任不是党员，退了好处费，配合调查态度尚好，也就没作什么处理。

其实沙场纠纷拖延日久，个中关系是很复杂的。深入了解，大家才知道现在的承包人从最早的承包人那里接手了沙场。这一点，局外人不知道，当时的村支书、村委会主任早就知道。所以村民们曾经嘀咕村里可能有"内鬼"，怀疑现在的承包人背后有村干部在撑腰。这个承包人是一个见过"大场面"的人物，在各处都混得好。因此，有人说，他来承包是没人敢说话的。

承包人说："我们越界开采，是有补充协议的，还交过 10 万元钱。"

然而胡文法和村干部们据理力争："这个合同和你没关系，不是和你直接签的。既然人家转包给你，如果你要做下去的话，就要严格按照合同办事——把已开挖的 20 亩先回填，回填后才能再开挖。现在已经挖掉 55 亩了，你如果不回填，我们就要收回沙场。要么就登报声明，让原来的承包人来处理，不然的话，押金就没收了。"他们斩钉截铁，说得很明确。

承包人觉得很委屈，说："我们交了押金，又增加了承包款，开采受阻的损失谁赔？"

胡文法说："合同是这么签的，必须按合同办事。"

承包人耍无赖了："谁说不行，就到谁家吃饭。"

"我才不怕呢。中国人民解放军能把八百多万人的部队打败，难道我们后陈村不能把八九百人的事管好吗？我们新班子就是要把沙场的事彻底解决好。"尽管胡文法比喻得有点跑题，但态度很坚决。

承包人看来硬的不行，即刻就来软的。他脸上堆着笑容，缓和地说："胡书记，请你高抬贵手吧！这钱呢，本来就是大家赚的，我们也不会独吞。大家僵着也不是个办法，你看，时候不早了，我请你们在场的村干部、村民代表一起到饭店吃个饭，慢慢吃，慢慢谈，怎么样？"

胡文法坚定不移："吃饭也没用。既然我来当村支书，要么把村里的事情做好，要么就是我倒霉，当不下去。"

就这样，大家不欢而散。

晚上，胡文法召集村民代表开会，让大家来讨论沙场处置问题。

有村民代表说："现在的承包人不是合同上的承包人，挖沙是不合法的。我们可以登报声明，要原来的承包人来处理沙场问题。"

也有村民代表说："如果不处理，押金是可以没收的。"

还有村民代表说："这沙场的坑不填回去也罢了。隔壁有个村挖了沙场，用黄泥填回去变成了烂污田，结果那块地只能栽梨树。"

村民们一致建议："我们把沙场收回来，干脆把它挖成塘，养鱼。"

村两委成员觉得这个建议好，沙场的事也可以得到彻底解决。

第二天，胡文法带着村干部跑到县土管局，请求帮助解决。县土管局领导也为后陈村的事头疼了多年，现在村里拿出了具体意见，就很快出面把沙场承包合同解除了。

村里把沙场收回以后，立即着手挖塘。很快，昔日坑坑洼洼的沙场，变成了碧波荡漾的池塘，一丈量，竟然有180多亩水面。以后承包出去，如果按照每年700元一亩计算，每年可以收入租金12万元以上；如果按照1000元一亩计算，每年可收入租金18万元以上。这样的效益，看得到，抓得牢，很好！

接下来，胡文法又召开村民代表大会，通过了建设三万多平方米标准厂房的决策。

沙场要挖成养鱼的池塘，有一部分沙要拉出来，刚好可以用于建设标准厂房，一举两得，把村民们乐得合不拢嘴。

然而沙场挖出来的统沙要用筛子筛过，机械操作，而且还有计付加工费、运费等事宜，怎么算？得有人管呀。

胡文法想到了张舍南，让他代表村里监工。

张舍南参与了整个沙场事件的处理，熟悉情况，群众基础又好。而最可贵的是他毫无私心，一切都出于公心，也从不讲报酬。他说他的出发点只有一个，那就是要维护村子的集体利益，村里所有的资产都是村民们的共同财富，不能损失，不能被人侵吞。

过了几天，村办公楼门前的公开栏里贴出了招标公告，村民们一早就端着饭碗看热闹。这公开栏已建了多年，虽说很早就推广"两公开一监督"，但并没落到实处，就像聋子的耳朵，只是摆设而已。这回，胡文法是玩真的，村民们信了。

沙场挖沙招标其实工程量也不大，但胡文法就是想通过招标把以前办事不公开的风气给扭转过来。这也是他回后陈村以后的第一次招标，因此特别受村民关注。

看，真有村民站出来反对了。

"这么小的工程都要招投标，麻不麻烦？"接着，他还恶狠狠地说："谁中标也做不成，只要我在后陈村。"

说话的村民是当时村委会主任哥哥的小舅子。后陈村以前是富裕村，女孩大都不愿嫁出去，整个村亲戚套亲戚，仔细排排都是沾亲带故的，一竿子打不到，两竿子准搭上。而以前，像这样的小工程都是村支书、村委会主任说了算。这次胡文法一回来，把以前的老习惯都打破了，断了人家的财路，人家自然要把一肚子两大腿的气撒出来。

胡文法心里明白了。

招投标报名如期开始，以前揽不到工程的小青年们都跃跃欲试。

村委会主任哥哥的小舅子挨家挨户上门串标，说："你不要去投了，给你 500 元好处费。你中了标也做不成的，村两委里都是我的亲戚！"

有些报名的人犹豫不决了，有的还真收了好处费。

于是村里就有传言，说这次招标也只是走走形式，投不投都一样。

直到招标会前一晚的 12 点，胡文法还接到电话，是一个报名人打来的。那个报名人问："胡书记，明天这标还投不投？"

胡文法斩钉截铁地说："完全按招标公告做！"

第二天，村办公楼二楼会议室里举行招标会，除了报名者外，还有许多看热闹的村民。

招标会很快就要开始了，可村委会主任还没到场。村委会主任是法定代表人，要签字的。他就在楼下转悠，迟迟不肯上去。他轻轻地跟旁人说："不上去，否则哥哥嫂嫂要骂我的。"

村委会主任的亲戚们真的在骂："这村委会主任白当了，说话一点都不管用。"

还有人骂得更凶："吃里扒外，太屃啦！"

那边会场上，村委会主任哥哥的小舅子也在骂骂咧咧，气氛有些紧张。

胡文法雷打不动，招标会照常进行。

主持人说明招标的工程量、完工期限、工程标的、付款方式、保证金等事项，接着开始投标，然后当场开标，宣布结果。

招投标公开了程序、内容。原先运到村里的沙子每车要 20 多元，这次招标降到了每车 3 元多，而且承包事项里还规定按照沙子运出去的实际方量来计算机械费、运输费，很公平，很合理。胡文法还当场宣布整个工程由张舍南等人全程参与监督。

招投标成功了。

看到公开、民主带来的优点，看到以前的暗箱操作再也不管用了，而且还为村里节省了开支，村民们这回真的信服了。

胡文法对大家说："以前，干部插手参与工程发包，拿好处，村民们当然有意见。以后村里的所有工程，包括鱼塘，都实行公开招投标，我们村两委说到做到，绝不徇私舞弊。"

接着，他又说："我和村两委商量过，按照村里的老规矩，村民建房用沙子，只要交 4 元一车的筛沙费，运沙费由自己付。村民们合理的需求和利益，我们照样要满足。"

胡文法的讲话赢得了阵阵掌声。

村里有一个叫前湖的池塘，每年承包款只有几千块钱，但承包人借故三年都未交承包款，因此村民们意见很大。

没几天，村办公楼门前贴出重新招标发包的公告。

承包人就对村民们放出话来说："你们不要来投标，中了标你们也养不成鱼。村里不解决我家的实际问题，这承包款我不会交的。"

像这种承包池塘的项目，以前只要承包人分条烟，人家就不来投标了。况且这个承包人七大姑八大姨的全在村里，人多势众，还有一个亲戚在一个镇里当领导，也算是有后台的，村民们一直拿他没办法。

胡文法软硬不吃，他说："承包到期，肯定要重新招标。你家的实际情况我也不是很了解，等我弄明白之后会给你一个答复。至于我的答复你满意不满意，那是另外一回事了。招标是肯定要招的。"

招标的时间到了，承包人终于来到村办公楼。

承包人说："你要把解决方案给我看，不然我不同意招标。"

胡文法说："看你是原先的承包人，这次招标延迟十五分钟，你去准备钱，不然的话就要开始招标了。人家不投我来投，你池塘里的水，村里也可以放掉的。"

胡文法用的是激将法。承包人心急火燎地跑出去筹钱了。

就这样，拖了三年的承包池塘项目通过招标落实了，承包款也比上一期高出一半。

这样的招投标，在胡文法短短几年的任期中有八十多次。开始的时候，每次都会有这样那样的插曲、风波，但后来就越来越顺溜了。

四

胡文法为后陈村做了几件大事，明眼人都看到了，村民们无不拍手称好，但是，也难免要得罪一些人，尤其是喜欢贪占的人。因为断了他们的财路，他们便在心里记恨胡文法。

村里有一个70万元的自来水工程已经完工，胡文法发现里面有猫腻。村里投资改造自来水工程，怎么还为这个工程支付了1万多元招待费呢？这个钱不应该花。

第二个问题是，当时村委会主任的哥哥是负责管理这个工程的，没有通过工程决算，就把这个工程款定下来了。胡文法一查，这里面相差七八万元，本来应该通过第三方——县自来水公司出预算、组织验收，可这些程序都没走就结算了。

胡文法在村两委会会议上提出来，最后决定请县自来水公司来重新出预算，重新审核，重新验收。原来想从中捞好处的人，就此作罢。

胡文法的原则是：老老实实做人，老老实实做事。他认定一个理：当官不为民做主，不如回家卖红薯。他想，既然组织让我当这个村支书，我就要坚持原则，公开民主，让老百姓放心，过上好日子。但是，有好心眼并不等于有好结果。

在胡文法回村前曾经有过这么一件事。有个乡的书记家里搞装潢，到后陈村要了五十多车沙子，找村支书批几车，再找村委会主任批几车，然而实际上根本用不了那么多，他是拿去卖掉赚钱了。

胡文法的朋友说："你回去当村支书又没什么好处，碰到这种事咋办？"

他回答："我回去当村支书，就要把这些歪门邪道禁掉。"

妻子看着胡文法整天为村里的事起早摸黑，还受一肚子冤枉气，没好气地问他："儿子用挖土机挣钱过日子，但是你连参加村里工程招标的资格也不给他。你也实在太狠心了！"

胡文法不作解释。

妻子接着说："你学刘罗锅，刘罗锅有什么好下场？"

胡文法默不作声。

妻子不知道胡文法早在心里给自己定下一个规矩：村里任何人事安排和项目招标，家人都要绝对回避，要避嫌。否则，他讲话讲不响，做事做不硬，村民会认为他假公济私，对他做事不放心，对他工作不支持。

有一次，在村办公楼，胡文法和村委会主任陈忠武因为基建问题意见不统一而吵了起来。两个人就像榔头对铁锤，叮叮当当吵得脸红脖子粗，差点动了手。

工作好干，伙计难共啊！

胡文法最后放了狠话："我就是不当村支书，也要坚持这样做。"

张舍南、何荣伟、陈玉球等人连拖带拽地把两个人拉开。街道办事处的领导知道后也连夜赶来调解。

胡文法家门前按规划搞绿化，就有村民说："胡文法也不全是公心，家门口搞得像飞机场一样。"

党员中有人说："我们后陈村有三十几个党员，难道就没人有资格当书记，凭什么非要街道派人来？胡文法不来，我们照样活下去。"

胡文法听了，心里不是滋味，有苦难言。他想，这书记不是我要当的。当书记，不一心为公，不按制度办事，能行吗？做几件实事，怎么这么难呢！

标准厂房开始建设了，村里又议论纷纷。很多人担心厂房租不出去，那村里的几百万元不就打水漂了吗？

百步无轻担。胡文法的压力很大，挨了很多人的骂，真是风匣板修锅盖——受了冷气受热气。还有一些村民揪住那些陈芝麻烂谷子的事情不放，胡文法一件一件和大家解释，一件一件去落实解决。

他的烟瘾比以前更大了，开会时一支接一支地连着抽。人也瘦了，脸色更黑了。

没错！大大小小的问题，他全要考虑好。其中，标准厂房招商出租是重中之重。他凭着十多年县工办副主任的工作经验与人脉关系，多次亲自带人奔走于永康等地，四处去求人。

村支委何荣伟是标准厂房招商工作的主要参与者。

何姓是村里的外姓，在后陈村只有两户人家姓何，都是在1949年以前从郭洞村来后陈村打长工而在此扎根的。何荣伟的父亲何珠美从1967年开始担任村党支部书记，一直到1994年才卸任，在村民中威望很高。何荣伟高中毕业后，在邵宅乡政府做了六年财税征收员，和企业打交道多。何荣伟1997年进入村委，就一直当村干部，既年轻又有文化。他对胡文法很尊重，自然十分支持胡文法的工作决策。胡文法卸任后，何荣伟当了两届共六年的后陈村党支部书记。当然，这是后话。

胡文法说："我们第一期三幢标准厂房都已开工，每一幢都要投入几十万元，一共上百万元，村民们的眼睛都盯着。"

何荣伟说："武义的工业刚刚起步，开发区的厂房都租不出去，后陈村边上的房子更租不出去。如果真的租不出去的话，村民们要把我们骂死了！"

胡文法说："我们是过河的卒子，只能进不能退。眼下当务之急是要先成立一个招商小组，到永康去招商，那里企业多。你在乡政府干过，人头也熟，招商具体的事情由你来负责。"

胡文法召集村两委开会，招商组成立了，胡文法自己当组长，何荣伟当副组长。

他们先花钱在《永康日报》登了一则广告。可能是因为省钱，广告版面太小，没有引起读者关注，也可能是企业对后陈村根本不感兴趣，总之，一个星期过去了，连个咨询电话都没有。

看来这招不灵。胡文法和何荣伟只得心急火燎地跑到永康直接找企业去招商。

永康一个企业主问："你们的标准厂房建好了吗？"

何荣伟老老实实地回答："还没有，正在建呢。"

"这不扯淡吗！八字还没一撇。再说，那么偏的地方谁愿意去！企业配套跟得上吗？"

胡文法即刻拿出随身携带的标准厂房设计图纸给企业主看，认认真真地介绍标准厂房的结构、面积、交通、水电配套等优势，介绍得清清楚楚，让人心悦诚服。

人心换人心！

企业主被他们感动了，给他们介绍了一家机械厂，那个老板的厂房租期快到了。

胡文法连声说"谢谢"，带着何荣伟马不停蹄地直奔那家机械厂。七磨八蹭，最终把招租的事定了下来。这家机械厂成了后陈村标准厂房招进来的第一家企业。

难题正在一个个解决，胡文法的心情自有几分轻松。

但，天有不测风云。

一天早上，胡文法正在召开村民代表会议。有人跑来说："村屋一堵墙上写了一条标语。"

大家跟他跑到现场，只见墙上歪歪扭扭地写着："胡文法滚出后陈！"是用木炭写的。应该是前一天晚上写的吧。

村民们马上把标语涂掉了，心里愤愤然：写标语的人真是唯恐天下不乱！

有人怀疑，可能是某某某写的。

有人对胡文法说："我们虽然对你有意见，但绝对不做这样缺德的事。"

有人建议："应该查一下，刹一刹歪风邪气！"

有几个村民特别愤怒，说："胡书记，不用你出面，我们想办法把捣乱分子揪出来。"

胡文法默不作声，两道浓眉慢慢蹙起。他抬起头来，缓缓地顾自走了出去——

难道，我作为村党支部书记，面对后陈村最焦点的经济问题提出成立村民财务监督小组来应对，是错误的吗？难道，我作为村党支部书记，用村民选出来的监督小组防止村里财务再出问题、再出漏洞，保护干部，是错误的吗？难道，我作为村党支部书记，跑东跑西争取用地指标，建设标准厂房出租，将来以租金解决村民生活后顾之忧，是错误的吗？难道，我作为村党支部书记，求爷爷告奶奶地把企业请进村里来，是错误的吗？难道，我作为村党支部书记，把后陈村的重要工作推到民主恳谈会、村民大会上征求意见，统一思想，形成共识，是错误的吗？难道，我作为村党支部书记，回后陈村搞公开公平的招标，让村民放心，是错误的吗？难道，我作为村党支部书记，千方百计为村民着想——不说废寝忘食、呕心沥血吧，但已弄得百病缠身，是错误的吗？……

胡文法百感交集，泪水充满了眼眶，差点流下来。

家人曾劝他，别当这个书记了，起早贪黑，操心受累的，图个啥！年近半百了，既不是公务员，又不是企业领导，不能升职提薪，干得再好又能怎么样呢？

然而，胡文法能撒手不干吗？

作为共产党员，作为村党支部书记，他能临阵脱逃吗？

这不符合他的做事风格。他是来者不惧，惧者不来，事情要么不做，要做就要做好。何况回村之前，乡亲们给街道办写了一封信，强烈要求他回来当这个书记，怕他不回来，还一趟趟跑到他家劝说，街道党组织对他也寄予厚望。他哪能撒手不干呢？

胡文法想：大家为什么要我回来当村党支部书记，不就是怕以后生活没保障吗？我所做的一切，都在为大家寻找保障的可能性啊……这是我自己的家乡，纵然有人怀疑，有人骂，有人写标语赶我，说来说去都是自己的乡亲邻里。我要是把村子搞好了，他们也就不再怀疑，不再骂，不再赶我走了。可是，搞好村子谈何容易？你不干事儿，村民说你不为村里谋福利；你干事儿，村民说你打着为村民做事的幌子谋私利，搞得你不干不是，干也不是。

怎么办呢？

现在，村里的工作已经理出头绪，事情正在往好的方向发展。胡文法想，要干事儿总会得罪人。俗话说得好，佛争一炉香，人争一口气。自己是组织派来当村党支部书记的，就要做好工作为组织争口气。况且根深不怕风摇动，身正不怕影子歪，一点闲言碎语又算得了什么呢？公正原在人心，老百姓心里有杆秤。

不往下想了，不往深处想了。性格刚烈的胡文法强忍耻辱，晃了晃头，若无其事地走了回来。

写标语的墙边围了很多村民。胡文法笑笑说："标语涂掉了，这个事也就过去了。散了吧，查也没有意思。"

刚好街道的片长也在，他是街道人大主席，分管工业，原是胡文法在工办工作时的老搭档。他拍拍胡文法的肩膀说："有人反对，反而证明你做得对。别管那么多，我们做我们该做的事。"

胡文法与他紧紧地握手。

第三章

第一个监委会诞生

一

2004 年春节，后陈村总算过了个平安年。村民们有了尊严，有了话语权，心就平静了，空气中便少了以往充斥的火药味。

过大年了，走亲戚的，串门的，男男女女就像开花的铁树，满脸喜悦。

年初八是上班的第一天，骆瑞生专程来到后陈村看望胡文法。作为中共武义县委副书记、县纪委书记，骆瑞生十分关注胡文法回来当后陈村党支部书记以后，后陈村发生了什么变化。

骆瑞生个子高高的，不胖不瘦，白白的脸上常带着三分微笑，穿着笔挺的西装，给人干净利落、年富力强的感觉。

他与后陈村村民们见面，认真细心地倾听他们讲话。他早就知道后陈村是全县有名的上访村。村民们上访的成果还不小呢！2002 年因为高速公路施工过程账目不清，工程承包不公开，当时的村支书在换届选举中就落选了；2003 年，接任的村支书私自挪用村集体资金，没多久就被免职了。

骆瑞生此行最关心的是：几任村支书"前腐后继"丢了乌纱帽，后陈村的党员干部已经不被群众信任，新上任的胡文法干得怎么样？

基础不牢，地动山摇。他深深地认识到，中国的农业、农村、农民问题是大问题，农村稳定，中国的大局才能稳定。当今农村经济社会正在发生巨大的变化，群众的民主法治意识逐步增强，用老一套行政手段进行管理的方式迟早要被淘汰。按照现代管理学的理论，办事就要讲究公开、公正、透明。政府官员和村干部的权力都来自人民，人民赋予的权力要用来为人民服务，这就是民权本位理念。他觉得，人民的公仆，说白了，就是人民出钱让公仆为他们服务，就像家里的保姆一样，如果保姆只拿钱不做事，甚至干些小偷小摸的勾当，主人肯定不答应。

骆瑞生认同管理学上的一种提法——"金鱼缸效应"。

政府的权力应该像玻璃金鱼缸一样透明，权力运作必须置于群众监督之下进行。就像养着金鱼的鱼缸，透明度很高，能让人看得清清楚楚、明明白白，而且不跑出视线之外，人家才会相信你光明正大，没搞暗箱操作。这就叫"金鱼缸效应"，是民主法治的必然要求。

骆瑞生听说胡文法在后陈村成立了一个新的小组，叫什么村民财务监督小组。据说村民们反映还不错，过年都过踏实了。

何荣伟说："县纪委一位领导来调研，我们一起聊天，他也觉得奇怪。这个村过去闹得很厉害，怎么突然间就转变了呢？好像12级台风吹过，突然风平浪静了。"

骆瑞生就是冲着这一点来的。

但是，后陈村的财务监督小组是怎么样产生的？找不找得到法律依据？这个监督小组算什么性质、什么级别的组织？监督小组监督村财务有没有相关制度？监督小组除了监督财务还会监督什么？监督小组监督的结果如何鉴别正确性？监督小组可以监督到哪些干部头上？……一系列问题，像武义江的潮水哗啦啦地冲破堤岸，涌进他的脑海。

经过反复思考，骆瑞生想要把后陈村作为一个村务公开民主管理工作的试点，当成一只"麻雀"，好好地解剖解剖，不知能否从中总结出一套管理制度来，从根本上解决基层出现的问题。就这样，他决定到后陈村看看。

骆瑞生很早就认识胡文法，知道胡文法在开发区和白洋街道很有影响力。而且他们俩同一年出生——都属鸡，都是爬过地垄沟的农家子弟，因此，两人一见面就很谈得拢。

那时，面对大面积的村级腐败问题，骆瑞生常常会思考：共产党应该培养什么样的村支书，应该培养什么样的村委会主任？骆瑞生他们这一代所受的教育就像《闪闪的红星》中冬子妈妈说的那样："妈妈是党的人，不能让群众吃亏！"也就是说，党的工作目标应该与群众利益密切地连在一起。在骆瑞生小的时候，全村父老乡亲曾拿着小旗为一位驻村干部送行。这位干部驻村时住进最穷的农户家，与农民同吃、同住、同劳动，晚上还组织大家学习，所以颇得村民们的信任与尊重。他调走时，村民们依依不舍地送了他一程又一程，一直送到十几里外的火车站。分别那一刻，全村的送行人几乎都哭了。

一个干部要是不为群众办实事、做好事，群众不满意，临走时，群众怎么会拿着小旗，依依不舍地流着泪为他送行呢？

骆瑞生暗地里下了决心：日后如果当干部，一定要当这样的干部！

骆瑞生1957年1月出生于义乌一个农户家中。与很多人不同的是，这个家庭是革命烈士家庭。他的伯伯十六岁时就参加了新四军，1948年在一场战役中光荣牺牲了，年仅二十一岁。后来，骆瑞生听到伯伯的事迹，幼小的心灵产生了极大的震动，他以此为骄傲，以此为激励。

骆瑞生的工作履历从当农民开始。他上山砍过柴，下田种过庄稼，深知农民的疾苦。从生产队记工员、大队会计到乡镇普通干部，从乡镇党委书记到县领导岗位，骆瑞生在基层摸爬滚打，干了几十年。

他调到武义县后，担任分管工业的副县长，接手的第一件工作是企业改制。武义县虽然不是工业大县，但全县大大小小的国营企业、集体企业有几十家，有两万多名企业职工面临下岗，当时县财政困难，拿不出很多钱安置下岗职工。他到任之前，有钱的企业已经改制好了，没钱的企业只能把企业卖掉安置职工。于是就有很多人上访，反映企业改制不平衡，这个企业好，安置费就高，有 800 元一年，那个企业不好，安置费就低，只有 300 元一年，职工们想不通。

有一天，县乡镇企业局的一个领导向他汇报：县水泥厂有二百多名职工要集体上访。骆瑞生一愣，没回应。这个领导就问："骆副，你是不是回避一下？"

骆瑞生能回避吗？

他虽然来武义县时间不长，但全县都知道来了一个高个子的骆副县长，上上下下都叫他"骆副"。这个称呼也不知道什么时候就叫开了。

县乡镇企业局的领导说："骆副，工人们好像牢骚很大呢。"

骆瑞生说："让他们发发牢骚也好，先让他们消消气嘛！"

二百多名工人挤进会议室，人声鼎沸，他们借机发泄着心头的怒气和憋屈。是啊！在企业里干了二十年，最多也只有 800 元一年的工龄安置费，16000 元就把全部工龄买断了……他们怎么想得通！

骆瑞生不回避，听着工人们的发言，偶尔插话问他们一些具体情况。

等到大家稍稍平静下来，骆瑞生语重心长地说："我很认真地听了大家的发言，了解了很多真实情况。你们的意见，其实就是我们在体制转型过程中产生的阵痛，付出代价的是各位工人同志。你们的人生道路走得很艰难，上山下乡的是你们，下岗的也是你们。你们年少时没书读，现在子女要读书，但缺钱。我是这样看待问题的，不讲道理的人是极个别的，以前有些事有失公道，让部分群众吃亏了……"

骆瑞生紧接着说："大家提出来的意见，只要合理，只要在政策范围内，能照顾的，我们会全力帮助。"

骆瑞生的讲话赢得上访者的掌声，大家都说骆副讲得有道理。

会后，骆瑞生组织有关部门制定了详尽的改制方案。县政府决定，闲置企业土地全部由县政府收储并统一出让，然后将所得作为补助发放。时间不长，这一着就成功了，这些土地为政府创造了 30 多亿元财政收入，为武义城市建设提供了坚实的财力支撑。企业改制工作只用了两年时间，两万多名下岗职工都得到了妥善安置。

这期间，骆瑞生兼任了武义县开发区党委书记。

那时，武义县财政收入才 1.6 亿元，大大落后于周边县市，必须通过开发区建设集聚工业，振兴武义经济。骆瑞生在高速公路口规划了20 平方公里的百花山工业园区，从温州、永康等地引进了几百家企业，经过四年时间的全面开发，初见成效，全县工业产值、财政收入每年翻一番。

骆瑞生不分白天黑夜地奔波在开发区工地上，又是指导，又是协调，又是督办，又是加班，瘦了一圈又一圈。

2002 年底，骆瑞生调任武义县委副书记、纪委书记、政法委书记。

骆瑞生认为，只要有一颗全心全意为人民服务的心，在不同岗位都能做事情，都能够为百姓谋福利、办实事。在心灵深处，他仍然铭记着冬子妈妈说的"是党的人"那句话。在脑海里，他时时记着儿时老家村民们送别那位驻村干部的场景。

但是骆瑞生痛心地发现，老百姓心目中的好干部似乎越来越少了，有的干部成了贪官，让老百姓深恶痛绝，尤其是个别村里的一把手，被群众称为"土皇帝"，吃喝嫖赌，无恶不作，恣意妄为，目无党纪国法。

随着城市化的推进与工业园区的建设，大批耕地被征用，征地补偿款像滚滚潮水，成百万上千万地涌进村里的账户。村里有了钱，村干部腐败就更难以遏制了，利益受到侵犯的村民便纷纷上访。2000 年至2003 年间，武义县共查处村违法违纪案件 153 件，其中，涉及在任村干部的就有 123 件，占 80% 以上。不断有新选上来的村干部因经济问题落马。与此同时，针对村干部的村民信访案件居高不下，且每年递增40%。2003 年，武义县纪委受理状告村干部的信访案件达 305 件，在这些信访案件中，重复上访的有 124 件，对社会秩序造成了严重影响。武义县委、县政府的大门经常被上访村民堵住。县委四名副书记全下基层"救火"都还不够，还将退居二线的老干部组织起来，一个村一个村地去做工作。

一年间，村民信访案件高达三百多起，副书记和老干部哪里忙得过来？县纪委根据群众举报，查了四十个村干部，结果查一个倒一个。白洋街道查处五个村干部，一个被判刑，四个被开除党籍，其中一个就是后陈村的村支书。

这样下去怎么能行？骆瑞生要求纪检干部走群众路线，摸清导致村干部"前腐后继"的根源和症结在哪儿。所以，他亲自带队到各村挨家挨户去走访，想从制度和机制上破解这一难题。

谁知一提制度，村民们都苦笑着摇摇头说："骆书记，没用的。制度不是没有，问题在于村干部不遵守，而我们村民拿他们没办法。"

看来，需要有人来监督制度的执行。

那么，谁来监督村干部遵守制度呢？上访告状的多，是不是民主监督欠缺造成的呢？民主监督怎么监督？如何落到实处呢？……

一系列问题像山洪暴发，铺天盖地地冲了下来。

骆瑞生与武义县纪委的同志在苦苦寻找答案。

他敏锐地发现，胡文法回后陈村任党支部书记后，后陈村已经平稳下来了，也没有人来上访了，村民们气也顺了。

这是为什么？因为有个村民财务监督小组？

骆瑞生亲自到后陈村，要看看老朋友胡文法的村民财务监督小组怎么样，想在后陈村找找村级民主管理的好办法。

看到县领导来访，胡文法喜出望外，一坐下就把自己来后陈村工作的酸甜苦辣一五一十地全部倒了出来。

胡文法说："我回村短短一个多月，感受最深的就是，村干部不能有私心，村务一定要公开。"接着，胡文法又汇报了准备从建立规章制度着手，用制度管理人以及如何加强制度完善的一些想法。

骆瑞生不时点头，最后说："文法，看准了就要大胆地干。等你摸索出一些做法和经验，县里派工作组来帮你完善。现在的农村很需要探索民主管理的做法，后陈村在这方面要出经验哦！"

然后，骆瑞生关心地问："回来以后，工作上的阻力也不小吧？"

胡文法老老实实地说："的确不小。"

"主要是哪方面的阻力？"

"主要是我来以后什么事都公开，都要招投标，断了一些人的财路。比如说，以前村里经常白天开会，干部可以拿误工费，我来了以后改在晚上开，11点以前结束不开工资，一些村干部就对我有意见。因为村里人牵来扯去都是亲戚，家族派系很多，所以有时候阻力来自多方，而且力道还真不小哩。"说着说着，他自己也哈哈地笑了起来。

"有意见正常。"骆瑞生接着又说，"文法啊，你就大胆地干，县委、县政府就是你的坚强后盾。只要我们出于公心，不让群众吃亏，群众迟早会理解的，对你做事也会放心的。"

胡文法说："你的话说到我心里去了，反正我问心无愧。"

骆瑞生说："我一直在思考怎样从建立制度着手，既要治标更要治本，真正从源头上遏制基层农村腐败。过段时间，县里要派一个工作组到后陈村，把后陈这只麻雀剖析一下，搞一个试点经验。到时我来坐镇指挥，帮助你。"

胡文法又感动又激动，让家人炒了几个菜，一定要给骆瑞生这个县领导敬几杯酒。

关于村财务监督小组的具体事宜，双方都不急于谈及。

二

弄不清为什么，紫丁香色的阴影总是挥之不去。

骆瑞生曾从新闻上看到这样一个消息：安徽有个村，村干部与村民矛盾十分尖锐，村民不断上访，任何工作都无法开展。县里对该村进行财务审计，并决定由村民选举成立理财监督小组。理财监督小组成立后，工作十分负责，积极配合有关部门进行村级财务清理，结果触到了村委会主任的利益。村委会主任威胁理财监督小组停止审计未果后，将理财监督小组组长等三人杀死。这件事惊动了上级领导。

骆瑞生认为，这是缺乏制度规范，靠人治手段进行管理，导致矛盾双方因公事引发私人恩怨的典型案例。如果没有一个和谐的社会环境，这样的村怎么可能加快奔小康进程？

他在义乌工作的时候，有个村搞选举，50%的村民都在这个时间段外出，不在村里。为什么这么巧？后来寻找原因，有村民悄悄透露："大灾难要来了。"什么"大灾难"？原来，该村的村委会主任是黑恶势力，平时村里如果有谁不顺着他，他碰上就打。所以到选举了，村民如果选他，于心不甘；如果不选他，就有可能遭遇黑恶势力打击。三十六计走为上计——于是，村民们只得选择逃到外地躲一躲。

此前，骆瑞生曾派县监察局副局长陈秋华、宣教室主任钟国江先期到后陈村调研。

作为纪检干部，陈秋华等人心里都隐隐作痛。

近年来，很多村子经济发展很快，可信访量也一下子上来了，被查的对象特别多。有些村干部刚上任时很不错，为村里发展立过汗马功劳，什么征地啊，解决纠纷啊，从村子建设的各种大事到鸡毛蒜皮的小事，大量工作都是村干部做的。然而村里有了钱，村干部开始一个个地倒下了，太可惜了！

白洋街道是县纪委的工作重点，因为一年抓了五个村支书、村委会主任，其中，后陈村的问题在全县特别出名。

后陈村矛盾重重，村民上访不断，根据群众举报的线索，上一任村党支部书记受到查处。

胡文法上任后，为了健全完善村务公开和民主管理制度，村党支部负责规划，召集村两委开会研究方案，最后提交村民代表大会表决确定村民财务监督小组成员，由村民代表负责监督，村级工作开展得十分顺利。

陈秋华和钟国江到后陈村调研，把后陈村建立村民财务监督小组的情况形成了书面调研报告。

骆瑞生看了以后，对这份调研报告给予充分肯定。

他在县纪委常委会上说："村干部贪腐的趋势很明显，值得警惕。大家看看，我们的工作应该怎样创新？我说，用了新的办法才叫创新；能够解决实际问题，而不是文字上搞搞的才叫创新。"

然而他发现，后陈村现有的村民财务监督小组恐怕力度还不够，尤其是小组正副组长由村两委成员担任，这两人都在村支书与村委会主任领导之下，遇到像胡文法这样自愿接受监督的村支书还好，遇到拒绝监督的村支书、村委会主任怎么办？这个村民财务监督小组还有用吗，挡得住村支书、村委会主任的压力和指令吗？

骆瑞生认为，要解决这一实质性问题，必须在村两委之外，建立一个相对独立的监督机构。

那么，这个机构应该属于什么性质和定位？这个机构应该如何建立呢？

后陈村村民集体上访已达三年之久，已经在有意无意中形成了一个上访组织。在这个组织的成员中，张舍南当过村委会副主任，陈忠荣当过村委会主任、党支部委员，陈联康当过生产大队副大队长。他们都有相关的法律法规意识，都不怕得罪村干部，都在村民中有一定的号召力和影响力。那么，可不可以将这一组织引进合法制度的框架，让它来发挥监督作用呢？如果能将它转化为一个机构，不仅可以遏制村干部腐败，同时不也解决了村民上访问题和闹事问题吗？

夜深人静。骆瑞生苦苦思索之后，要求县里的工作组必须深入农户家去，广泛征求意见。他认为，这个制度有没有必要建立，怎么建立，应该先听听村民们怎么说。他觉得，哪些问题该管，怎么管，村民们最清楚。

走群众路线，请村民们提出看法，就这样定！

这次到基层蹲点的工作组，由武义县委办公室副主任刘斌靖任组长，县监察局副局长陈秋华任副组长，成员中有县纪委宣教室主任钟国江、县民政局老干部徐新起、白洋街道纪委书记徐向阳等，共十多人。

工作组把现场办公地点设在后陈村村两委办公室。为了方便整理材料，大家把电脑也搬去了，一字排开，齐齐整整的。因为后陈村离县城比较近，工作组成员与村民只求同吃，不求同住，早出晚归。他们几乎每个晚上都安排开会、走访，因此，每每回到家都已是深夜。

村民们颇受感动地说，这样认真细致办事的工作组，还是头一回见到。

工作组同志走进村民家，一杯清茶，屈膝而坐，亲朋好友似的，掏心窝的话可以一句句地说。工作组用了整整一个月时间，一边走访农户，一边查探实情，一边整理调研资料，一边帮助村里解决问题。

徐向阳作为白洋街道党委副书记、纪委书记，全程参与这项工作。他年轻时是个文学青年，在《浙江日报》上刊登过一篇短篇小说。他曾在武义县纪委工作过五六年，后来下派到街道。当时白洋街道有四个社区、四十多个行政村，是全县规模最大的街道。编制省级的武义开发区规划时，白洋街道被全部划入开发区范围，实行了开发区管委会和白洋街道合署办公。

开发建设好像双刃剑，一方面让所在地经济顿时活跃了起来，另一方面带来了负面效应——村干部贪腐案就像韭菜，一边割一边冒，村里矛盾多而复杂，像烤烙饼一样翻来覆去，往往好多精力花进去，最后什么问题都解决不了，街道就是派一百名干部来也无济于事。

听说县里要选一个村，派工作组搞试点，街道纪委书记徐向阳向骆瑞生推荐了后陈村，因为后陈村有典型意义。他和工作组同志一起蹲点，一起走访，一起深入调研，找来找去终于找到了问题的根源，就是农村管理工作一定要有制度和监督机构。

工作组中的徐新起是一个"老民政"，当过十六年兵，从战士当到营长，转业回来后一直在民政局干到退休。刚开始，他就发现后陈村已经制定了十几项制度，厚厚一大摞，会议室四周的墙上都贴满了。他和工作组同志反复讨论，大家一致认为应该把村里的所有制度提炼、简化，归纳为一个制度。

骆瑞生在后陈村召开工作组会议，总结前一阶段的工作，让大家出谋划策，既当臭皮匠，又做诸葛亮。

徐新起说："十几项制度太多。老百姓文化程度低，制度条款太多太烦的话，他们会看不懂，而且，没有那么多时间看哪！"

钟国江说："可以把所有制度梳理出来，整合成一个村务管理制度。"

还有的说："光有制度不行，得有人去管，有人去监督。"

于是大家又讨论由谁去管，由谁去监督，能不能在村两委以外再成立监督机构，等等。

你一言我一语，大家各抒己见，十分踊跃。有时为某个问题，言人人殊，意见不统一，大家争得面红耳赤。

最后聚焦于：是不是可以建立村务监管委员会？或者说，叫监督委员会？

骆瑞生说："'管'的职能，村党支部和村委会都有；而'监督'既有监管又有监督，应该是独立的功能，需要一个独立的组织。"

骆瑞生做了归纳："我们是不是可以提出'一个机构、两项制度'的构想呢？机构即村两委之外的'第三委'——村务监督委员会；制度是《村务管理制度》和《村务监督制度》。这样，制度有人监督，就可以落到实处。"

骆瑞生接着又说："后陈村试点出经验以后，可以在全县铺开。2005 年刚好是村级换届年，建立村务监督委员会正是好时机。"

工作组很快形成共识。起草两项制度的任务落到当时担任骆瑞生秘书的叶杰成头上。初生牛犊不怕虎。叶杰成年轻，文化程度高，笔头又灵又快，连着几个通宵，两项制度的初稿就哗啦啦地出来了。

正逢"五一"小长假，叶杰成美美地想着放松一下。骆瑞生从义乌老家赶回单位，打电话把叶杰成叫到办公室讨论稿子。

小长假变成突击期，一连几天，骆瑞生和叶杰成就在办公室里度过。机关不开伙，两个人就到县委机关门口小店吃碗面条，吃完又回办公室，一边讨论，一边修改。

骆瑞生对材料要求很严。对这两项制度的文本，他的要求是简明扼要，既符合相关的法律法规，又要有实际的可操作性。他认为，这两项制度要形成村级管理的闭合系统。村务监督委员会这个组织，要定位为村级的"第三种权力"机构。

他们改了一遍又一遍，一直忙到 5 月 5 日才告一段落。"五一"小长假，就这样在忙碌中悄悄地过去了。

假期一结束，骆瑞生带着工作组回到后陈村，把两项制度的修改稿提交给村两委和村民代表讨论。

骆瑞生做事很严谨，他在县里安排了几个座谈会，为了使制度更加清晰、更加合理，还请来专家、教授一起讨论修改。

骆瑞生在后陈村搞村民监督委员会试点的消息不翼而飞，传遍全县，有赞成的，有反对的，还有不怀好意讽刺讥笑甚至攻击的。

有人说，骆瑞生把人家的路给堵掉了。

他主政县纪委，查了一批村干部的案子，对党员干部开展了一系列警示教育活动，做了不少让人不愉快的事，甚至是让人记仇一辈子的事。

有的村干部买十几万元、几十万元的购物卡，被老百姓举报。纪委就去查。骆瑞生把当事人找来问："你们这么多购物卡都用到哪里了，要有个明白的交代。"

"都送给你们县领导了。"

"都送给哪些县领导了？"

"这个我不能讲。你要我把钱退出来可以，叫我出卖别人，那是不行的。"当事人守口如瓶，好像很仗义。

要他讲又不肯讲，这事咋整？而这样的案子，又多如牛毛。

骆瑞生觉得需要制度来规范，否则将不可收拾。

央视记者采访他："这样做，不是自己给自己穿小鞋，找麻烦？"

骆瑞生说："这个麻烦是值得的。没有这个麻烦，干部就没有约束。大批干部出事情，症结就在这里。"

有些乡镇干部到村里工作，村干部安排到酒店吃喝，全是公家埋单，阔绰得很。好香烟拿一条甚至几条，至少一人分两包。有制度约束的话，这些现象应该可以避免。

在风口浪尖上，竟有大胆者直接给骆瑞生送礼物、送购物卡。

"什么意思？"

"小意思小意思，不成敬意。"

"我是管纪律的，你这是对我人格的侮辱。我能收吗！"

"人家都收的。"

"人家是人家，我是我。"

磨到最后，送礼人都不好意思了，落荒而逃。

骆瑞生心里真像打钻一样地疼啊！

他说，我们干部队伍再这样下去怎么得了？上梁不正下梁歪，上面的干部胆大敢收，才有下面的人大胆来送。这该怎么禁，怎么管？还有村委会主任，是村民们选出来的，如果不是共产党员，贪污受贿数额不大的话，既不能给予行政处分，党纪又管不到他们，也不能追究刑事责任，怎么办？如果放任自流，他们的手会伸得更长，贪污受贿数额也会更大，怎么办？

作为县纪委书记，他长叹一声：难道真的积重难返吗？

骆瑞生在政府工作时，曾专门研究过政府监督这一问题。在党校进修时，他的毕业论文的主题就是"怎么监督政府权力"。后陈村的这个试点正是他思考多年的课题。他认准了，要把这个试点做下去，做扎实，作为一只麻雀好好解剖，总结出一套管理办法来。

他不奢望临走时村民们含泪送行，但多少也期盼着村民们说一句，他为此事做了工作。

骆瑞生想，中国社会应该依靠民主和法治来维系。一个国家的富强，一定要靠民主和法治。这是中国共产党认准的工作方针，是中国的希望所在。在此前提下，制定一个好的制度，不因人事变化而变化，即使谁调走谁不在，都要坚持下去。如果后陈村村民的民主意识能够生根、开花、结果，变成一种制度，谁来都无法改变。

骆瑞生从研究中发现，中国改革的大政方针多从基层开始萌发。像经济改革，就是从小岗村土地承包开始，催生了中国经济改革大潮。那么后陈村的村务监督委员会试点，能不能像星星之火燃遍全国，能不能推进中国基层民主政治建设？……

想着想着，骆瑞生看到一盏明灯在前头亮着，更加坚定了搞好后陈村试点工作的信心。

2004 年 6 月 18 日，是值得写进共和国史册的日子。

上午，天空特别蓝，后陈村的村民们都喜气洋洋。刚刚建好还未出租的标准厂房，既宽敞又明亮，此刻，这里成了临时会议室。村民们十分关注的村民代表大会马上要在这里举行了。参加会议的除了中共武义县委副书记、纪委书记骆瑞生，武义县完善村务公开民主管理试点工作指导组成员和白洋街道党政有关领导，主要是后陈村全体党员，武义县各级党组织代表、人大代表、政协委员，村老干部代表，村治保、调解、妇女、共青团、民兵、村民小组、老年协会等各方面代表。

这是后陈村规格最高、人数最多的一次会议。

标准厂房前，黑压压地挤满了人，村民们都在等待着盼望已久的会议结果。

会场里开始清点村民代表到会人数，确定有表决权的人数。

大会开始了，中共武义县委副书记、纪委书记骆瑞生同志首先发表了讲话。

他说："后陈村今天要成立的村务监督委员会，是划时代的、创世纪的，但也是逼出来的。因为，后陈村再也不能乱了，我们广大农村再也不能乱了。我们盼望着过好日子，因此，必须走民主管理之路，将权力关进制度的樊笼。从我国历史看，民主政治是从基层逐渐往上发展的，目前在村一级推行民主管理，今后一定会向乡镇一级、县一级一直往上发展，不断扩大民主政治范围。这是历史发展的必然，是时代前进的趋势。后陈村试点经验，将首先在全县推广。"

接着，会议讨论并表决通过了《后陈村村务管理制度》《后陈村村务监督制度》。

按程序进入选举环节。根据村两委和党员会议决定，由村民选举产生了后陈村村务监督委员会委员推荐人，一共十五名，他们是张舍南、张德洪、陈小波、陈华寿、陈连武、陈建设、陈金茂、陈岳荣、陈忠勤、陈思爱、陈益新、陈跃贵、陈跃富、洪佐红、程进。

挤着数百人的会议室里，静得掉根针的声音都听得到。

主持人宣读《后陈村村务监督委员会选举办法》，并宣布，经村两委提名，确定了监票人、计票人。

接着计票人员开始工作，再次清点村民代表人数，出示投票箱，当即张贴封条。

经过选举计票结果，张舍南、陈小波、陈金茂、陈岳荣四人成为后陈村村务监督委员会委员候选人。

按程序，会议进行第二轮选举——直接从四名候选人中差额选出监委会委员三名，其中一人为监委会主任。

选举结果最终揭晓：张舍南、陈金茂、陈小波当选后陈村首届村务监督委员会委员。张舍南当选后陈村第一届村务监督委员会主任。

他作了简短的表态发言："村民们，我和陈金茂、陈小波三人有幸成为后陈村村务监督委员会第一届成员，感到非常光荣和自豪。在这当选之际，我觉得肩上的担子非常重。但我们有信心、有决心做好工作，以我们出色的工作来感谢大家对我们的信任。"

掌声雷动，经久不息。

会议结束，大家在村办公楼前举行后陈村村务监督委员会挂牌仪式，由骆瑞生和街道领导授牌。

村民们把早早准备好的鞭炮烟花燃放起来，往日的吵吵闹闹顿时被吉祥喜庆的气氛所替代。

张舍南笑了，四十二岁的他，从来没有笑得这样舒畅、开心。

他在后陈村称得上是个风云人物，十八岁就在村里当会计，二十四岁当选村委会副主任，后来外出养珍珠，做生意，很少在村里。近几年，他成为村民上访的组织者之一，在群众中有较高威望，在刚才的选举中，高票当选村务监督委员会主任。

在刚刚通过的《后陈村村务管理制度》和《后陈村村务监督制度》中明确规定，村务监督委员会有七项职能、四项义务。

七项职能是：一、坚持党的领导，对执行党的路线、方针、政策及村级各项管理制度情况实行监督；二、列席涉及群众利益的重要村务会议；三、对村事务、财务公开清单和报账前的凭证进行审核；四、建议村委会就有关问题召开村民代表会议；五、对不按村务管理制度规定作出的决定或决策提出废止建议，村委会须就具体事项提交村民代表会议决定；六、协助街道党委对村两委成员进行年终考评；七、根据多数村民和村民代表会议表决的意见，对不称职的村委会成员提出罢免意见，提请村党支部，上报党委、政府后，依法启动罢免程序。

四项义务是：第一，支持村两委正常工作，及时消除村民对村两委工作的误解；第二，定期、不定期向村党支部和村民代表会议报告村务监督工作情况；第三，及时向村党支部、村委会等组织反映村民对村务管理的意见和建议；第四，联系村民，广泛听取意见，履行监督职责。

显而易见，这村务监督委员会的权力不小哩。

自此，后陈村村务监督委员会依据特定的村级规章制度开始运作，并作为"第三种权力"机构发挥其效用。后陈村村务监督委员会制度的创新，首先是政府对村（社区）民主治理需求的回应，而政府的介入又有力地推动了制度创新的实现。

《后陈村村务管理制度》对集体资产（含土地征用、征用款的分配使用等）、农民建房、村干部报酬、财务收支等村民关注的热点、焦点事项都作了明确、具体的规定，这是规范村务管理行为的实体性制度。

《后陈村村务监督制度》根据权力制衡、公开透明的原则，对村务监督委员会和村民代表会议的性质、地位、职责、权利、义务、纠错、罢免的途径和程序都作了详细规定；同时还对村务公开、村民代表联系村民、村民听证和村干部述职考评等也作出了具体的规定，是约束村干部权力的程序性制度。

全国第一个村务监督委员会就这样在武义县后陈村诞生了。

后陈村村务监督委员会的牌子挂出后，在武义县上上下下产生了不同寻常的反响，有人拍手叫好，有人强烈反对；有人欣慰地说，篱笆这下扎紧了，村干部手里的权力不能滥用了；有人搬出了法律说事，说设立村务监督委员会不符合《村委会组织法》，日后如果村监委会和村党支部、村民委员会唱对台戏怎么办？有人说，多一个菩萨多一炉香，凭空多出一套班子，就得增加集体负担；有人摇摇头说，这纯粹是乱搞；还有人板上钉钉地认为这一机构是不具合法性的……

其实，诸如此类的诘问，骆瑞生他们都想到了，也早早地将村党支部、村委会和村监委会三者关系理顺了。

他们清楚这场变革阻力肯定不会小，这里面有思想认识的问题，也有利益格局的考虑。腐败是一条隐秘的关系链，往往症状在基层，病灶却在上边。因此，这项变革一旦被反对者抓住什么把柄，发现什么疏漏，很有可能被围攻，很有可能流产，甚至被人一棍子打死。

真不知道这是巧合，还是必然。

2004 年 6 月 22 日，就在后陈村村务监督委员会成立后的第四天，中共中央办公厅、国务院办公厅联合下发了《中共中央办公厅、国务院办公厅关于健全和完善村务公开和民主管理制度的意见》（中办发〔2004〕17 号），其中写着，要求设立村务公开监督小组。

因此，后来媒体评价后陈村的创新，可以视为诠释该文件的一个现实之作，与中央精神不谋而合。

骆瑞生把叶杰成叫到办公室，欣喜地说："中办、国办下发了 17 号文件，提出强化村务管理的监督制约机制，设立村务公开监督小组。"

他把文件上的相关章节大声念给叶杰成听，念罢握着拳头说："我们是正确的。中办、国办都下文了。看来只要老百姓认可，我们的事情就没有做错。"

三

"三驾马车"嘚嘚嘚的蹄声从远而近，响彻天际。

村监委会挂牌的当天晚上，张舍南把后陈村第一届监委会成员陈金茂、陈小波叫到家里。

三个人围着桌子而坐。

张舍南眼睛里闪烁着特别的亮光，郑重其事地说："我们三人是第一届村监委会成员，我们要对全村村民负责。只有我们监督好了，村民觉得村务公开透明了，村干部才清清白白，村里的风气才会好起来，村民就可以放心过日子了。"

张舍南以前在外面闯荡过，算是见过世面的人。这几年，他几乎年年带村民上访，所以街道、县政府各部门的头儿们，大多认识他。

张舍南这些曾经"闹事"的村民，现在成了"第三种权力"的代表。他这颗漂泊的心，终于在后陈村这片土地上有了一个着落之处，真有点当家做主的自豪感哩。

他说：村监委会行使的最重要的，也是村民最关心的权力，是账前审核权，即在审核村财务时，不仅要看已有账目，而且还要看账目建立前的相关票据，要形成事前、事中和事后监督机制。如果发现差错，立刻启动纠错程序，才能大大减少问题、矛盾的产生和激化，同时还可以减少村集体经济损失和村干部腐败的机会。当然，按照后陈村的组织体系，村党支部是领导核心，村委会是管理和决策执行机构，村民代表会议是村里的决策机构，村监委会是监督机构。我们后陈村成立村监委会后，村里大小建设项目都得招投标，重大事项必须进行听证。

当晚，村监委会的小会开得很顺利。

据统计，村监委会运行仅仅十天，后陈村增收节支就达 30 万元之多。比如，建厂房的运沙费招投标前每车 18 元，招投标后降至 4.49 元；沙石场的运沙费招投标前每立方米 3 元，招投标后降至 2.57 元，村集体一年施工用沙几十万立方米，降低的运费是个不小的数目；清理卫生管理费也一样，招投标前每年 6000 元，招投标后降至 3800 元；等等。

当时，群众意见最大的问题是干部乱吃喝。村监委会的一项重要任务，就是堵住餐饮费漏洞。

张舍南认为，村干部为村里办事招待人家吃饭是正常的，但必须符合制度中的相关规定，必须由村监委会审核。这个制度实行后，餐饮费在后陈村的账目上大大减少。如果发现招待费中有不清楚的或者有疑问的地方，张舍南就拿出来提交村两委讨论是否可以报销，这样就不会再出现餐饮费报销的漏洞了。

过了没几天，就有村民向张舍南反映，开发区征用后陈村的土地面积有差错。

这可是大事情！

张舍南和村监委会成员一起，用了一个星期时间跑开发区和县土管局、规划局，最后终于把事情弄清楚了：原来 2004 年开发区向后陈村征用土地，面积核定为 711080.6 平方米，土地征用款、青苗补偿款合计约 1932 万元。村监委会根据村民意见，按照监督程序向村委会提出对开发区征用土地面积进行重新核定，村委会及时接受建议，会同村监委会成员对征用土地面积重新测量，最后发现开发区核定的面积少算了 8494 平方米。为此，村监委会成员和村委会成员一起，到开发区进行协商，要求将超出协议数量的征用土地面积按现在新的单价计算征用费，如此，追回少付的土地征用款和补偿款 30 万元。

村民们一个个竖起大拇指称赞，说："幸好村里有个监委会！"

《村民委员会组织法》规定，涉及村民利益的事项必须公开。

在后陈村的村务公开栏里，村民们看到了在其他村也会张贴出来的财务公示表，但不一样的是：后陈村的公示表上多了村监委会主任张舍南的签名。这个小小的签名，在建立制度之始，曾经是让工作组人员最头痛的。

对此，工作组组长刘斌靖记忆犹新。

当时争论很大，意见不一致，甚至有时吵得喉咙都哑掉了的，就是关于村监委会主任"签字为准"的问题。如果"签字为准"被确定的话，不仅涉及发票能不能报销的问题，还关系到会不会影响村里的稳定和团结，会不会影响村里工作开展等问题。然而，如果"签字为准"

四个字不确定的话，村监委会就不存在权力，那么这个村监委会也就形同虚设，什么也监督不了，也就是说事前的监督、事中的监督就会全部落空。

所以工作组争来争去，争到最后决定，不但要审核，而且报账审核一定要以村监委会主任"签字为准"。

后陈村财务公开栏整修一新，残缺的玻璃换上了新的。更重要的是，张贴了经过村监委会主任张舍南签字的公开告示，详细列明了村务公开栏内的项目。小到村里买墨水、胶水以及一次性茶杯都上墙公布，买了多少，用了多少，写得清清楚楚，一目了然。一句话，这些账目都是通过村监委会审核、签字，然后才张榜公布的。

每当早晨或傍晚，村民们手端饭碗，一拨拨地来村办公楼门口的公开栏前，一边扒拉扒拉吃饭，一边这页那页地看，一边会心地微笑点头。大家高高兴兴地来，高高兴兴地去，村里因此多了祥和与笑容。

村民们对张舍南说："早该这样了。舍南，你们要大胆地干，大家都会支持你们的。"

张舍南和村监委会其他成员听了村民们发自内心的赞许，像喝了蜜一样甜在心里，同时也感到肩上的担子更重了。

2004年7月15日下午，后陈村办公楼二楼会议室正在举行后陈村标准厂房建设及出租方案听证会。

会议室里三十多名被选为代表的村民参加会议，加上村三委成员，整个会议室又是坐得满满当当，人头攒动。

这是由村监委会建议召开的第一个听证会，也可以说是村监委会刚成立就面临的一个重大考验。村里用征地款建设标准厂房，是关系到全村人未来的头等大事。

村支书胡文法再三强调：这笔钱是祖宗留下的根，是子孙后代的饭。如果我们这一代吃光分光了，那么子孙后代就没有办法生存了。

村两委一致同意，用这笔钱盖标准厂房出租，用所收租金来保证村民今后的吃饭问题。

在村务会上讨论这件事的时候，列席会议的张舍南提出："这个事情与村民利益关系重大，不经村民讨论不合适。"紧接着，他又说："这个事情太重大了。我们村监委会这个担子不好挑，也挑不动；作为村两委的主要领导，你们也挑不动。所以，根据监督制度的有关规定，重大事项应该召开一个听证会。"

听证会就这样如期召开了。

胡文法首先介绍："按照武义县有关土地征用的文件规定，土地征用收入的60%必须用于村经济的长远发展。所以，后陈村拿到土地征用款，党支部和村委会决定在发放个人补偿款之后，将剩余的近1000万元资金作为投资经费，在村留地上建造标准厂房。第一期已开建，村里将把建好的标准厂房出租给企业。这件事是后陈村的大事，村两委多次研究，还召开过民主恳谈会。今天，我们按照村监委会主任张舍南的建议举行听证会，请大家发表意见。"

张舍南说："听证会的主题，就是听听大家对标准厂房建设和出租方案的意见。"

村民代表陈国南带头发言："这个方案，村里太被动，万一承租方违约，村里没有方法制约。最佳方案是由承租方出资盖厂房，村里出让若干使用权。"

村民代表陈文荣接着说："出租二十年，时间太长。建议村里做标书公开招标。"

村民代表陈南方说："每平方米50元的租金目前看起来还可以，但租期长达二十年不合适。村里签订合同时应充分考虑通货膨胀因素，租金应当以同期物价上涨系数为参照，实行浮动租金。"

还有村民代表认为，每平方米50元的租金偏低。

也有村民担心，万一承租方破产拖累村里，或者出现环境污染等情况，怎么办？

白洋街道党委副书记徐向阳和街道办主任钟晓谷也参加了听证会。

钟晓谷说："承租企业首先应是无污染的一类企业。这方面，街道和村两委都已作了考虑。"

徐向阳说："厂房是出租并非合资，按目前初步达成的意向，违约方要交违约金300万元。这一条款会写进出租合同，可以确保村集体利益不受损。"

胡文法说："对于二十年租期，是承租方明确要求的；每平方米50元的租金，基本上是市场价，邻村地理位置好的厂房，也是这个价位。"

会场上，代表们你一句我一句，畅所欲言。

听证会开了整整三个小时，最后形成统一意见——承租期二十年，租金初定每年每平方米50元，二十年租期合同合计标的为2600万元。

还有，由于某公司对厂房有特殊要求，其中一幢厂房要加高，增加的150万元左右费用由他们公司支付。这一点大家也同意了。

会后，张舍南和村两委班子有关人员到了沙石场，现场确定村里雇的私人铲车拉一车细沙和石子需付多少钱。然后他又跟着村里做基建工程的人一起去买建材。他的原则是，哪里质量好，哪里便宜，就去哪里买。基建工地每次验收，他必须到场；每个月村里的所有发票都要过他的手。

张舍南被村民推选为村务监督委员会主任，其中一个原因，就是他懂财务，并当过村干部。

村监委会成立后，后陈村每一户都有了一本小册子，里面不仅有村规民约，还有《后陈村村务管理制度》和《后陈村村务监督制度》。但村民认为，制度虽好，还得有人来执行，还得看这些制度能不能落到实际工作中去。

全村一千多双眼睛紧巴巴地盯着新成立的村监委会，盯着新当选的主任张舍南。张舍南上任后能给村里带来什么变化，村民们心里并没有底。

然而事实已呈现在人们面前。

以往村里搞建设，村民们几乎天天怀疑干部从中捞好处，几乎日日会有此起彼伏的摩擦。然而，自从有了村监委会就完全不一样了。例如，建厂房为了防备水泥涨价，经村三委研究，6月份以每吨300元的价格购买了200吨，想不到下半年国家宏观调控力度加大，水泥价格降到了每吨260元，一下子亏了8000多元。这在过去，肯定会吵得鸡飞狗跳，干部跳进黄河也洗不清。但现在购买水泥的全过程都在村监委会监督下进行，村民对村干部的初衷都理解，所以纵然亏了钱，也没有什么异议。

根据张舍南的要求，每次采购材料，村里要派出一个四人小组监督。这四人小组，由村民代表、党员代表、村两委成员、村监委会成员各一名组成。村监委会派经营过材料生意的委员陈小波参与监督指导。而且，从买材料到工程预算验收，再到平时施工质量及进度情况，村监委会都全程参与监督。

建材市场的店主们因此都摸到规律了，凡是有七八个人甚至十多人前呼后拥来买材料的，肯定是后陈村的。

后来，市场里有的人都有些讨厌张舍南了，有点儿不愉快地说："你们后陈村怎么搞的？买一点点东西要这么多人跟在屁股后面，一个个全是跟屁虫。"

也真有村干部不高兴了，说："你张舍南一上来，横挑鼻子竖挑眼地挑剔我们村干部，本来我们工作不是做得好好的嘛！"

张舍南说："对村干部不是不信任。既然村民选我当这个主任，我就有权力完善这个管理制度、管理方法。其实村监委会是为村干部保驾护航。我总不能闭着眼睛让村干部接二连三地出问题吧！"

张舍南做事认真，一言既出，驷马难追。村干部拿他没办法。后陈村有了村监委会的监督后，凡是村里的大事，都要召开听证会。

2004年12月11日，后陈村又举行听证会了。

这次会议的主题，讨论的是全体村民十分关注的村庄整治方案。

村办公楼二楼会议室再一次挤得满满的，除了村民代表，还拥进了很多建房户户主。

胡文法首先解释了旧村改造方案。他的话音一落，大家都争先恐后地发表意见，但秩序很好，气氛也不错。

村民陈南芳说："我认为村庄整治是一个很好的机会。村里老屋塌的塌，倒的倒，现在如果不改造，到头来就像个烂心萝卜了。"

村民陈子房说："我也认为村庄整治是好事。我家老屋本想修一修，但外边的路不行，黄沙都运不进来，所以一直没有动手。"

村民陈文要求："我是不是能不拆这么好的老屋？后陈村就这一幢历史悠久的民居建筑了，是不是能够保留？"据说，他家的老宅有上百年的历史了。

村民陈联仲说："拆旧房子我是同意的，但得安排好我们住的地方，我家有困难。"

村委会主任陈忠武也尝到了听证会的好处。决策民主，村民畅所欲言，气顺了，工作就好做了。但放在以前肯定不可能开听证会，以前就怕群众来开会，怕群众来了就吵架。成立村监委会以后，干群关系融洽了，村民和村干部之间，好像用桥梁连接起来了。

听证会结束，张舍南和村监委会其他成员对有意见的村民单独走访、沟通，充分听取意见，最后与村党支部、村委会交流。

2005年1月18日，经过充分讨论之后的后陈村村庄整治方案，终于获得了村民代表及党员的一致通过。

旧貌换新颜的村庄整治行动就这样在这个千年古村全面展开了。

一年举行招投标四十次，标准厂房、来料加工基地、村民休闲广场等项目陆续上马，投入公共建设资金300多万元，村庄整治拉开序幕，事事都顺顺当当，没有任何上访事件。

过去，后陈村集体收入一年只有5万元；2005年达到40多万元；

到 2006 年呢，光厂房出租收入就达 100 多万元；而 2010 年起，收入就达 300 多万元了；2014 年更喜人，已超过 380 万元了。而一年的招待费，由原来的 153100.8 元降到了 8595.8 元。

据不完全统计，村监委会正式运作不到一年，直接为村里增收节支 90 多万元。

真应了古人一句话：和气生财。

以前村干部不作为，村民说你无能；想做点事，村民又说你想捞好处。现在干群关系和谐多了，改变了过去村干部与村民"相亲不亲"的尴尬局面。

但是后陈村有了村务监督委员会之后，村干部既好当又不好当。

为什么？

说好当，是因为有村监委会帮助你、指导你、扶助你当好村干部。

说不好当，是因为村监委会职能规定，要协助街道党委对村两委成员进行年终考评，不合格的话，要摘乌纱帽。

2005 年 1 月 18 日上午，后陈村召开村两委公开考评会。主持这场考评的是张舍南。由村监委会主任主持这样的会议还是第一次。

这一天，胡文法带领村两委成员，将首次接受村民代表的公开考评。

这是破天荒的公开考评会，最基层、最民本的公开考评会。

村支书胡文法作简要讲话："忙碌的 2004 年过去了，新的一年已经来到。过去一年村两委的工作做得怎么样，村民看得最清楚，心里最明白，所以最有发言权。我代表村两委成员向大家真诚表态，我们要认真、虚心地接受村民代表的监督和评议。"

村委会主任陈忠武作后陈村 2004 年工作总结和 2005 年工作思路汇报。村民代表们以无记名投票方式考核测评村两委成员的工作。

这个过程由村监委会全程监督，并指定了唱票、计票和监票人员，最后当众公布投票结果。

自然，大家最关心的就是村党支部和村委会一把手的票数。

投票结果出来了：

村党支部书记胡文法，优秀 31 票，称职 2 票，不称职票无。

村委会主任陈忠武，优秀 6 票，称职 17 票，不称职 9 票。

村委会主任和其他得票率不佳的村干部，感到了前所未有的压力。

因为，如果连续两年考评不合格，就有可能"丢官"……

四

其实，后陈村这"三驾马车"的诞生，是一件很不容易的事情。在这里，不能不提当年的武义县委书记金中梁，他是后陈村建立村务监督委员会的坚定不移的支持者。

现任金华市人大常委会副主任的金中梁在武义县工作期间，从县委副书记干起，然后升为县长，接下来是县委书记。

金中梁到武义县时风华正茂，一头扎到基层调查研究，几乎所有的村庄都留下了他的足迹。

有一次，金中梁和县委办公室的同志下乡帮助困难户收割稻子。去了几十个人，只有他和秘书钟仙标脱了鞋赤脚下田。他感慨地对钟仙标说："看来，我们才是真正的农民。"

正是凭着热爱土地的朴素情怀，金中梁很快和当地的干部群众打成一片。

武义县是一个山区县，又是一个典型的贫困县。调查研究的过程正是他对中国农村建设深入思考的过程，在他的心灵深处，萌动起中国农民新的"乡土中国"梦。

回顾历史，1949 年中华人民共和国成立以后，经历了 50 年代至 70 年代末以政治为中心的农村社会改革，70 年代末至 90 年代以经济为中心的农村社会改革和 21 世纪初的新农村建设等阶段。金中梁深刻地认识到，建设社会主义新农村一直是亿万农民奋斗的目标，于是，在他的任期内，就从小处着眼，开始了新农村建设"武义模式"的探索和实践。

通过整整十年时间，他狠抓下山脱贫工作，成功地将武义县四百多个小山村（占全县自然村的四分之一）、五万多山民（占全县人口的七分之一），从高山搬到平原，成效极为显著，在全国，甚至在联合国被作为典型推广。

武义县下山脱贫的成功范例被收入《可持续发展之路——中国十年》画册，作为 2002 年在南非召开的世界可持续发展首脑会议——"地球峰会"的交流材料。2003 年 4 月，肯尼亚省长代表团考察了武义县的下山脱贫工作，对武义县的扶贫攻坚战略表示了极大的兴趣。肯尼亚中央省省长拉布鲁说："今天我们亲眼看到了武义下山脱贫农民下山后所发生的翻天覆地的变化。肯尼亚与武义南部山区十分相似，武义经验值得借鉴。"2004 年 5 月 21 日，在浙江省农办与武义县委、县政府联合举办的"下山脱贫工作十周年"座谈会上，与会的领导、专家、学者纷纷称赞武义县的下山脱贫工作是一个创举。2004 年 5 月，在上海召开的全球扶贫大会将武义县下山脱贫工作作为典型作了书面介绍，将相关经验向全世界进行推广。金中梁对武义县下山脱贫作了形象的总结，就是"山上五百年，下山三五年"。

正如时任浙江省委领导同志所说的："武义下山脱贫工程是一项德政工程、民心工程。武义下山脱贫成效显著，经验十分宝贵，值得总结和推广，要善始善终继续抓好。"这种德政工程、民心工程正体现在解决了人与自然的关系以及人与人的关系两大问题，实现了人与自然、人与人的和谐共处，创造了世界扶贫史上的奇迹，具有反贫困的国际性借鉴作用。

金中梁为武义抓的另一个项目是温泉旅游。武义的温泉旅游于1997 年从零起步，现在已作为县里的主要产业，为老百姓开拓了一条生财之道。早在 1970 年，武义就在开采萤石矿的过程中，无意间发掘出了日出水量在 4000 吨以上的优质温泉，但对一个尚未脱贫的贫困县来说，开发温泉既缺少胆略又缺乏财力，县里几次想开发都因故搁浅，以失败告终。金中梁在广泛调查研究的基础上，提出"以生态旅游为理念，以温泉度假为特色，把武义建设成全国知名旅游区的战略目标"。如今，武义县的温泉被誉为"浙江第一、华东一流"，为武义温泉旅游业发展插上了腾飞的翅膀。

金中梁是工商管理硕士，有水平，政治上也成熟、敏锐。2004 年春节前后，他得知后陈村的事情之后，马上表态支持骆瑞生从县纪委、县委办、县府办、司法、民政、农业等部门抽调干部组成试点指导小组进驻后陈村，以后陈村为样板探索一条新路子。

根据县委书记的意见，骆瑞生把后陈村试点工作经验形成专题报告，提交县委常委会讨论。

可是，在武义县委常委扩大会议上，有人提出了质疑：

"这样搞村监委会，不等于凌驾于村党支部之上吗？这还要不要党的领导？"

"增加一个机构就会增加一笔开支，增加开支就会增加农民负担！"

"这么搞，有可能将两个贪官变成三个贪官。"

"没有村监委会，乡镇、县里的工作就难干；有了村监委会，工作会更难干……"

会议室里气氛有些紧张，发言者言辞也很尖锐。

骆瑞生据理力争，一一回答大家提出的问题。

有人提问："怎么处理村监委会和村党支部的关系？"

骆瑞生说："村党支部这个领导核心是绝对不能动摇的。村监委会只是与村两委并列的权力监督机构。"

有人提出："《村民委员会组织法》没有规定可以成立'监委会'，这样做是否违法？"

骆瑞生说："法律中确实没有明确界定村监委会的概念。作为一个行政机构如果没有法律授权，其存在就是不允许的。但是，村民委员会是村民自治机构，《宪法》明确规定了公民的管理、监督和参与权利，并且，村监委会是由村民代表大会直接选举产生的，应该是合法的。"

有人提出："村监委会会不会成为村党支部和村委会工作上的阻力？"

骆瑞生说："在试点之初，我们就考虑到这点，有不少人担心选举出来的村监委会委员会成为村两委工作的阻力。但从实践看，像后陈村监委会主任张舍南，群众都很拥护他。"

最后，县委书记金中梁作了总结，旗帜鲜明地肯定了后陈村试点的做法和经验。他说："民主法治建设是历史的潮流，不以任何人的意志为转移。这项制度的创新，是代表群众根本利益的，只能前进，不能退缩。在推进过程中可能会遇到问题，这需要去调查研究，寻找对策。"

那天，陈秋华代表纪委作专题汇报，让她没想到的是讨论会这么激烈。后陈村试点倾注了骆瑞生和工作组同志无数心血无数精力，是后陈村村民从乱局治理中逼出来的。可今天很多领导给的却是负面评价，她心里感到有点儿委屈，眼泪汪汪的。

第二天，陈秋华在办公楼走廊里碰到县委书记金中梁。

金中梁对她说："秋华，后陈村试点还要做下去。一个新生事物的出现，不可能一帆风顺。同志们提出不同看法，有助于我们把问题看得更全面、更深入，有助于我们把工作做得更细致、更合理。"

陈秋华脸上露出了笑容，对他们的工作，金书记毕竟还是肯定的。

县委常委意见不统一，金中梁让骆瑞生召开村书记座谈会，听一下基层意见。这项变革限制了村支书、村委会主任的权力，看看他们的反响怎么样。

座谈会在县委常委会议室召开。

来了十几个村的党支部书记、村委会主任、人大代表、政协委员，都是基层的头面人物，影响不小的基层干部。

果然不出所料，村支书、村委会主任们在座谈会上，一片反对声。

"用人不疑，疑人不用。既然用我们了，还找个人看着我们，那我们干脆不当村干部好了。"

"原来是村两委，现在又多出一委，工作效率肯定会下降。"

听得差不多了，骆瑞生开口说："权力不受制约，就容易走向腐败。干部不受监督，失去约束，就容易走上邪路。要说牛，谁能牛过大邱庄的禹作敏？不受监督，他最后怎么样？"

他接着说："反过来，如果你做到了清正廉洁，难道还怕被监督吗？如果你做到了凡事公平合法，难道还怕被监督吗？如果你坐得正、立得稳，难道还怕多一委吗？我说，同志们呀，这个制度对大家可是有百利而无一害哦。我推心置腹地告诫大家，你想以权谋私、贪污受贿，那就不要当干部，免遭牢狱之灾。"

听了骆瑞生这样辩证的解释，反对声渐渐变小了。

他接着说："我给大家讲个真实的事情。前段时间，我们纪委走访了一个正在服刑的当过村党支部书记的人。我问他有什么感受。他说，如果当时有规范的制度，现在就不可能坐牢，因为没有制度约束和监督，加上对自己要求不严，问题就产生了。同志们，显而易见，监督缺位就容易产生腐败。村两委既当决策者，又当监督者，一身二任，出现了监督的错位，其结果是经过民主选举产生的一些村干部，像顺口溜所说的那样——初任村官是好人，真抓实干成能人，一经宣传成红人，放松监督成狂人，发展下去变罪人。"

座席间，不经意地爆出几个笑声。听着骆瑞生苦口婆心的一席话，与会者中有人开始交头接耳，有人开始微微点头。

骆瑞生又列举了最近查处的几起村干部贪腐案，语重心长地对大家说："我希望在我当纪委书记期间，你们能在岗位上顺顺溜溜地为老百姓干事情；你们工作顺溜了，群众满意了，政治也就稳定了。要知道，你们出事是党和人民很大的损失，我作为纪委书记，心痛啊，说明我这个纪委书记不称职，工作没做好啊！现在我用制度加强管理，来监督你们，实际上是在保护你们，爱护你们，你们要懂这个道理。"

热烈的掌声，终于爆响了。

会议结束后，骆瑞生向县委书记金中梁作了专题汇报。

金中梁对后陈村的工作要求抓好试点，要求全县上下必须统一思想。他也亲自去后陈村调研，有时候一个星期去两次。

他对骆瑞生说："推行村务公开民主管理工作，事关全局，惠及百姓，意义重大。我们一定要从维护群众根本利益出发，把后陈村这个试点抓好，并且还要在全县推开。"

2004年8月4日，武义县委常委会再次听取后陈村建立村务监督委员会制度、推进基层民主政治建设的试点情况汇报，通过了《中共武义县委、武义县人民政府关于健全和完善村务公开民主管理制度的意见》。

8月6日，武义县又紧锣密鼓地召开了全县村务公开民主管理动员大会，布置了全县分类分步推行村务公开民主管理的工作。

在县委书记金中梁的主导下，后陈模式很快在全县推广。这一年的下半年，第一批76个村全面推行村务监督委员会制度。第二年，该制度在全县558个村（社区）实现了全覆盖。接着，武义又在全县2234个村民小组推选产生组务监督员，在17个社区建立居务监督委员会，实现了民主监督管理从村务向居务、组务的全面覆盖。

第四章

蒲公英花开遍地

一

一石激起千层浪。

"三驾马车"的后陈模式引起了媒体和专家的关注，大家纷纷来昔日的问题村、上访村一探究竟。

2004 年 8 月 12 日，《南方周末》刊登了记者徐楠写的专稿《中国基层民主迈入"后选举"门槛》。

他在文章中指出：在最近十余年时间里，中国有七十多万个村委会和近六亿农村选民卷入了民主自治的大潮。但整个程序真正进行得比较好和规范的却只有少数，按照民政部官员的分析，只有 30%。其中的一个重要因素就是村庄的权力结构还是一元化的，村干部一旦当选就大权在握，基本不受约束，而村民也很少能参与到决策中去。因此，对于基层民主而言，在选举之后，分权制衡问题就无法回避了。而中办、国办2004 年 17 号文件的颁布，意味着中国基层民主从选举建设进入分权制衡建设的新阶段。

新华社记者谢云挺多次深入后陈村开展调查研究，在第一时间掌握了大量第一手材料。2005年1月10日，他在新华社内部材料第89期发了《武义县设立与村"两委"并列的权力监督机构》一文，首次提出了"第三种权力"机构概念。时任中共浙江省委书记习近平阅后作了重要批示。紧接着，谢云挺又在《新华每日电讯》发表了《浙江武义：尝试分权制衡管村务》。谢云挺的观点后来被写入中共中央一号文件。

2005年3月7日，央视《新闻调查》栏目播出《后陈村的变革》，对后陈村建立首个村务监督委员会作了全面报道。

2005年3月30日，中共浙江省委办公厅按照时任中共浙江省委书记习近平的批示精神，组织省纪委、省委组织部、省民政厅等七个部门领导，就武义县的村务公开民主管理队伍进行专题调研。调研组暗访了部分乡镇、街道、村庄，听取了武义县委领导汇报，召开了乡镇、街道干部座谈会和村干部座谈会。与会领导指出，武义县后陈村的创造性的工作和村监委会这一新生事物，还有一个不断探索、不断完善的过程，许多方面还需要不断形成共识，得到有关法律法规的认可。这个探索基层民主建设的嫩芽，需要共同认识、总结和完善，以推进基层民主建设。

后陈模式得到了中共浙江省委、省政府的关注和重视。

2005年6月17日，是一个值得纪念的日子，也是后陈村村民永远难以忘怀的日子。

这一天，时任中共浙江省委书记、省人大常委会主任习近平同志在省、市领导的陪同下，来到武义县后陈村。

听说习书记要来后陈村视察，村民们喜上眉梢，奔走相告，等候在村办公楼前，连邻近村庄的人都赶来了。

当习书记抵达后陈村时，等候在此的村民和干部们用热烈的掌声向他表示欢迎。

后陈村办公楼大门口的公开栏上，张贴着村务监督委员会签过字的明细账。

村干部介绍道:"每天报上来的发票,村监委会都签过字,盖过章,村监委会没有通过的那些就不能公示,不能报销。"

有村民说:"村监委会成立以后,村务是公开的,大家就不担心村支书、村委会主任乱花钱了。公示出来就放心了。"

还有村民说:"如果真的是为了村里的利益,因为招待花了钱,大家也会理解。上面来人帮助指导工作,总不能饿着肚子回去吧。"

村民们的这些话,句句都是掏心掏肺的。

四五十平方米的会议室,一下来了这么多省、市、县领导以及试点指导小组成员,还有后陈村三委干部和村民代表,可谓空前的济济一堂,空前的热闹非凡。

胡文法等人向习书记介绍了村务监督委员会成立的过程,用事实回答了人们担忧的问题。

例如:在变革之前,承包池塘是村支书和村委会主任说了算,村民意见很大;变革之后采取了招投标,承包费从2.8万元上升到5.8万元,仅两口池塘,村里就增加收入6万元。村里建厂房要用沙子,村两委定价每车运费为18元,村监委会提出招投标,结果每车运费降到4.49元。后陈村推行村务公开民主管理后,招投标达四十多次,直接为村里节约资金30多万元。有了村监委会,报销要经四人签字,当事人、村支书、村委会主任和村监委会主任;入账要经三人审核和签字,否则拿到钱也得退回来。如此一来,村里开支节省了,招待费减少了,从过去每年十几万元到现在每年几千元。然而村监委会三个成员的工资是多少呢?村监委会主任的岗位补贴是480元,委员的岗位补贴是360元,加上误工补贴,全年的开支总共不到5000元。

一个村民向习书记介绍了黄色封面的小本子——《后陈村村务管理民主监督制度》:"这个本子就是我们村的'王法',村干部做得对不对,我们一翻小本子就清楚了。如果村干部做得不对,我们就向村监委会提出来。"

村里的报账员说，以前报销费用只要村支书和村委会主任签字就行了，现在报账还要经过村监委会主任签字，还要在公示栏里说清楚。比如说招待费一项，以前只要写餐费多少就行了，现在要写清楚招待哪儿来的人，几个人，花多少钱，要让村民一目了然。

陈岳荣讲述了村监委会给后陈村带来的变化。有人给他准备了几页讲话稿，他拒绝了："用不着这东西，村里的情况我知道。"当年村支书腐败，他不仅积极上访，而且还跟另外两个党员一起堵住道路，不让沙石场承包人的车辆通过。陈岳荣现在是村监委会委员，负责监督建厂房的原料采购以及施工质量。他做事特较真，桩孔浇筑混凝土前，他要亲自看看钻没钻到岩层。有时孔钻到岩层了，但桩底留有泥巴，他说这是绝对不行的，要施工方必须把泥巴弄干净。

前些日子下雨，水把塘塍冲开了，村里计划就地取土堵上，可是前任村支书的老父亲偏偏在那儿种了茭白，不让挖土，还说，地是集体的，但田可是我的，你要敢挖，我就躺在这儿让你挖！老人家年过七旬，真要躺在田里谁敢动？村干部没辙，胡文法让陈岳荣去做工作。陈岳荣和颜悦色地对老人说，这塘是集体的，养鱼赚钱呢，大家分，你也有份。现在塘塍被水冲了，得用土堵上，到外边拉泥要花钱，这里搞一下很快的。茭白是你的，我量一下，村里会给你赔偿。老人点头同意了："你让挖土机过来挖吧。"

骆瑞生介绍了后陈村经验在武义推广的情况："目前武义558个行政村（社区）中已有537个完善了两项制度，成立村监委会的有339个，成立村务监督小组的有198个。从效果上看，去年下半年的信访量就比前年同期下降32%，成效较明显。"

习书记听了汇报后指出，接下来的党员先进性教育活动，主要是面向基层，要结合教育解决一些基层比较突出的问题。

基层什么问题比较突出呢？其中一个问题是村干部腐败的问题，这在上访案件中占相当大的比例。现在有一定条件的，掌握一定财力、资源的村子，在资金、资源分配上，权力是掌握在村两委手中的。不受监督的权力，肯定会趋向腐败，这不是人的问题，而是制度问题。这里，确实有不断完善农村基层组织监督机制的问题。针对这个问题，村务管理和村务监督要分离，建立监督制衡机制。

村干部腐败是影响党群、干群关系的热点问题，必须高度重视，及早研究、探讨，进一步完善措施。

他还指出，党支部是领导核心，村委会是村务决策执行管理机构，村监委会是监督机构，村民代表会议是村里的决策机构。这种工作模式是立得住的。

最后，习书记对武义县在这项工作上的试点探索精神和后陈村在这方面摸索的贡献表示肯定，指出要把这种精神用在各项改革中去，推动改革，还是要靠改革来解决问题。

习书记给后陈村吃了定心丸，给武义县委吃了定心丸。

掌声爆响，久久不息。

二

岁月是一条河，现实像两岸的树木，都要进入历史的长河。

后陈村在全国首创村务监督委员会，这个不起眼的小村庄，一下子成了全国媒体的焦点。

张舍南成为新闻人物了。他是中国第一个村务监督委员会主任。

担任这个职务会得罪很多人。一些农民骨子里还有小农意识，嫉妒心特别重。有人说，他风头出得太多了，比村支书还大牌，在媒体上出现得太多了，引起了村民的嫉妒；有人说，张舍南告诉记者，当村监委会主任耽误他的生意，村民就说，你要觉得吃亏就别当了。还有人说，张舍南性格太耿直，做事太认真，怕是当不长。此话真灵验。

果然，2005年，后陈村与全县其他行政村一样进行换届选举时，张舍南落选了。他连村民代表也没选上，所以就失去了当选村务监督委员会成员的资格。

这里面有个张舍南自己意想不到的问题。

胡文法回村任党支部书记时，张舍南建议村民代表按照道路区块重新划分管辖范围。选举时根据新划区块内的村民户数确定代表名额。但是始料未及的是，这一划打破了原来以生产队为单位选代表的格局，把以前同一个生产队的兄弟姐妹、亲戚朋友、左邻右舍给划出去了，因此，给张舍南投票的人就少了。现在，就因为这个原因，张舍南连村民代表也没选上。假如还按以前生产队划片或者由全村村民来选，张舍南怎么也不可能落选，胡文法断定。

村监委会成员当时规定在村民代表里面产生，代表选不上，因此就没资格参选村监委会成员。当初重划选区建议是张舍南自己提的，现在只能哑巴吃黄连了。

面对这个结果，胡文法爱莫能助。

张舍南自尊心很强，觉得自己是拔了毛的凤凰不如鸡。当过村监委会主任的他顿时感觉自己矮了一截，落选后，把自己关在家里一个月，大门不出，二门不迈，连早点都是妻子买了带回来的。

从带头上访到当选村务监督委员会主任，又从当选到落选，一幕幕往事浮现在他的脑海里。但是思前想后，让他感到欣慰的是，自己和后陈村村民们与腐败抗争，催生了全国第一个村务监督委员会，自己还上了央视和各大报刊，成了新闻人物。

然而让他自责的是自己毕竟还有许多缺点，比如：做事太心急，太较真，讲话太冲，不给人留情面，等等。要不，村民怎么会抛弃他，怎么会不喜欢他呢？

但事实证明，村民还是信任他的。在下一届的村级换届选举中，他又一次光荣当选村务监督委员会委员，一干又是三年。当然，这是后话。

正当张舍南闷闷不乐在家"闭关"之时，骆瑞生书记带着秘书叶杰成，拎了两瓶酒，登门来看望他了。这给了他莫大的安慰。

骆瑞生说："县委对你充分肯定。你当村监委会主任尽职尽责，为后陈村作出了贡献。选上选不上，你都是后陈村的人，要继续关心支持村里的发展。再说，谁当谁不当，不是主要问题，关键是这个机制要坚持下去。"

"说得太好了！"张舍南说。

关键是这个监督机制要坚持下去。张舍南连连点头表示赞同，并接着说："骆书记大驾光临，怎么也得吃了饭再走吧。"

于是，骆瑞生、叶杰成跟着张舍南，在旁边小面馆烧了三碗鸡蛋面，开开心心地吃了一顿中饭。

就这样，张舍南和骆瑞生变成了好朋友。张舍南有什么事，常跑到城里向骆瑞生请教。

2006年1月传来喜讯，武义县村务监督委员会制度荣获"中国地方政府创新奖"。骆瑞生带刘斌靖、陈秋华、叶杰成去北京领奖。

到了萧山机场，大家发现一向做事严谨、一丝不苟，穿得整整齐齐的骆瑞生，当天穿了一双白色旅游鞋。

陈秋华说："你这样不行的，我们小地方的人去北京也得讲个礼仪，你总不能穿着旅游鞋上台领奖吧！"

大家就说："在机场买一双新皮鞋吧。"

骆瑞生说："咱是农民出身，不讲究这个了。到时候实在不行，就换叶杰成的鞋应付一下好了。"

大家哈哈哈笑了起来。

骆瑞生出门前，其实考虑过着装问题。外穿一套西装，里面配白衬衫，系一条紫红色领带——领带不能打得太紧也不能打得太松，过紧过松都会显得土气。他是很有分寸感的人。但是，他压根儿没想到鞋子会出现问题。他低头看看自己西裤下面，千真万确穿的是一双又肥又大与西装极不相配的白色旅游鞋，禁不住失声笑了起来。

天下着鹅毛大雪。

飞机不能按时起飞。本来算好提前一天到北京，不急不忙，第二天登台领奖。

现在飞机航班延误了。怎么办？

四人合计，赶到上海浦东机场乘第二天一早的航班飞北京。

就这样，他们决定从杭州萧山机场驱车去上海。但是天晚了，下着雪，雾很大，三十码都跑不起来，能见度只有几米，只能老牛拖破车一样慢吞吞地行进。行至中途，又遇高速公路封道，车子只好从老的国道线走。如此一折腾，到上海已是凌晨2点多。

等他们一早从上海飞往北京，已经错过了评奖时间。听说创新奖已评选出来了，武义只得了入围奖。

骆瑞生不免为没有评上创新奖而遗憾。他甚至自责，是不是跟穿了不配套的白色旅游鞋有关。

大家说："入围奖也很好，说明我们做对了。"

组委会同志得知骆瑞生航班延误之事，十分感动，在会议结束前，特地安排他登台汇报演讲。

骆瑞生旅途奔波的劳累，一下子烟消云散了。他十分从容地向与会者介绍了后陈村建立全国首个村务监督委员会的情况。他从制度创新的动因、基本构架、运行机制和产生的绩效四个方面，作了陈述。

最后，骆瑞生说："我作为本制度创新和推行的倡导者、组织者、实践者，充满信心。尽管在整个过程中也曾遇到部分乡、村干部因非制度利益脐带被割断而抵制，曾遇到县里少数机关干部因村民可以借助制度平台约束不法行政行为而消极，曾遇到少数党务工作者因制度作用发挥对党在农村工作的领导方式和工作方式提出挑战而困惑，但是，有党中央确立的以人为本、科学发展观和构建社会主义和谐社会治国理念的指引，有广泛的群众基础，我相信，随着这项制度的推行和完善，各级干部按制度办事观念的转变，村民民主习惯的积累和民主技巧的提升，必将为基层民主政治建设提供文化和心理支持。"

2006 年 12 月，骆瑞生调任武义县政协党组书记；2007 年 2 月，任武义县政协党组书记、主席。

2007 年 11 月，白洋街道党工委决定调胡文法到该街道管辖的牛背金村任党支部书记。

牛背金村那时也因财务混乱，群众上访不断，整个村乱成了一团糟，街道无奈之下又只好调胡文法去稳定局势，收拾乱局。

胡文法像一名忠诚的消防队队员，刚从一个灭火现场撤下来，来不及换装，又急匆匆奔赴第二个灭火现场；他又像一名刚强的士兵，刚攻下一个险象环生的山头，来不及休整，又火急火燎地去坚守另一个关隘。解决这些老大难问题，对他来说已是家常便饭。他在白洋街道因此出了名。

但是，后陈村的干部群众都舍不得胡文法走。

村委会主任陈忠武说："文法，我和你搭档三年，吵也吵过，骂也骂过，但你宰相肚里好撑船，处处宽宏大量，还培养我入党。我呢，从你身上学到了不少东西。以前村务不公开，我私欲也重，群众对我意见很大；你来了，带着我们干，骂我的人少了，我心情都舒畅了。"

有村干部说："你在后陈村当书记当得好好的，为啥说走就走？"

还有村干部说："你留下来再当三年书记，把这个村庄好好整一下。"

胡文法说："其实我也舍不得走，后陈村是我的家乡，我是在后陈村长大的。但这是组织的决定，作为共产党员，只得服从。"

接着，胡文法又说了几句心里话："真要做好村里的事情，也要付出很多的精力。还有呢，我也有压力，毕竟把一些人得罪了。人无完人，金无足赤。我也有很多毛病，脾气暴躁，主观武断。再说，后陈村也需要培养年轻干部，作为老同志，我得放手，让位啊！"

胡文法恳切的言辞，说得大家心里酸酸的。

街道领导到后陈村召开三委成员和全体党员会议，宣布了街道的决定：胡文法调到牛背金村任党支部书记。

谷黄一夜，人老一年。胡文法在牛背金村当了两年村党支部书记，2009 年 9 月，被查出患了肺癌。他的肺在手术中被切除了一部分。

2016 年 7 月 26 日，我与朋友去后陈村采访，却没见到胡文法。村妇女主任陈玉球说，他住在金华广福医院做化疗。这个医院是肿瘤专科医院。

有人说，胡文法这病，是累出来的。

有人说，胡文法这病，是被活活气出来的。

同年 9 月 7 日，我与朋友又去了后陈村，在胡文法家见到了他。他穿着一件小彩格 T 恤，红光满面，一点也看不出患上了重病，虽然满头黑发都剃了，光光的头皮上长着白发楂儿。

他笑着对我们说："以前我一直和腐败作斗争，现在轮到我和自己身上的癌症病魔作斗争了。"

显然，眼前的胡文法已经不是十几年前精神抖擞的胡文法了，逝去的岁月在他的额头上刻下了一道道深深的沟壑。

他说，明天还要去广福医院化疗。

他对我们很热情，一边和我们说话，一边叫我们喝茶吃水果。

病魔缠身的他对一切都已看淡了。回首往事，胡文法感慨万千，言语中透着几分自豪，他说："没想到当年后陈村建立村务监督委员会，会受到习书记的高度关注，很快被推向全国。"接着，他又不无担忧地说："怎样让制度很好地落实，怎样让百姓监督，仍然任重道远。近年来，村干部腐败现象依然触目惊心，涉案金额动辄千万元以上，'小官大贪'现象已经成为农村建设中的突出问题，对基层权力的监管还得加大啊！"

望着身患重症而又淡定自如的胡文法，我心里掠过一丝不安，只能默默地为他祝福，真诚地希望他早日战胜病魔，让上天还他一个健康的躯体。

让人想不到的是，时隔半年，胡文法于 2017 年 4 月 29 日因病去世。金华新闻网发了一篇文章《武义"后陈经验"见证者胡文法去世》：

> 《金华日报》记者从武义经济开发区管委会获悉，武义"后陈经验"见证者胡文法 4 月 29 日因病去世，享年 60 岁。
>
> 胡文法生前系武义经济开发区（白洋街道）干部，1957 年 11 月出生，1990 年 6 月入党，初中文化。胡文法在 2003 年被街道下派到后陈村担任党支部书记，针对该村干群关系紧张、村民上访不断的情况，他在时任武义县委的领导下勇于实践，首创了村务监督委员会制度，得到了中央、省、市各级领导的肯定。2010 年 10 月，后陈村首创的监委会制度被写入新修改的《中华人民共和国村民委员会组织法》，在法律层面上正式向全国推广。
>
> 2005 年 6 月 17 日，时任中共浙江省委书记习近平深入后陈进行调研。胡文法曾介绍后陈村首创监委会制度的来龙去脉。
>
> 胡文法几十年来一直工作在乡镇基层、农村一线，以饱满的工作热情、扎实的工作作风、优异的工作成绩，得到广大干部群众的普遍好评。在胡文法同志的带领下，白洋街道后陈、牛背金、新金塘等村新农村建设取得了明显成效。尤其是在他担任后陈村党支部书记期间首创的村务监督委员会制度，得到了广大村民的热烈欢迎和拥护，得到了中央、省、市各级领导的肯定，在全国产生了重大的影响。
>
> 胡文法生前被评为省优秀共产党员，获省优秀农村工作指导员等荣誉。胡文法同志的追悼会于 5 月 10 日上午 9 时 30 分举行。
>
> 在这个洒满阳光的夏日，让我们一起送别"让村务晒在阳光

下”的见证者。

　　一路走好！

　　青山不语，江水长流。4 月 29 日，正是初夏时节，也许是一个很普通的日子，谁也不会刻意去关注。除了金华新闻网的报道，其他纸媒都没有刊发消息。在海量信息爆炸的今天，一个普通人的离去也许并不会引起很大的反响。我也是时隔数月才知道胡文法已经离去，这让我感到无以名状的悲痛和遗憾。但我想，他走的那天一定是艳阳高照，乾坤朗朗。胡文法一生坦荡无私，两袖清风，为人正直，他是一个心中充满阳光的人，应该让阳光永远伴着他。虽然，他已经离我们远去，但后陈村的村民不会忘记他为后陈村呕心沥血的每一天；武义县的百姓不会忘记他为农村发展殚精竭虑的每一天；共和国的乡村发展史上将会留下他的精神，留下他为基层民主制度所做的探索和坚定的足迹。

三

　　“苟日新，日日新，又日新”，用《礼记·大学》的这句话来描述中国当今的改革状态，可谓恰如其分。

　　2017 年年底，我再一次踏上后陈村这片热土。汽车行驶到金丽温高速公路武义出口，首先映入眼帘的就是“中国民主法治示范村”的牌子。

　　在波澜壮阔的改革中，后陈村创立了全国第一个村务监督委员会。作为全国六十万个行政村中的一员，后陈村和河南西沟村、安徽小岗村一样，成为具有时代意义的标志性村庄。

　　后陈村沐浴在冬日的阳光里，明媚而又温馨。碧波荡漾的前湖环绕村庄，廉政文化公园、民主公园、民主广场、“后陈经验”展示馆、村便民服务中心……每一处景观都蕴含深意，它们见证了后陈村的昨天和今天。

后陈村的人不会忘记，在那个阳光明媚的日子，时任中共浙江省委书记习近平来到后陈村考察，肯定了后陈村首创村务监督委员会的做法。在浙江任职期间，习书记多次对"后陈经验"作出批示，要求不断总结完善和推广。离开浙江后，习书记依然十分关注"后陈经验"的发展创新，曾经批示："建立村务监督委员会，规范村干部用钱用权行为，是密切农村干群关系、维护农村社会和谐稳定的积极举措，也是加强农村基层党风廉政建设和基层民主政治建设的一个有益探索，浙江在这方面的经验和做法可供借鉴。"①

2010年8月，浙江省下发《浙江省村务监督委员会工作规程（试行）》通知，在全省三万个行政村实现全覆盖；2012年，这一制度被列为《党的十六大以来政治体制改革大事记》的十六件大事之一。

2010年，建立村务监督委员会被写入《中华人民共和国村民委员会组织法》。村务监督由"治村之计"上升到"治国之策"。"后陈经验"像蒲公英一样从武义播撒到全省、全国。

2011年2月，习近平等中央领导同志相继作出批示，高度肯定浙江的实践成果。

历届省委主要领导对村务监督委员会工作同样高度重视，提出要在完善制度规范、增强监督实效上下功夫，尤其要突出对群众关心的村务活动的监督。

浙江村务监督委员会建设就是这样在群众的热切盼望和各级领导的关心关怀下，走出了一条金光大道。

2012年12月23日，新华社推出人物特稿《"人民群众是我们力量的源泉"——记中共中央总书记习近平》，回顾习近平从政经历，写到

---

① 康培培、周星亮《后陈经验：潜在价值与重大影响——我国第一个村务监督委员会成立十周年专家专题调研座谈》，《人民论坛》2014年8月上。

了他在浙江省推广村务监督委员会的经验，对基层民主的积极探索和成功实践。

2004 年，他在浙江推广武义县在村支部、村委会之外设立"村务监督委员会"的经验，建立了村级权力的制衡机制，实现了看得见摸得着的村务监督。村民自治在共建共享中推进，基层民主不再是抽象的概念，而成为农村生活常态，融入农民日常生活，对基层民主建设的实现形式进行了积极探索和成功实践。按照老百姓的话说，"这个机制简单得很，就是能让我们看着村干部，不让他们乱来。"①

2012 年，时任中共武义县委常委、纪委书记楼国康组织调研组在全县广泛征求村、镇、部门及上级单位的意见建议，坚持法规性、针对性、操作性、有效性的原则，经过十六稿的修订，提出了村务监督委员会履职细则，提交县委常委会研究。这一细则细化了操作程序，规范了监督内容，明确了对村务监督委员会的指导、考核和评议。同年 7 月 16 日，武义县相继出台了《村务监督委员会履职细则（试行）》《村务监督委员会主任考核办法（试行）》等制度，由此，武义村级民主监督从监督要素建设转向了监督体系建设阶段。

弹指一挥间。从 2004 年 6 月 18 日武义县后陈村村务监督委员会牌子挂出，已过去十多个年头了。十多年来，武义县委、县政府历任领导都高度重视村务监督制度建设工作。

2015 年 6 月 18 日，时任中共金华市委常委、武义县委书记钟关华主持召开了"后陈经验"十周年座谈会，邀请国内专家学者和媒体共

---

① 《"人民群众是我们力量的源泉"——记中共中央总书记习近平》，新华社北京 2012 年 12 月 23 日电。

同与会。钟关华在会上希望通过对"后陈经验"的总结、梳理，使"后陈经验"具有更深的理论内涵、更强的实践支撑、更广泛的示范意义，使"后陈经验"开启基层民主法治建设的新征程。

2017年12月4日，中共中央办公厅、国务院办公厅印发了《关于建立健全村务监督委员会的指导意见》（下简称《意见》），目的就是为推动全面从严治党向基层延伸，进一步完善村党组织领导的充满活力的村民自治机制，提升乡村治理水平。

这一指导性意见可以这样解读：首先明确了定位，村务监督委员会是村民对村务进行民主监督的机构。建立健全村务监督委员会，对从源头上遏制村民群众身边的不正之风和腐败问题，促进农村和谐稳定，具有重要作用。准确把握定位，村务监督委员会是村民自治机制和村级工作运行机制的完善，是村民监督村务的主要形式。

《意见》还明确规定，村务监督委员会一般由三至五人组成，设主任一名，提倡由非村民委员会成员的村党组织班子成员或党员担任主任，原则上不由村党组织书记兼任主任。村务监督委员会成员由村民会议或村民代表会议在村民中推选产生，任期与村民委员会的任期相同。村务监督委员会成员要有较好的思想政治素质、遵纪守法、公道正派、坚持原则、敢于担当、群众公认，具有一定政策水平和依法办事能力，热心为村民服务，其中应有具备财会、管理知识的人员。乡镇党委、村党组织要把好人选关。村民委员会成员及其近亲属、村会计（村报账员）、村文书、村集体经济组织负责人不得担任村务监督委员会成员，任何组织和个人不得指定、委派村务监督委员会成员。

《意见》还提出，村务监督委员会的职责是对村务、财务管理等情况进行监督，受理和收集村民有关意见建议。发现涉贪腐谋私问题及时向纪检监察机关报告。

建立村务监督委员会的重大意义自然不言而喻，而且已被实践所证明。改革开放的过程也是中国农村的治理发生重大变化的过程。村务监督委员会使农村出现了"三驾马车"齐驱的局面，厘定了党组织、自治组织和监督组织三者的权力边界，从"管治"到"法治"，实现基层善治，对中国农村民主自治产生重大影响。

"郡县治，天下安。"

后陈村村务监督委员会的建立是县域治理中捍卫基层政权的一个伟大创举。捍卫基层就是捍卫执政、捍卫政权建设，这是一个全球性、规律性的执政定律，也是铁律。基层善治就是基层善政，这是国家善治之基础、执政之基石。我们从后陈村看到，基层民主治理的变革是一个艰难而漫长的过程，但我们看到更多的是中国农村民主政治的希望之光和法治圣殿。

我们的党一直在积极探索民主法治建设实践。以习近平同志为核心的党中央作出深化国家监察体制改革的重大决策部署，决定在北京市、山西省、浙江省开展国家监察体制改革试点。党的十九大对深化国家监察体制改革再动员再部署，要求将试点工作在全国推开。2017 年 11 月 4 日，十二届全国人大常委会第三十次会议通过关于全国各地推开国家监察体制改革试点工作的决定。

党中央高度重视国家监察体制改革及试点工作。习近平总书记多次主持召开中央政治局会议、中央政治局常委会会议和中央全面深化改革领导小组会议，专题研究、审议通过改革和试点方案，对改革作出顶层设计，明确了试点工作的时间表和路线图。国家监察体制改革试点取得实效，并迅速在全国各地推开。

这一重大体制改革，实现了党内监督与国家监察相统一，实现了对所有行使公权力的公职人员监察全覆盖，真正把公权力关进制度的笼子，体现了党内监督与国家监察内在一致，高度互补，实现了党和国家的自我监督体系，健全了反腐败领导体制，实现纪委、监委合署办公，机构、职能和人员全面融合，实践运用调查权，发挥留置威慑力，充分行使监委职责权限，同时探索执纪监督与执纪审查部门分设的内部监督机制，形成监察机关与司法执法机关相互衔接、执纪与执法相互贯通的工作机制。试点形成了可复制可推广的经验，为改革全面推开和制定国家监察法提供了实践支持。

无论是后陈村建立全国第一个村务监督委员会，还是国家监察体制改革的不懈探索，都是中国民主政治的伟大实践和创新发展。前者是大国治村的一村之策，而后者是国家长治久安的治国方略。我们正处在离实现中华民族伟大复兴中国梦最近的历史时期，党面临的最大挑战是对权力的有效监督。全面从严治党，最终是要探索党的长期执政条件下实现自我净化的有效途径，破解历史周期律，永葆党的先进性和纯洁性。党内监督和国家监察是中国特色治理体系的重要组成部分，必须立足当前，谋划长远，着眼完善提高党和国家治理体系和治理能力这个目标，建设强有力的国家监察体系。通过建立完善党和国家自我监督体系和制度，增强自我净化、自我完善、自我革新、自我提高的勇气和能力，彰显中国特色社会主义道路自信、理论自信、制度自信、文化自信。

四

后陈老街迢迢，小桥流水涓涓。当人们漫步在后陈村，徜徉在民主公园，可以感受到江南水乡的意境和温润，可以感受到美丽乡村扑面而来的春风和滚滚热潮。

后陈村正站在全新的发展舞台上，酝酿再次出发。

后陈村村民一直把习近平总书记的讲话作为前进的方向和动力。十三年来，后陈村经历了六届村班子，更替了二十余名村干部，村庄建设投入两千余万元，创造了村干部"零违纪"、村民"零上访"、工程"零投诉"、不合规支出"零入账"的纪录，成为生产发展、乡风文明、管理民主的全国民主法治示范村。

当年的妇女主任陈玉球，2017 年 5 月被选为新一届村务监督委员会主任。她曾经是村里的大管家，手里总是拿着一大串村里的钥匙，村里的大事小事都离不开她。她当了几十年村干部，对后陈村了如指掌。她心里明白，一触及实际利益肯定要得罪人，但她把"按制度来、按规矩办、不怕得罪人"作为履职原则。

新一届村委会主任陈跃富不止一次对陈玉球掏心窝说："玉球，你一定要监督好我，监督好我就是帮助我，为我好。"

在后陈村，村监委会主任是最难当的，至今已经连续换了六届村监委，届届换人。张舍南、陈广达、陈跃明、徐月祥、何荣伟、陈玉球先后担任村监委会主任，但都没有连任。陈玉球也不再年轻，但她知道，只要在任一天，就要尽职尽责一天，对得起自己的良心。

在村办公楼里，我看到一份新编印的《后陈月报》，后陈村里每笔收支情况都刊登在《后陈月报》上，发到全村每家农户，让村民一目了然。村里免费安装了华数电视互动点播频道系统，村民在家里的电视上就能看到村里的每一笔支出。

后陈村还建立了全科网格，全村划分为五个区块，各个区块党员担任网格员。由村党支部书记陈忠武担任网格长，村监委会主任陈玉球担任专职网格员。每个月的"党员活动日"，陈玉球都要进行监督述职，村民对村内各项工作有意见、建议均可向网格员反映。全村网格化管理、账目公开上数字电视点播，村监委会每月例会，都成了后陈村的创新，村务监督工作得到了不断深化和丰富完善。

当年的村委会主任陈忠武已经连续几届担任村党支部书记，他也是第一个村监委会成立的参与者和见证者。一路走来，从当初村民的不信任、不理解到深受村民拥戴，他经历了风风雨雨。习总书记在党的十九大报告中对"不断提升乡村治理水平"的论述让他激动、让他振奋。现在他考虑得最多的是如何深化村监委会管理制度，如何真正把公权力关进制度的笼子，如何在新时代的征程上再出发。

武义县委、县政府高度重视"后陈经验"的完善和推广，使"后陈经验"历久弥新。后陈村作为中国农村法治建设示范村，建立了"后陈经验"展示馆，吸引了全国各地的人前来参观、调研和取经。如今的后陈村村民一边沐浴着民主法治建设的阳光雨露，一边分享着村民监督带来的红利和幸福，在全面建成小康社会的时代大潮中起到了带头作用。

我似乎看到，后陈村前湖波光中荡漾着的满脸笑容在欢迎大家，武义江用滚滚流淌的歌声在欢迎大家，热情好客的后陈村村民，扭着秧歌，敲响腰鼓在欢迎大家。

第 二 部

顾盼塘里

2018 年的一个冬日，我在浙江省永康市石柱镇塘里村与孙权后裔邂逅。

说起三国时的孙权，恐怕国人无不知晓。

孙权，三国时叱咤风云的东吴大帝。谁不认识呢？

建安五年（200），孙权之兄孙策遇刺，临终前命孙权接替其位。孙权少年统业，礼贤下士，重用能臣，使文武大臣甘为他所用，愿为他赴死。谈笑间，樯橹灰飞烟灭——一场著名的赤壁之战，奠定了魏、蜀、吴三国鼎立的局面。

孙权重儒好学，司马光写的《孙权劝学》被选入初中语文教材，成为教材中的经典，被诵读至今。孙权和兄长孙策还因孝道而闻名。

岁月悠悠，一千七百多年过去了。孙权的子孙安在？

某一天，我忽然惊喜地发现有这样一个村庄，村里 98% 的人都姓孙，正是孙权第六子孙休嫡传的后裔。

这个村庄就是浙江省永康市石柱镇塘里村。

在一个暖暖的冬日，我迫不及待地驰进了塘里村，就像渴望了解孙权一样地渴望了解孙权的后人。

塘里村在并村前，只是一个三百六十多口人的孙权后裔聚居的村庄。

逶迤仿古的石头城墙，高大威猛的孙权铜像，吴国太进香的绘画，廊亭古樟，修竹翘檐，以及一幢幢泥土墙上无处不在的篆、隶、楷、行、草等各种字体的书法作品，带着历史文化的积淀和历经风雨的拙朴沧桑一起扑面而来。一切都很安静，却似乎转瞬间把我带进了三国的时空里。

孙权的后人一定读懂了孙权，延续了孙氏家训和家风。

在一块块刻满字的绿色墙体前，我不禁读起一个又一个动人的故事。

塘里村建村于宋，崛起于明，有七百多年的历史，村民们世世代代以孙权文化为荣，重学、重儒、重德，以良好的家风家训教化子民。在美丽乡村建设中，村里先后建起了劝学馆、孙权文化中心、家训馆、书画中心、顾盼长廊……塘里人逐渐被外人知晓，来参观的人逐年增多，村庄也越建越美，由此有了许多璀璨的光环：中国传统古村落、浙江省3A级景区村庄、浙江省生态文化基地、浙江省美丽宜居示范村、金华市十佳文化礼堂、永康市先进基层党组织、永康市十大最美乡村……

正如村民们所说，塘里村能够有无数的光环，是因为他们有一个好支书孙朝厅—— 一个真正延续了孙权精神的，一心为集体、一心为民的好干部，一个以德治村的先行者。

村民们亲切地叫他"老孙头"。他的骨子里生来就有几分倔强。

到塘里村采访的那天早上，我先给孙朝厅发了一条微信告知，但进村后仍然扑了空，没有见到他的踪影。显然，早上的微信被他忽略了。也许他根本就没有时间看微信。村民说，老孙头太忙了，马不停蹄，东奔西走。一名村干部告诉我，下午2点你准能见到老孙头。下午要召开阳龙、华川、箕里、里溪寨和塘里五村合并后的首次各村班子联席会议。

将近下午2点，我终于在塘里村书画中心等来了风尘仆仆从外面回来的孙朝厅。

孙朝厅的微信名叫"白发愚夫"。乍一见这位个子高大、身板结实的书记，根本猜不准他的年龄。瞧他白发如雪，料想年纪不轻；看他脸上只是稍有细纹，又觉年纪不大。孙朝厅那张古铜色的脸上写满了坚毅与刚强，说起话来沉稳流畅。

孙朝厅的行程安排得满满的：上午，他去和永康市政府几个部门对接有关项目；下午，赶回来参加五村合并后的首次各村班子联席会议；晚上，坐高铁赶到杭州，第二天早上要参加浙江省文化和旅游厅召开的乡村旅游项目推荐会，他要在会上作一个十分钟左右的演讲，为此，还专门请人帮他制作了一个PPT。

各村班子联席会议结束后，他又驱车去镇里向镇领导请假，因为第二天镇里也有一个重要会议，本来要他参加。这样，他一方面履行请假手续；另一方面，也顺带着向镇领导汇报村里的工作。

我们的采访，就这样见缝插针地开始了。

第一章

倔强的老孙头

一

孙朝厅永远不会忘记 2009 年 6 月的那一天。

一大早起来，他和往常一样到村外田畈去转一圈。孙朝厅的心情和仲夏早上的天气一样爽朗，村边后山上的天空显出柔和的蔚蓝色，田塍上青青绿草的嫩叶沾满了闪闪发光的露珠，满畈的禾苗轻轻地荡漾着，鸟雀翻飞，蛙声一片，时已夏至，却还留着春的气息。

早上，镇里的组织委员吕有良通知孙朝厅和孙界仁到镇办公室谈话。

对于谈话的内容，孙朝厅的心里已经猜到了几分，镇里要确定塘里村的村支书。

塘里村是永康市的一个偏僻贫穷的小山村。说是山村，其实也没有真正意义上的山，几个小山坡把不大的村庄包围在里面。

永康地处浙江中部，面积 1049 平方公里，古称丽州，始置县于三国赤乌八年（245）。相传孙权之母吴国太因病到此进香，祈求安康。

吴国太病愈，孙权大喜，遂给此地赐名"永康"，并单列为县。

塘里村正是吴国太进香之宝地。相传 245 年，孙权命第六子孙休陪同母亲前往。祖孙二人带着随从仪仗，坐着马车，一路向南。拜过青城山的黄帝庙，然后折而向东，欲前往乌伤古刹灵岩寺。行进途中，但见蜿蜒的青山的怀抱里，一方大塘波光粼粼。吴国太心里顿时一暖，忙命侍从停车。祖孙俩好好地游历一番后，吴国太郑重地对孙休说："吾辈贵为皇族，盛之极矣。然易云：亢龙有悔。故有其盛必有其衰也。若时不我与，尔可令后人迁栖此地，当可保我孙氏血脉发族延绵也。汝当谨记。"

五代十国之末到宋初之乱世，是一个大迁徙的年代，塘里先祖孙绅，随父辗转从富阳转严州迁至衢州。宋太祖乾德年间，又举家从衢州迁至永康城西三里的凤凰潭。

宋朝末年，为了躲避元朝铁骑，亦为了确保孙氏皇族血脉延绵，塘里第十三世祖仲彰府公终觅得吴国太心仪之地——祥和、清雅的塘里，在此落户，世代繁衍生息至今。

永康历史悠久，山川秀丽，人文荟萃。据考古发现，一万年前就有祖先在永康这块土地上繁衍生息，创造文明。永康人多田少，为了谋生，数以万计的农民挑起手工工具，走乡串户，足迹遍及全国城乡，因而有"打铜打铁走四方，府府县县不离康"的谣谚。永康有山清水秀的田园风光和古朴纯正的乡风民俗，是闻名海内外的"五金之都"和旅游胜地。

近年来，永康这个经济发达的"五金之都"周边的村庄都已悄悄地发生着巨变，到处是拔地而起的高楼大厦，到处是风光秀丽的乡村景观。而塘里村仿佛是被时代遗忘的弃子，美丽、富饶似乎都和它不沾边。

当时，塘里村只有三百多人口，显然是一个无足轻重的小村，村里到处是破旧、颓败的土屋，只有一条弯弯曲曲的机耕路连接着外面的世界，从石柱镇中心到塘里村要弯弯绕绕地走一大圈。村里也没几家像样的企业，大部分青年人都在外面打工。

塘里村当时正处于群龙无首的状态。原来的村党支部书记因违反计划生育政策，躲避在外面，村里大小事情都没人做主，连污水管道都埋不下去，邻里纠纷无人理，上头布置的工作没人干，成了全镇的落后村、贫困村。

村里的乱象，孙朝厅看在眼里，急在心里。虽说他和孙界仁是村支委，但上级没有授权，他也只能望村兴叹，想干也干不了什么事。

他们俩一早赶到镇会议室，看到里面已经坐着十几位领导，都是镇里的头头脑脑。

组织委员吕有良开门见山地说："塘里村的党支部书记已经空缺多时，再这样下去总不是个事情。镇党委要从你们两位支委中选一位担任村支书，叫你们来就是想听听你们的意见。"

孙界仁愣在那里一言不发。

孙朝厅则腾地站了起来，说："村里如果一直这样混下去，谁当书记都没问题；如果要干事，那书记一定得我来当。因为我自以为有霸气，当书记就得有霸气。"

吕有良说："光有霸气还不够。"

孙朝厅说："那当然。我是塘里出生塘里长大的，对塘里的情况知根知底。如果让我干，我相信一定会干出名堂来。"

这场谈话有点像任职答辩会。敢揽瓷器活，定有金刚钻。孙朝厅一番热情洋溢又霸气十足的话把在场的领导都逗乐了。

吕有良的脸上露出喜悦的神色，他和在座的领导们都纷纷点头，认为塘里村党支部书记非孙朝厅莫属。

吕有良说："我当组织委员多年，还没有遇上像你这样争着当书记的。"

谈话结束，吕有良当即把塘里村班子调整方案报给石柱镇党委。

很快，镇党委决定，任命孙朝厅为塘里村党支部书记。

那天，在回家的路上，孙朝厅对孙界仁说："为了塘里村的发展，我孙朝厅只能毛遂自荐了。"

孙界仁笑着说："朝厅，你我是光屁股一起长大的发小，谁不知道谁！你比我有魄力，有胆量，你当村支书是最合适的。"

孙朝厅朝着孙界仁肩膀友好地打了两拳："有你这句话就好，我们一起干！"

孙朝厅的心里其实也是十五个吊桶——七上八下。

当塘里村的党支部书记，就意味着挑担子，把整个塘里村装在心上，把整村人挑在肩上。这副担子委实不轻。

他想起了已经去世的父亲。

2005年，孙朝厅当选新一届村党支部委员，回家后却意外遭到父亲的强烈反对。

慈爱的老父亲曾做过近三十年村干部，深知当村干部的个中滋味，自然不想让儿子再走自己的老路。他几次对孙朝厅说："当村干部就意味着付出，就意味着吃亏……"父亲的为人处世之道，孙朝厅从小耳濡目染，父亲是他的偶像和骄傲，但他始终弄不明白父亲为什么不赞成他当村干部。

有一年暑假，读初中的孙朝厅放假在家里，跟着父亲到田里干农活。

正值农忙"双抢"季节，骄阳似火，酷热逼人。生产队里仅有的四头牛有三头累趴下了，时任大队长的父亲急得像热锅上的蚂蚁。

那时耕田基本靠牛，可节骨眼上牛却累得直喘粗气。各村都在抢收抢种，如果错过这一个月时间，不能及时翻耕插秧，全村两百多亩农田的作物就会延误种植，影响下半年的收成。

村民们束手无策，个个愁眉不展。

第二天早上，太阳刚刚升起，村民们就端着饭碗三三两两地聚在明堂里吃早饭，大家都为耕种的事发愁。

这时，一辆手扶拖拉机"突突突"地开进了村里。孙朝厅的父亲坐在车头上微笑着向村民们招手。

父亲天不亮就跑到二十公里外的花街镇借来了拖拉机。

村民们对大队长投去敬佩的眼神，围着借回来的"钢铁侠"兴奋不已。

父亲拿出当年家酿的好酒款待拖拉机手，母亲把平时舍不得吃的鸡也端上了八仙桌。

有了这救命的拖拉机，村里的"双抢"势如破竹，打了一场漂亮的"双抢"仗。

那段时间，孙朝厅家里成了全村的中心。一到晚上，村民们都聚到他家堂屋里，谈论"双抢"耕种的事，兴奋之情溢于言表。

孙朝厅在心里为父亲感到骄傲，身为大队长的父亲是全村的主心骨。年少的孙朝厅懂得父亲正是一心为村民解决困难，才赢得了村民的信任。

想到这里，孙朝厅直率地问父亲："你当村干部能当得那么好，我为啥不能？"

父亲那时已得了重病，躺在病床上，他见儿子心意已决，语重心长地说："既然你选择了当村干部，就要有当干部的样。"

正是这句重如千斤的话影响了孙朝厅。

当干部是个什么样呢？父亲没有说很多，但就是这个理。

孙朝厅认为，当好干部没有具体的标准，也没有止境，只要为了集体，为了村民，怎么做都不为过。

父亲播在他心里的为集体甘于奉献的种子早已生根发芽，这才有他今日义无反顾地自荐当村支书的举动。

那时，家里人对孙朝厅的选择都不理解。

孙朝厅自己办了一个五金工具厂，虽说是一家小企业，但年收入也有上百万元，过过日子还是很舒服的。而当了村支书就没有那么多精力管厂了，于是他把五金工具厂像竹筒倒豆般一股脑儿地抛给了妻子和儿子。

从此，每当工作很累很累的时候，每当他想放弃不干的时候，每当他受了委屈的时候，父亲的那句话都会在他的耳边回响，指导和监督着他的一言一行。

二

2009 年 7 月 20 日，天空格外晴朗。踌躇满志的孙朝厅在本保殿召开上任后的第一次党员大会。会上，开始了一段有趣的对话。

孙书记问："你们讲讲看，为什么入党？"

二十二名党员面面相觑，谁也说不出个所以然来。有一个人笑嘻嘻地站起来答道："入党？就是我有权利选你或者不选你当书记。"

"那么，你讲讲看，你有什么义务？"

众人沉默。

那名党员想了半天："义务？就是每年按时交党费，其他就没有了。"

众人大笑。

听闻此言，孙书记很无奈，也很心酸。没想到，塘里村的党员们党性意识竟然如此淡漠，淡漠到把党员的权利和义务理解到如此狭隘的地步。难怪村民们常常睥睨地说："你们这些党员干部！"

孙朝厅心里清楚，党员变得不像党员，责任也并不全在他们身上，是党员活动不正常，放松了党员的教育管理，久而久之，党员的身份就模糊了。

孙朝厅对大家说："一个好的党员就是一面旗帜，我们只有用行动喊出'向我看齐'的时候，群众才会服你，村里才有希望！"

自那一天起，孙书记就大刀阔斧地开始改革。首先，他确定每月的20日为党员活动日，村里所有的村务会议都让党员参加，并参与讨论表决；每次开会签到情况都在公开栏公示；开会迟到的必须向全体党员说明情况并作出检讨；开会无故不到的，在村公开栏上黄旗警示，连续三次不到取消参会资格；文明发言，礼貌用语，无理取闹的请离开会场。很快，党员对村务会议的参与度、热情度空前高涨。

孙朝厅又组织党员开会制定奖惩措施，实行"门前三包"。月月点评，表现好的挂红榜，表现差的挂黄榜。起初针对党员，后来发展到针对全体村民。同时，建立党员日记公示制度。该举措当时在整个金华地区尚属首创。也是从那时起，外县市也积极效仿起来，星级党员评选、党员学习日评选等举措遍地开花。

自此以后，本保殿成了塘里村党务活动中心。党员的作为与不作为，干得好与坏，都会被挂在墙上公示，党员的精神风貌被一本本日记曝光。

自此以后，党员们你追我赶，唯恐落后。一度冷清的本保殿，因党员进进出出而变得充满生机。存在了近七百年的本保神爷，欣慰地看着孙权的后裔们在塘里第五十九代传人孙朝厅的带领下发生的翻天覆地的变化，看着塘里村轰轰烈烈的大变革。

曾有这样一名后进党员，因卫生不达标等原因，名字被张挂在黄榜上，异常醒目。他说，你们要挂就挂吧，我无所谓。第一个月过去了，第二个月转眼又将过去。村民们悄悄地在背后议论开了："瞧，这两个月都是他，下个月，指不定还是他呢！"他家人的脸上挂不住了，开始在他身边叨叨……到了第三个月，本来一直说"无所谓"的他，却奇迹般地出现在光荣的红榜上。

这是为什么呢？

如果没有村民在旁边议论纷纷，如果没有家人因脸上挂不住而叨叨，恐怕他的名字会一直在黄榜上公示下去。这，就是大众约束的力量。事实证明，挂榜的确有意想不到的效果，党员的面貌从此大改观。

刚上任时，看着街头巷尾暴露的一个个泥坑、一根根污水管、随处可见的垃圾，孙朝厅的心情很沉重。改革开放都三十年了，塘里村却仍旧是老样子，村里的老房子低矮破旧，道路也都是坑坑洼洼的泥路，晴天一身灰，雨天一身泥，连污水管道也埋不下去。

全村三百多双眼睛都聚焦在这位新上任的书记身上，是焦灼，是企盼。

再也不容耽搁了！当务之急，是迅速埋设污水管道。

孙朝厅想带领村干部和村民一起行动起来，没想到却连连受挫。他这才明白为什么前任村支书没有把污水管埋入地下，很大程度上是因为村民的阻挠。

兵来将挡，水来土掩。孙朝厅自有办法。

污水管道的埋设要通过一户人家门口的洗衣池，可那户主死活不同意，胡搅蛮缠地阻挠。孙朝厅一连去了那户人家五趟，丈夫和儿子的工作做通了，女主人的工作却怎么都做不通，反而一个劲地朝村干部直吼："我家的洗衣池，你们不准动，要想在我的洗衣池下挖坑，除非我死了。"

塘里村离石柱镇不过两公里，石柱镇每五天有一次集市，趁女主人去赶集的时候，村两委派人悄悄地把她家的水池拆掉，把污水管埋了下去。

晚上，孙朝厅正在本保殿的前殿主持会议，那蛮横的女主人就赶到开会地点骂开了，几乎把孙朝厅的祖宗八代都给骂了进去。

在座的二十多个村民代表默不作声，都看着新上任的书记孙朝厅。

看来会是开不下去了。孙朝厅说："会议到此结束吧！我先和她评评理。"

孙朝厅不知从哪儿来的劲，腾地一下从座位上蹦起来，和那个女主人你一言我一句地对吼，直吼得她满脸羞愧地逃回家。

真是黑煞神撞着霹雳鬼。孙朝厅又赶到她家，坐在她家天井里足足吼了半个小时。那户人家的男主人还算讲理，劝老婆不要再和村里作对。

经过这一件事后，再没人敢在村里无理取闹了。

孙朝厅心里清楚，农村工作就是这样，有些事讲理是讲不清楚的，这个时候就得有霸气，但霸气不等于霸道。

一个星期后，恰逢村里给特困户安排建房指标，那户人家正是困难户之一。

有人对女主人说："你家这下可有指标造房了。"

她却垂头丧气，后悔不该与新上任的书记吵得天翻地覆。她说："指标肯定没有了。"

几天后，公示的名单出来了，她儿子的名字位列其中。女主人顿感羞愧难当，当晚提着自己种的菜上了书记家的门，哭哭啼啼地向书记道歉。

孙朝厅郑重地对她说："为集体做事，我对事不对人，村民的合法权益，我同样要维护。"

在接下去的道路硬化项目中，孙朝厅同样也遇到了阻力。一个村民因为地高地低的问题不服从安排。村里的路面一用水泥浇平，他就用锄头挖破。孙朝厅让村干部把他拖走，但他放出话来："晚上我也要来挖，除非你们守到天亮。"

村干部立马搭起帐篷，拉起电灯守到天亮。

孙朝厅是个智者，其实他不是怕那人搞破坏，而是做给其他村民看的。晚上明晃晃的灯光照着施工现场，证明村里的领导有这个决心干成事，也顺便给那个村民一个台阶下。

说到底都是同族兄弟，都是一家人啊！

这样，拖了两年的烂尾工程，在孙朝厅上任三个月后顺利完工。

还有一件事，让孙朝厅很不舒服。起初，村干部开会都在烧香拜佛的本保殿里。镇里来宣布由他担任村党支部书记时，会议就放在本保殿里开。他上任后，开村民代表会也是在本保殿。村级党组织竟然连个像样的开会地方都没有，简直是笑话！

为什么在本保殿开呢？难道村里没有开会场所？

不是的。是因为当时作为村两委办公场所的旧学校里堆满了村民们的杂物。张三李四们都已建了高楼，却还占着集体的房子，连电费也不肯付。

俗话说："拔出脓来，才是好膏药。"从解决最棘手的问题着手，才是好办法。孙朝厅这回先小人，后君子，要来真的了。

2009 年 7 月的一天，早起的村民突然发现，本保殿门口和村里的公布栏里都贴出了告示，上面写道："在学校堆放杂物的村民们注意了，限期一周清缴拖欠电费，腾退学校集体房屋。否则后果自负。"

告示好像没有起到什么作用，仿佛一阵风吹过。

一周后，孙书记领着几个村干部来到学校，看着依旧满屋子的杂物，破旧家具纹丝未动，心里腾地升起一股无名火，只身一人冲进屋子里。

"你们不动手，那我来清理。清理的东西不拿走，烧掉！"一件件破家具被拖了出来，一捆捆烂柴火飞了出来……屋外围观的村民越聚越多，像是看戏一样，看着满身灰尘、满脸污垢地在一堆破烂中出出进进的"包公"哂笑。他们要看看孙朝厅到底会怎么做。

就在门前的空地上，孙朝厅当真点起了一把大火。熊熊的大火直冲上天，把屋里拉出来的杂物和烂柴火全烧了。

这场不得不点的火是作为与不作为的较量，是勇气与妥协的较量。就这一把火，彻底烧出了书记的威望。

村民们终于醒悟：新上任的孙书记不简单，的确是一个说到做到、敢做敢拼的人。

在外工作四十多年的离休干部孙禄仁闻讯，赶回村里找到孙朝厅，说："村里的事我都听说了。邪不压正，我支持你，我们村是该发展了。"

孙禄仁当即决定向村里捐款四万元，让村集体置办桌椅、彩电、音响等办公用品。

孙朝厅被孙禄仁的举动深深地感动，热泪盈眶地说："不把村里的事办好，不把塘里村发展起来，我作为一名共产党员，心里有愧啊！"

三

2011年，"千村示范、万村整治"工程在浙江省蓬勃开展，许多乡村都通过整治成为生态宜居的美丽家园。

这一年，永康市委在全市广泛开展美丽乡村建设，石柱镇云溪村作为试点率先进行规划整治。

孙朝厅当然不能错过这个机会。他有了新的想法，而且说干就干，雷厉风行是孙朝厅的性格。

2011年下半年，孙朝厅发动全村党员干部义务劳动，清运了村里所有的垃圾，村里的脏乱差状况得到了较大改观。

孙朝厅认为，上面既已号召，又有许多新政策，这对建设新农村是一个很好的机遇，他满怀信心，决定大干一场。

孙朝厅信心满满，找到镇里的分管领导，汇报塘里建设精品村的思路。孙朝厅还没说完自己的想法，那个领导立即打断了他的话，说："塘里村一没资源，二没出色的山水。你是异想天开吧？"

孙朝厅说："我们塘里村现在的条件是差了些，可别的村能搞，为什么塘里村不能搞？"

领导说："塘里村是个小村，又是个穷村，村集体还负债五万多元。秀美村都搞不起，你们还想搞精品村。如何搞？拿什么搞？……"

孙朝厅说："正因为塘里村又小又穷，我才来向镇里要求把塘里村列入整治村。"

领导说："老孙头，你就歇歇吧。塘里村搞不起来的。"接着是一阵轻蔑的笑声。

孙朝厅面对极力的阻拦和种种的不可能，不管不顾，固执地陈述自己的理由。

这个领导看实在拗不过这个充满血性的执拗的汉子，脸唰地沉了下去，啪的一声，拿起资料夹又重重地甩在桌子上，说："你看看，这上面有二十个相关部门制定的精品村测评标准。要做你就做吧！"

真是门缝里瞧人——把人看扁了。孙朝厅扭头就走，心里就像狗尾巴熬西葫芦——越吧嗒越不是滋味。他再也忍不住了，眼泪唰地流了下来。

晚上，孙朝厅通知村两委和全体党员到整修一新的村委会会议室里开会。

孙朝厅心里明白，与其悲伤忧愁，不如握紧拳头；与其消极忍受，不如积极拼搏。他把自己的设想和在镇里的遭遇一股脑儿地向大家说了出来。孙朝厅说："做人要有骨气，穷也要穷得硬气。我就不信，不能把塘里村建设好。"

孙朝厅对大家说："我认为塘里村也有很多有利因素。首先，塘里村的新班子团结，有朝气，污水管道改造、垃圾清运都已经完成。第二呢，塘里村四面环山，村中有大水塘，自然风光秀美，村里的老房子虽然破旧，但都是原汁原味的农村风貌，城里人就喜欢看这种老房子，说不定哪天就成为旅游景区了。第三呢，我们还有别的村没有的优势，我们的祖先是孙权，我们都是十三世祖仲彰府公的子孙，我们要把孙权文化挖掘出来。"

群情振奋，党员干部们纷纷发表意见。有一位老党员拍着桌子说："老孙头说得对。有些人太看不起人了。我们跟着你干！"

大家说："你说怎么干，我们就怎么干！"

孙朝厅要的就是这句话。

一天，孙朝厅去永康市里时，看到解放街正在拆迁，工地上到处都是废弃的砖块。在他看来，这些都是打着灯笼没地方找的宝贝。孙朝厅立即上前和拆迁施工队攀谈起来。

施工队正在为将这些废砖块运到哪里去发愁。

孙朝厅说："你这里的废砖块我全要了。你们开个价吧。"

施工队的人说："每块砖两角吧。但要你们自己来运。"

孙朝厅连声说："好，好，好。"

当时村里还负债，恨不得一分钱掰成两分花。可孙朝厅却如获至宝，欣喜若狂。他在心里盘算，多便宜啊！如果去外面买青砖，起码也得一元多一块呢。

孙朝厅立马通知村里准备几辆拖拉机，把工地上的砖块都买了下来。

后来，孙朝厅去的次数多了，工地上的人把他当成收破烂的，一见他就说："收破烂的又来了。"俗话说，小大姐儿裁裤子——闲时置下忙时用，他把以后用得着的废料统统包了下来。

古城的砖源源不断地被运到塘里村。依孙朝厅的构想，沿逶迤村路，垒成好看的城墙模样，砌旧如旧。

塘里村党支部和村委会六个成员轮流义务值班，孙朝厅自己亲自督工，每块砖怎么垒都听他的。

为了装扮自己的家园，村民们一概不计较报酬，拿着比外面低得多的工钱，个个干得精神焕发，神采飞扬。

村干部们则自己掏钱买点心给干活的村民们吃。

干部带头，村民心齐，工程进展顺畅。但苦于资金严重短缺，孙书记发动村干部捐款。热心公益的乡贤孙禄仁更是给予家乡极大的援助，所捐的款项源源不断地送了进来。

透迤仿古的城墙竖起来了，孙权大型铜像立起来了，五彩的五谷墙砌起来了。全村外墙重新粉刷成咖啡色，色调一体，家家户户不用的废弃物变成了街角小品，昔日粪水流淌的地方变成了鲜花小溪。

孙书记利用的是先祖孙权的理念："能用众力则无敌于天下，能用众智则无畏于圣人。"这样，全村上下齐心，轰轰烈烈地干了六个月，昔日破破烂烂的塘里村旧貌换新颜。

孙朝厅看到塘里村在自己的引导下发生了巨大变化，这回，他的腰杆直了，说话也更硬气了。他直接跑去向永康市委当时的副书记金政汇报，希望得到政府部门的支持。

2012 年的一天，永康市委副书记金政来了，带着乡村工作室的人和财政部门、交通部门等部门的一大批人来到塘里村，参观后激动地说："塘里在短短的六个月内，能够变成如此精致的盆景似的美丽乡村，真的不简单！"

塘里村当年被评为永康市的美丽乡村。名不见经传的塘里村频频亮相媒体，一下子在永康出名了。

四

2013 年，孙朝厅把建设新农村的目光投向了塘里村背靠的后山。

后山占地四十亩，面积不大，坡度不陡，山上栽种着一些凌乱的杂树，看上去一片荒凉。

但要想随意改动后山谈何容易！

后山作为自留地，实行承包责任制的时候早已划拨给二十多户村民所有，都是几十年前的老黄历了。

孙朝厅把这二十多户的户主召集起来开会，会议室里像炸开了锅一样热浪滚滚。

户主们这才知道，孙书记要在他们的自留地上建一个孙权文化园。

户主们说："建文化园，我们同意。但要有补偿，不多，每平方米十元。"

孙朝厅想也没想，就说："可以。"

但村会计告诉孙朝厅："按每平方米十元赔偿，后山四十亩地要付二十多万元补偿款。"

孙朝厅这下傻眼了，那时候他没想到要这么多钱，他怪自己洗脸盆里扎猛子——不知深浅。真是不当家，不知柴米贵。建设美丽乡村一路走来，村里因地制宜，能省则省，村里人都知道老孙头省钱到了抠门的地步，集体账上仍仅剩五万余元。

孙朝厅召集村两委开会，让大家充分发表意见。

大家认为，建孙权文化园是塘里村美丽乡村建设的需要，村民应该大力支持。最后，会议形成决定，采取租赁方式向农户租地。

孙朝厅和村两委干部一户户上门做思想工作。部分村民同意了，但有的村民提出，只要孙录钦同意了，他们就没意见。为什么？村民认为孙录钦肯定不会同意，如果那样，租赁土地就做不下去，还可以保住自己的那点自留地种种菜。

可孙录钦这回的举动让村民们意想不到，就像太阳从西边出来一样。

孙录钦是一位八十多岁的老人，家里条件也不好，他家后山占地面积有八亩，是全村二十多户中面积最大的一户。老人素来被邻里视为"铁公鸡"，更重要的是以前和孙朝厅父亲还有过隔阂。这问题看来似乎有些棘手了。

一个星期后，孙书记再次召开户主会，再一次诚恳地向大家说明建孙权文化园的意义，并请大家商量到底该怎么办。

在这个节骨眼上，孙录钦居然站起来说话了："我就不要钱了。谁要自个儿向村里要去。"

孙录钦短短的一句话，掷地有声，令在座的二十多个村民和包括孙朝厅在内的村干部全都大吃一惊。谁能相信呢？从来一毛不拔的"铁公鸡"竟然抛出满天鸡毛。事后，村民们纷纷猜测，估计是孙书记在背后做了小动作。

为了澄清事实，给村民一个说法，孙朝厅登门拜访了孙录钦。

孙朝厅说："真是千金难买一句话，您老的一句话可管用了。"

孙录钦说："你忘了，去年我生病的时候，你提着水果来看我。我都活到八十多岁了，你是第一个来看望我的村干部。"

孙朝厅说："您是村里的长辈，我作为村支书来看您是应该的。"

孙录钦说："自从你当了书记，塘里变化不小，我看着高兴。你的做法是对的，我都这把年纪了，要那么多钱干吗！又带不到棺材里去。"

听闻此言，孙朝厅的泪水再次夺眶而出，但这一次是感动的泪水。想不到，自己的一次微不足道的探视，竟换来孙录钦的涌泉相报。

征地风波就这样被老人的一句话轻松化解。

2017 年 12 月 4 日，孙录钦老人病故，孙朝厅备了一份薄礼前往祭奠，他妻子苏琴老人死活不收。

就在我们采访孙朝厅的前两天，苏琴老人给他送来几斤咸菜，说："老伴走了，我还记得你的好，这是我晒的一点咸菜，别嫌弃。"

感动的泪水又一次在孙朝厅的眼里转动。

谁说老百姓一个铜钱一个命！老百姓的心啊，怎么能用钱去衡量！

都说世上有钱能办事，塘里村没钱照样能办事。

孙权文化园建设顺利地驶进了快车道。一切都在紧锣密鼓、大干快干中进行。

依旧是老百姓弃置不用的老物件，依旧是永康市解放街的旧青砖，依旧是村党员干部义务劳动，假期回来的村民做小工，村里的泥水匠做师傅……

今天，当慕名而来的观光客踩着青砖城墙夹道的两千米的鹅卵石铺就的游步道，一路游览水车坊、演武坪、纳福亭、劝学亭、孙权文化长廊的时候，当他们被三国孙权的文化和清新的微风、透亮的阳光以及绽放的花蕾拥抱着的时候，浮躁的心是不是返归平静，生出欢喜？

这里的一切无不渗透着孙朝厅和村民们的心血和汗水。山上的一草一木都认识孙朝厅，村里的犄角旮旯都留着孙朝厅的影子，一砖一瓦都留下孙朝厅或深或浅的手印。村民们都说，村里的所有建设蓝图，从设计到建设，都是孙朝厅亲力亲为的。

在村里最需要用钱的时候，村里的离休干部孙禄仁又回到塘里村雪中送炭。

这回，他向村里捐款一百五十万元，在孙权文化园重建千秋阁。千秋阁始建于明代，后来毁于一场大火，留下旧址，一直没有修建。孙禄仁的倡导和无私奉献，再一次深深感动了孙朝厅和村民们。

2014 年，巍峨壮观的千秋阁在后山孙权文化园里重新屹立起来。

从此，楼阁与山色呼应，人文共景观齐辉。

第二章

治村导师

一

村中有一口大塘，早在明代，永康进士、监察都御史谢忱曾有诗赞曰："胜日寻踪秋官第，犹似银盘坠青山。一泓清塘庠泮水，万枝阙里杏坛花。"据说塘里之名就由此而来。

明永乐年间，塘里十七世祖克文公为这口大塘写过一首回文诗："平塘一水清如镜，晚经疏柳映月明。轻雾似云笼水面，小村山野乱啼莺。"形象地刻画了此处的水色晚景。

那时的大塘很美。

2011 年，是孙朝厅上任的第三年。当时，大塘四周被经年累月的垃圾侵占，每逢夏天，向外散发着阵阵异味。孙朝厅开始了大塘整治，挖出了大塘的淤泥，把大塘四周的垃圾清除干净，在大塘周围埋设了污水管道，在塘里投放了游鱼，并在塘中建一亭，取名为"同心亭"，寓意从此以后，大家同心同德一起干，共建美好家园。

一语中的。

从此以后，孙朝厅成了塘里人心服口服的领头雁，振臂一挥，众人云集。塘里村的村民们，从不理解到理解，从理解到支持，从支持到共同参与，从共同参与到无私奉献。

想想来时路，看看今朝情，孙朝厅备感骄傲。

2012年，塘里村顺利获评"美丽乡村精品村"，村两委旋即出台新举措，把村地块划分为蓝、黄、红、紫、绿、粉六个片区，由五名村支委和村委会主任分别担任片长，各自带领四五名党员组成小团队，义务负责相应区域内的治安、绿化、卫生等维护工作。

村民们由衷地说，孙书记是为集体熬白了头，晒黑了脸。

像心疼自己的家人一样，村民们由衷地心疼他。过去，村民遇见村干部会说："哼，你们这些党员干部！"而现在都改口为："歇一歇，村干部，你们辛苦了！"一声声暖人的话语，道出了塘里村民的心声。

孙朝厅的家门口，不时有带着村民心意的新鲜蔬菜悄悄造访。那新鲜翠绿的蔬菜啊，又怎能不令孙书记一次次感动呢！

孙书记扬起古铜色的脸，有些动容地对我们说："我还能怎样呢？唯有奉献，才能报答村民们对我的厚爱和认可。"

2014年，塘里村的面貌进一步提升：村道两边的绿化、亮化，街角小品的扩充、打造，后山银杏林、芙蓉墙、绿草坪、香椿林的大片栽种……塘里的村民如同住进了世外桃源。

2015年，孙朝厅开始了新一轮的村庄改造。

塘里村的西北角，有一些狭窄纵横的小巷，小巷里有将近七千平方米的泥土老屋，大多建于民国前，颤颤巍巍的，在风雨中飘摇，面临随时坍塌的危险。

住进了崭新楼房的村民们或许早就忘了它们，而孙朝厅一直没有忘，也不能忘。

他原本设想过几套处理方案，他想挪出三分之一的老屋，建占地两千平方米的二十层高楼小区，第一至三层做服务区，上面的楼层给村民居住。但方案上报后，终因供水、供电、消防等一系列问题，很快被有关部门否决。

孙朝厅想，能不能同样挪出三分之一的老屋，建两层半的婺派民居？但又因土地政策等问题通不过。

那可怎么办呢？

过了没多久，永康市委书记徐华水来到塘里村考察，参观完七曲八弯的窄巷中破败的老屋后，给了孙朝厅一个建议："老孙头，把老屋统一修理一下，怎么样？"

孙朝厅皱起了眉头，四十三幢清一色的泥土房，或漏雨或坍塌，如果修理，工程量非常大。

于是，他转换思路，经过村两委集体讨论决定，所有老房子由村里收回统一修缮，引进各种生态，把塘里村建设成旅游景区。

村民们犹豫了："老房子给村里修，后续怎么办呢？"

孙书记说："免费给村里使用十年，我帮你们修好。十年后，如有收入，与村里分成。"

村民们一致认可，马上拍板："嗨，书记，我们支持你。"

如何修理老房子呢？孙朝厅为此绞尽了脑汁。

那些老巷曲里拐弯，纵横交错。那些老屋年久失修，破旧不堪，没有精雕细刻，没有牛腿木柞，有的尽是外墙脱落的斑斑驳驳的泥土，仿佛一阵风就会把它们吹倒，仿佛一场雨就可将它们冲垮。

镇里知道孙朝厅要修缮村里的老房子，给他介绍了一位设计师。这位设计师是一家设计公司的主管，很有思路，也很有设计水平。

设计师提出，每幢房子的设计费至少十五万元。

老孙头当时就傻眼了，一幢十五万元，十幢就要一百五十万元，四十幢就要六百万元。村里连订报款都是硬挤出来的，哪有这么多钱？

老孙头不声不响，哑巴吃汤圆——心中有数。在一个月里，他陪着设计师跑前跑后，和设计师一起踏勘、丈量、探讨。设计师对每幢房子的设计思路，他都熟稔于心。

最后，老孙头向设计师摊牌，村里没钱，再说村民工作也很难做，村里付不了那么多钱，恳请设计师给予理解和支持。

村民也被高价设计费吓了一跳，认为老屋修缮没戏了，老孙头这回该打退堂鼓了。

没过多少时间，老孙头已经悄悄地干了起来，他请来了村里的泥瓦匠、木工，先期对十幢房子进行全面修缮。他让弟弟孙朝祖按设计师的意见，给要修缮的房子都画了草图，这样就可以按图索骥。房子怎么设计，东西怎么摆放，要种哪些花草，一砖一瓦，一点一滴，设计师的所有设想就这样都在老孙头的手里成为现实。

为了节省修缮费用，老孙头自己跑到市场里去买木头，自己聘请泥瓦匠。结果，外头的维修造价每平方米 2600 元，在孙朝厅这儿每平方米只花了 1100 元，就完成了对老房原汁原味的维修。

或许，先祖节俭的遗风早已刻在孙朝厅的骨子里，这辈子都不会更改。

据史料记载，无论称帝前还是称帝后，东吴大帝孙权一直没有像样的宫殿，实在腐朽不堪了，才在他死前五年，即赤乌十年（247），改作太和宫。他下诏说："建业宫乃朕从京（今江苏镇江）来所作将军府寺耳，材柱率细，皆以腐朽，常恐损坏。今未复西，可徙武昌宫材瓦，更缮治之。"主管部门报告说：武昌宫已二十八岁，恐不堪用，宜下所在通更伐致。孙权坚持使用旧料，说："大禹以卑宫为美，今军事未已，所在多赋，若更通伐，妨损农桑，徙武昌材瓦，自可用也。"

这个故事给孙朝厅带来很大的影响。孙权迁都建业后，不去打造豪华的宫殿，而是一直沿用旧将军府寺为宫，直到后来宫廷木柱朽腐，仍不顾大臣的反对，坚持用武昌宫的旧材瓦修……

谁能想象，身在权力之巅、呼风唤雨的一代帝王如此体恤国情、民情，竟节俭到如此地步！节俭是一种美德，表现在帝王身上尤其可贵。

穿过千百年的岁月云烟，孙权崇高的操守，何止孙氏后裔孙朝厅辈须继承，更是当今为官从政者需要学习的，是千古永存的丰碑。

前前后后花了一年半的时间，老屋顺利修缮完成，老屋的魂和乡愁终于留住了。

二

2017 年 2 月，孙朝厅荣获新农村建设"带头人"称号。已是满头白发的孙朝厅又开始了新一轮的规划。

如何打破零收入的集体经济，就是他接下来迫切需要解决的问题。

后山书画中心随之孕育而生。

孙朝厅把书画中心的构想和弟弟孙朝祖探讨，孙朝祖很快就画出了草图。

同样是孙朝厅亲力亲为。从 4 月 15 日打桩到盖瓦装修，再到交付使用，仅用七十四天，书画中心就落成了。孙朝厅又创造了一次勤俭速建的奇迹。

书画中心建在后山孙权文化园的北侧，结构新颖、独特。这里原先是废弃的水渠，孙朝厅利用水渠的高度，把书画中心架在水渠之上，这就不占用一寸土地，少了批地的烦琐手续。书画中心采用半球体形，钢架构建，玻璃幕墙，仿上海世博会中国馆造型的大门，大门外宽阔敞亮的平台上还有一溜休息椅，供人小憩。

室内分前后两厅：大厅很宽敞，可容纳二百八十人；小厅相对较小，也可容纳四十人。厅的内壁上挂满了文人墨客的书画作品，文化气息非常浓郁。书画中心功用很广，对内可做本村会场，村民文艺会演、乡村文化普及等场所；对外可出租，可承办会议、婚宴、画展、摄影展，既提高了知名度，又增加了集体收入，可谓一举多得。

书画中心的对面又是一种别样的风景。那里原先是一片沼泽地，正好建一个文化活动广场，村里通过招租引进了一家文化公司。如今，大大的草坪上，田田的荷叶旁，一座餐厅、一块宽大的卡拉 OK 屏幕和一溜长长的烧烤区与塘里村的山、水、荷花、孙权文化园完全融为一体。

慕名来塘里村游玩的人，大多要来这里歇脚，一边烧烤，一边赏花，一边放歌。一时间，塘里村的村民来了，周边村庄的村民也来了，不分男女老幼，谁都愿意上去唱几声，既丰富了人们的精神生活，又带动了塘里村的经济。

孙朝厅还在村里进行了厕所革命，他把新建的厕所取名为"飞流龙司"，既古典又雅致。外墙是灰瓦青砖，古色古香；室内摆放红木家具，精美典雅，让人以为是待客的厅堂。你可以静静地坐在大厅里的古木椅上休憩，你可以从书架上选书阅读，你也可以在木格墙前欣赏书法，你还可以透过阳台眺望荷田的风景……

很快，"飞流龙司"被评为国家 3A 级旅游厕所。

和厕所革命一样，孙朝厅设计的街角小品也让塘里村远近闻名。

早些年，村子里那些犄角旮旯儿都是村里最煞风景的地方，不是堆满杂物，就是垃圾遍地。

孙朝厅把目光投向每个边边角角。他打造的第一处街角小品是"五谷墙"，把五谷杂粮用玻璃瓶密封起来嵌到墙上，让村民不忘"民以食为天"，又好看又大方。

村里原本有一个没人住的牛栏，差不多荒废了几十年。孙朝厅让年轻人开了一个"牛栏咖啡馆"，吸引了很多城里人。咖啡馆虽然只有两百多平方米，但设计很朴实，与周边的古典建筑浑然一体，远看是三角形的传统屋顶构造，外墙是青砖，近看是精心设计的门面，独立的包厢设计，这里的雅致氛围深受年轻人喜爱。

不单是"牛栏咖啡馆"，塘里村其他拉动集体经济的项目也做得有声有色。村上的"私厨"生意火爆，来吃饭得提前三天预订；有了"孙家金团"这块金字招牌，外来游客免不了会来尝一尝鲜；村里的民宿、农庄也纷纷尝到了文化反哺经济的甜头……

三

自 2009 年担任村党支部书记以来，孙朝厅付出了许多，也赢得了许多荣誉。荣誉证书叠起来有一米多高了。

十余年来，孙朝厅呕心沥血，将一个外地人感觉陌生、本地人十分不屑的落后村，建设成浙江省生态文化村、金华市文化示范村、永康市十大最美乡村……

2015 年，孙朝厅被选为永康市治村导师，三年后又升级为金华市治村导师。他更加忙得脚不沾地了，奔走在永康、浦江、东阳、磐安等地，恨不得把自己掰成几个人用。

经他细心指导和整治过的上百个村庄，都改变了落后、凌乱、肮脏的旧貌，成为秀美村、精品村、美丽乡村示范村、街角小品示范村。

在这些荣誉中，孙朝厅最看重的是浙江省党务先进工作者的称号。

从省里领奖回来的第二天，孙朝厅捧着这个红本本，专门来到父亲坟前。往事如昨，回想起父亲的音容笑貌，回想起父亲领导村民战天斗地的场面，他的泪水不禁悄然滑落。

不错，父亲是他心中永远的榜样，是他行动的指南。父亲当了二十多年的村干部，虽然收获了无数荣誉，可省一级的荣誉却是空白。

感到自己无上光荣的孙朝厅说："父亲，您的儿子当村干部当得不差，没有辱没您老人家的名声，组织给了我很高的荣誉……"

坟前的草木似乎在赞许地颔首，太阳亦露出了善意的微笑。忽然，那句无数次引导、无数次检验、无数次回旋在耳边的"既然你选择了当村干部，就要有当干部的样"，犹如晴天一声惊雷，再一次在他耳边响起，将他警醒。这声音洪大而锐利，振聋发聩，一下子让他感觉无地自容。

是啊，有什么可炫耀的呢？父亲当村干部是在 20 世纪的动荡年代，而自己工作在 21 世纪，国家强盛，举国上下都重视农村工作，过去和现在，经济环境不同，政策支持力度不同，两者很难衡量，没有可比性。自己取得的一点成绩只能说明过去，要翻篇归零才是啊。革命尚未成功，后辈仍须努力啊！他感到一阵脸红心跳，一股羞愧感涌上心头。

孙朝厅拔脚就往回走。

孙朝厅被选为治村导师以后，不仅要把塘里村建成样板，还要常年奔波在各个村庄进行指导。

2018 年 5 月的一个晚上，孙朝厅家的门铃突然响了，门口站着两位客人——芝英镇古塘里村的党支部书记施文浩和村委会主任施祖堂。

"塘里"和"古塘里"仅一字之差。前些年，两个村是哥哥弟弟，西葫芦配南瓜，彼此差不多，谁也不比谁强。可这几年，两个村的村容村貌却有了很大的差距。

"这么晚了，找我有什么事吗？"孙朝厅问。

"我们是来取经的，请你一定要指导一下我们村。"施文浩答。

连着几天，孙朝厅忙完塘里村的工作，就拔腿往古塘里村跑。在他的指导下，古塘里村人经过一番努力，也使原来垃圾遍地、乱搭乱建严重的村貌焕然一新。

有一次，孙朝厅应邀到一个村"问诊指导"，正巧看到一台挖土机在拆除一堵老墙。"停，停，停！旧砖头毁掉太可惜了！我给你们出个点子，你们能不能送我一千块砖？"就这样，差点被当作垃圾清理掉的一千多块旧砖头，全部被他拉回村里，自己画草图当监工，指挥村里的泥水匠建成了塘里村时下最具标志性的街角小品——"吴国太进香"。

孙朝厅不但把自己的村打造得漂漂亮亮的，还把自己的"技术"无偿地奉献出来。从 2018 年开始，他的足迹几乎走遍了永康的各个村庄，免费帮助其他村建设街角小品，而且从来不要报酬。为此，石柱镇给他封了一个"官"——石柱镇街角小品领导小组副组长。该镇的大小村落，他大部分都悉心点拨过，成为远近闻名的新农村建设"土专家"。

2018 年，永康市象珠镇的老街要修复，镇领导把孙朝厅叫去，想听听他的建议。

孙朝厅激情满怀地去了。在座二十多人，除去专家和镇里干部，还有几个陌生人。镇领导朝他发话了："老孙头，说一说你的看法。"

率直的孙朝厅，一边翻看桌上的设计方案，一边打开了话匣子："象珠老街，是一条从明代、清代到民国都有不同体系不同风格建筑的老街……如果按照这个设计方案进行修复，和再造一座横店影视城没有什么两样！"

一语既出，全场鸦雀无声。稍顿，他接着说："这个方案可以用电脑上网随便下载。这是不负责的表现……其实，老街里面的每一块石头都要尊重，每一根木头都要敬畏……"

听到这里，一个"专家"嗖地站起来，把桌子拍响："同志，你不尊重我！"

镇长告诉孙朝厅，他是设计公司的。

孙朝厅连忙道歉："是你设计的？对不起，得罪你了。你把电脑给我，类似的设计我现在就可以在网上找出来。这到底是谁设计的？"

当听说是委托第三方设计的时，孙朝厅啪地一下站起来，把桌子拍得比那个"专家"还响："这样一条上千年的古街，像一个病得颤巍巍的老人一样，哪还容得你们这样调戏……"

这个老孙头，真是固执得可以，戆得可以。

这就是我们在采访中了解到的孙朝厅在当治村导师时发生的故事。类似的故事还有很多。

这就是我们熟悉的塘里村党支部书记孙朝厅，他对自己肩负的工作认真负责到了极点，对自己的事业奉献着极大的热诚和爱。

2019 年，孙权后裔聚居的塘里小村，转为五村合并的大村，孙朝厅身上的担子更重了，他似乎是旋转的陀螺，永远也停不下来。

第三章

央金人家

一

在塘里村村委会办公室的操场边上有一家农家乐，"央金人家"几个招牌字立在门厅上面，熠熠生辉。

孙朝厅告诉我，"央金人家"是塘里村对评选出来的"十大好媳妇"的家庭的美称。"央金人家"的故事是塘里村以德治村最好的诠释。

塘里村每年都会开展"十佳好媳妇""十佳老人"等评选活动，涌现出一批践行孝道、见义勇为、乐于奉献、老有所为的先进人物和感人事迹，他们成为村民学习的典范和标杆，他们引领着塘里村和谐文明的新风尚。也许，塘里村有许许多多看似普通却又不平凡的"央金人家"。

央金，遥远而鲜亮的名字，在藏语里寓意吉祥，多用于西藏女人的名字，比如藏族歌手央金兰泽、泽仁央金。

塘里村孙英豪三兄弟家的"央金"并不是孙家某媳妇的名字。似乎与西藏无关，却又与西藏有关。因为，西藏拉萨是孙氏三兄弟创业的天堂。他们在拉萨创业，在拉萨生活多年。拉萨已然成为他们的第二故乡。三兄弟用创业掘来的"金"来维持塘里村的生活开支，供养塘里村的孩子读书深造，孝顺塘里村的老父母颐养天年。

之所以取名"央金"，我想，或许是三兄弟近十年常住拉萨的美好祝愿，抑或是远在万里之遥常念着他们魂牵梦萦的"央金"之故吧。

孙家原本有四兄弟，因为家里实在穷，养不起，所以最小的儿子出生没几个月，就与邻村交换了一个女孩，孙家子女就成了三兄弟一小妹的结构。

三兄弟中，大哥叫孙英豪，二哥叫孙英好，三哥叫孙英一。

故事就从老三孙英一曲折的创业经历说起。

孙英一小时候特顽皮，好动。初中没毕业就扔下课本，与堂弟一道奔赴千里之外的江西景德镇浮梁县一家铸造厂当学徒，负责加料，月工资很低，只有八十元。

铸造厂整天灰尘飞扬，噪声隆隆。那时居住条件也很差，十几个人挤在一间小房子里。孙英一是厂里年龄最小的，但他和成年人干一样的活，很快就掌握了铸造技术。

一年后，学好手艺的孙英一转去广东，在父亲朋友的铸造厂打工，那时月工资达到六百元，明显高了许多。半年后，他带了一些余钱回家了。在父母的夸奖声里，十八岁的英一内心感到无比骄傲。

此时，大哥英豪已经在拉萨站稳了脚。兄弟情深，他即刻召唤远在家乡的两个弟弟过去。

当英一和二哥英好克服高原反应，投入拉萨的怀抱时，他们仰望拉萨的天空，感觉很辽阔，很蓝，很美。

一切都得从零开始。三兄弟拧成一股绳，开始了在拉萨奋斗的历程。

贫穷的兄弟仨，开始做仿天珠的饰品卖，销量还不错。兄弟仨隔三岔五地把赚得的钱五百元、一千元地邮寄回家，当时很吸引塘里村村民的眼球，左邻右舍都竖起大拇指夸赞他们孝顺。

两年后，仿天珠饰品的利润越来越低，三兄弟结束了这桩生意，然后分头出击。

在哥们儿和老乡的帮助下，英一选学修理复印机。那时，各部门各单位复印机使用频繁，维修率高，小伙子肯钻肯学又热心勤快，很快就与当地部门融洽起来。瞅着时机成熟，英一开起了复印店，兼卖耗材，生意出奇地好……在拉萨创业近十年，英一赚到一笔丰厚的钱，心也跟着膨胀起来。

2001年底，英一离开拉萨，奉父母之命回塘里村完婚。成家后的英一，决定不再在外奔波，而是在家创办海益注塑厂，注册资金三十万元。工厂开工后生意一直不错，一年能赚三四十万元。

2006年，永康厂家生产的滑板车风靡全国。

英一的心又浮动起来，他远不满足厂里的数十万元利润。

这回，他破釜沉舟，雄心勃勃，经过一番酝酿、一番筹措，变卖了厂里的一切，只身去山东临沂市场闯荡，销售滑板车。

中国市场向来有着不成文的规定：第一次进货，彼此不熟悉，必款到发货。当生意做大，彼此熟络了，再次进货，或许只需预付货款百分之三十不等的定金。

英一与永康的厂家是如此操作，与他线下的批发客户也是如此操作。

果不其然，英一经销的滑板车产品供不应求，很快脱颖而出，占据了临沂市场的半壁江山。十七米长的大货车，一天一趟，从永康发往临沂，运到即刻销售一空。

可是好景不长，两三年后，永康厂家陆续进驻临沂，市场竞争渐趋激烈，滑板车价格渐次下滑，利润由每台十元降为五元、两元，甚至一元，价低质次的滑板车大量冲进市场，导致报废、退货的现象日渐增多，滑板车销售渐趋末路。

英一是临沂最大的滑板车批发商。犹如强壮的渔夫，曾撒下无数的渔网，网住了上百个批发商，有些网完好，不断网住鱼儿；有些网扯开了无数的缺口来不及修补，漏网的鱼越来越多。或因滞销，或因滑板车的质量问题，越来越多漏网的小批发商们收不回资金，很快引发连锁反应而殃及最大的批发商英一。收款缺口至此打开，汹涌澎湃。英一抽身乏力，上下衔接的资金链轰然断开，上百万元的货款收不回来，成了死账、烂账……

永康一个厂家的老板找上门来，英一无力偿还厂家垫付的六十万元资金，于是开始了拉锯式的谈判。英一提出写协议分期偿还，但老板娘死活不答应，多次谈判无果，一纸诉状将他告到了法院……

至2011年底，英一实在支撑不下去了，批发门面彻底关张，欠下银行、厂家及个人共计三百多万元债务。

三百多万元啊！英一瞬间跌入低谷，他的世界一片黑暗。

英一的人生发生如此大的变故。已从拉萨回家办厂的二哥英好看在眼里，急在心里。

欠下巨债被告上法院的英一其实很坚强。他毫不躲避，一次次勇敢面对，只是想让厂家别逼得太急，容他分几年还。

但厂家却一次次催款，甚至动用其他办法相逼。英一只能每天应付债主。眼看昔日的朋友、搭档一个个离他而去，有的甚至成了敌人，精神上的煎熬折磨让他难以忍受。别无他法，英一选择又一次远赴拉萨。

英好对弟弟说：“你此次去拉萨不比我们前些年无忧无虑，现在身负重债，情况不一样。你去了先考察一下，看准了再干。”

英一说：“巨额的债务啊！想想都怕，不知道什么时候才能还清。”

英好说：“你去拉萨也好图个清静，你就放心去闯，家里我顶着。你的账，我都认了。不管怎么说，我的厂还在运转，门还开着，讨债催款自然会找我。”

英一的眼泪唰地流了下来，说："我一定要咬紧牙关，打拼几年，像模像样地回到塘里村来。"

就这样，英一怀着必胜的信念，再次远走拉萨，走上了打拼之路。

在家办厂的二哥毅然接住了弟弟沉重的债务。可是三百多万元啊，何时才能还清呢？

想不了那么多了。二哥二话不说，用自己厂的名义到银行贷款，帮弟弟先把一笔四十万元的银行债务还了。

到 2013 年，英好已投入资金二百多万元，加上帮弟弟再办的银行贷款，英好最多时贷了二百多万元，光利息就四十万元左右，而自己厂里的年效益也只有四五十万元。

英好的妻子难免会有些抱怨。英好的吹膜厂正处在成长期，投入多，产出少，自己银行的贷款和利息还没还清呢，还要去背弟弟沉重的债务，哪那么容易想通呢！

二

亲情，心手相连；苦难，同舟共济。

2013 年，不光英一一人负重前行，祈望从茫茫的黑暗中踏出一条光明路。三百万元的欠款，同样似一张无形的网，笼罩着关爱他的亲人们。

终于，母亲病倒了。最初是大儿媳发现的。

4 月中旬，塘里村老年协会组织老年人去庐山旅游。大儿媳孔桂宛陪侍婆婆前往。行车途中，婆婆肚子突然疼起来。当时大伙儿都认为，或许衣服穿得过厚而中暑了吧。返家后，婆婆挂了几天吊针，似乎不痛了。

一天，桂宛送小儿子去读书，回家时意外听到婆婆正跟隔壁的人说："肚子疼了很多天了，疼得受不了……"

桂宪马上建议婆婆去做胃镜检查。

孙母一开始说，开点药就行了。但她终究拗不过儿媳。

4月29日，孙母被查出患了胃癌，已到中期。永康市人民医院建议马上住院做手术。

陪同去医院的孔桂宪和孙英好当即被震蒙了。

此时，大哥孙英豪因为业务关系，刚好从拉萨出差到山西太原。突然接到父亲打来的电话："你妈妈得病了，现在在永康市人民医院，是胃癌中期……"话未完，电话那头的声音已经哽咽了。

孙英豪心里一沉，但还是故作轻松地劝父亲说："你别着急，我去想办法……"

挂了电话，英豪很难过。非到痛处，父亲怎会流泪？英豪只知道父亲流过两次泪，另一次是在奶奶去世时。

父亲是长子，从小被爷爷奶奶视为掌中宝。他从衢州农业学校毕业后，曾顺利地分配到邮局，却因怕下乡送信时被狗咬而辞职回家。

虽遭旁人耻笑，爷爷奶奶却默许了。母亲嫁过来后，全部农活压在母亲一人身上。为了整个家，母亲含辛茹苦，异常艰辛。

母亲是祖孙三代十九口人的天，天就要塌下来了，英豪怎能不心急如焚？当晚，他抛掉手头的工作，从太原飞到北京，经朋友介绍找到北京大学肿瘤医院的专家。

医生看过片子后说："别着急，人带过来看看。"

孙英豪当即安排挂号。

5月2日，桂宪和二弟媳妇妯娌俩带着孙母飞往北京。在医生的建议下，孙母开始化疗。

孙母实在是太瘦弱了，体重不到九十斤，哪里能够承受化疗的折腾呢？医生决定：原本一次的化疗分作两次进行，原本七天的化疗改成十四天。

这真是烧钱又费精力的事，恰又在三弟英——贫如洗的时候。

兄弟仨没有争执，妯娌间没有吵闹。出钱，不存在谁该尽义务；出力，不存在谁先谁后。

一月两趟的赴北京化疗开始了。妯娌们轮流，丢下手里的活，带婆婆飞来飞去。

从塘里村到杭州萧山国际机场，来来去去，都由在家办厂的英好开车接送。

十四次化疗结束后，11月马上安排住院手术。

一个月后，孙母又被安排到杭州的浙江省肿瘤医院化疗半年，还是妯娌们轮流陪护。前后花了十几万元，孙母的病医好了，家人们揪着的心放了下来。

艰难的岁月中，几个儿子和媳妇苦苦地支撑着。

让全家人欣慰的是，虽然花去了大量费用，但孙母的身体在渐渐康复。

屋漏偏遭连夜雨。英好的吹膜厂撑到2016年，终因资金严重短缺，贷款累累，利息滚利息，病入膏肓，宣告破产。

英好的厂破产了，英一还在拉萨苦苦寻觅良机，全家全靠大哥英豪赚的钱维持生计。一家人在艰苦的生活之中挣扎。

三十年河东，三十年河西。英一在拉萨终于觅得商机，把目光投向建筑工程，承包了拉萨的几条公路，而且成为拉萨市很有名气的浙商。

2016年下半年，英一鲤鱼打挺彻底翻身，带着成功的喜悦从拉萨飞回浙江，踏上返乡的归途。

英一回来后，一次性把剩余的欠款还清了。

在法院，之前告他的老板娘突然变得很和气，对自己前些年的不宽容有些不好意思，竟然少收他几万元零头呢！因为她这才了解英一兄弟几人的艰苦创业和为人处世。

面对二哥英好吹膜厂倒闭的巨额欠款，英一二话没说照单全收，全部还清。

这回轮到英好不好意思了，办厂失败的教训让他无地自容。

英一说："创业失败很正常，天下没有过不去的坎。兄弟不帮，谁帮？我们一定要振作起来！"

兄弟三个又重聚拉萨，开始了一段新的创业历程。

前行路上，纵使峭壁悬崖，纵使刀山火海，只要彼此相扶相携，彼此鼓励支持，必将战胜一切，抵达理想的彼岸！三兄弟创业如此，行孝亦如此。

三

"吃饭喽！"母亲一声呼唤，孙家一张大大的圆桌很快聚拢起祖孙三代，若嫁出去的妹妹恰好回家，则整整十九口人。

多么宏大的场面，多么融洽的氛围！

大嫂孔桂窕说，自她嫁进孙家起，孙家上下就从来没有分开吃过饭。

大哥说："兄弟们饭一起吃，钱各自放。可谓分家不分餐。"

过去因为穷，兄弟扎堆分一杯羹，或可理解。如今生活富裕，兄弟各自另起了高楼，依旧在一处吃饭，何以家味浓浓、情味浓浓至此？

我在电话里采访了小妹孙海英。她高中毕业，和哥哥们比，学历算是高了。一提到自己家，一股浓浓的喜悦和幸福感立刻通过电话传递给了我。我可以感受到她深深的满足和对孙家的感恩之情。她说："我是在孙家和谐、温馨的氛围中长大的，从来没有感觉到自己原本不是这个家庭中的一员。因为我的父母亲时刻宠着我，哥哥们时刻都让着我，有什么好吃的时刻都想给我……"

原来如此。在孙海英的电话里，我找到了答案。

我们在"央金人家"见到了孙母。当时，她正在三尺灶台上忙碌着。和许多农家婆婆一样，孙母不识字。可那些中华民族传统美德，这位母亲都有，诸如朴实、勤劳、慈祥、和蔼……

大哥孙英豪说："我妈妈是全村最有礼貌的人，见到谁都热情地打招呼。"

大嫂桂宛说："婆婆人好，从来不会指责我们……我们妯娌谁闲就谁做饭。当然，婆婆做饭做得最多。当我们偷懒迟迟不愿做饭的时候，婆婆早就把饭菜端上桌了。她像宠女儿一样地宠着我们、惯着我们……"

那天，我们在"央金人家"吃饭，圆圆的桌子挤满了人。我总觉得有一股浓浓的温馨在四周缭绕。

在塘里村，他们是仅有的一户不分餐的人家。二十多年过去了，大家始终一桌吃饭，如今大哥的儿子孙呈卓都已二十三岁了。

第二次去塘里村采访时，我见到了刚从日本回来的孙呈卓。他就读日本二松学舍大学，戴着一副眼镜，谈吐得体，看上去少年老成，一副文质彬彬的模样，让人很快想到良好的家教。

当我和孙英一谈到他那九十九岁的奶奶摔跤去世的过程时，呈卓接上了话题，他对太奶奶 2014 年 12 月摔跤的事记忆犹新。他说："那年我刚好在杭州学日语，准备第二年出国。那天正打算与同学一道去上海参加动漫展。刚进高铁站，就接到我爸电话，说太奶奶摔倒了，在医院。我当夜就赶了回来，连酒店都是在电话里退的。"

呈卓是曾长孙，太奶奶很看重他。呈卓读小学时住校，一周回来一次，太奶奶总会把藏起来的点心拿给他吃。有一次，拿过来一看，都过期两年多了，那可是太奶奶平时攒在那里舍不得吃的。提起往事，历历在目，呈卓有些动容……

子欲养而亲不待，老人家海水般的慈爱永存后辈的心底。

我想，一定是良好的家庭氛围和父辈艰苦创业的精神感召着呈卓，成就了卓越的他。

呈卓的确是好样的。留学日本期间，他并不躺在父亲的钱袋里享受现成的果实，而是选择开公司、做代购，赚足自己的生活费，显示出他异于同龄人的精明和才干。

当我们问及他对大家庭的看法时，呈卓脱口而出"团结"二字。

小叔在一旁笑着补充说："和谐。"

大嫂桂宛对我说："其实，这些事稀松平常。家人关系融洽，都记在心里，不值得炫耀。"

都说兄弟多、妯娌多，口角就多，媳妇和婆婆也难相处，但在孙家，这一切都不成问题。

孝顺是理所当然的，互帮是理所当然的，礼让是理所当然的。

桂宛接着说："我们都很普通，没有什么值得写的，这些本来就是我们分内的事。塘里村向来民风淳朴，如果你在塘里村静静地待上十天半个月，你一定会体会到，塘里村的村民都跟我们一样，一样地尊老爱幼，一样地尽全力给父母看病，一样地……"

难怪孙朝厅书记说，孙权文化中的孝和家风，七百多年来，一直潜移默化地影响着塘里村的后嗣子孙。孙氏大家庭只是一个缩影。

四

孙朝厅认为，塘里村是孙权文化的发祥地、继承地，传承孙权文化，既是为了传承传统美德，更是为了培育一代新人，是实现以德治村的一条路径。

何为"德"？孙朝厅经常思考这个问题。

把"德"字拆开来看，分别是道路、眼睛、眼睛上的垂直线和心，意为行动要正，而且目不斜视。

老子的《道德经》指出："道"是用来说明世界的本原、本体、规律或原理的，"德"就是昭示道的一切，尊道而行，使自己的德行和自然规律吻合，所谓天人合一。

因此，忠、孝、恭、仁、信、慈、谦、义就是"德"为我们提供的八字指引。按照这八字指引，可以拓展为：对国家、集体和人民要讲忠，对父母要讲孝，对长辈要讲恭，对亲人要讲仁，对他人要讲信，对儿女和家族中的晚辈要讲慈，对社会上的晚辈要讲谦，对所有人类以及人类的未来要讲义。

忠于国家、集体和人民是在播撒爱，对父母尽孝、恭敬长辈、友爱亲朋是在播撒爱，诚信待人是在播撒爱，爱护子女、关爱晚辈是在播撒爱，坚持正义更是在播撒爱。这就是"德"的终极目的和意义之所在。看来，"德"在告诉我们：人活着只有一个目的，就是播撒爱，奉献爱。

塘里村老年协会是孙朝厅上任后最先想到的、最迫切需要协调好关系的民间团体。

孙朝厅上任前，村老年协会有名无实。村南有两家店铺，彼此相距不足五米，却是中老年们茶余饭后活动的主要场所。久而久之，村民间不自觉地形成对立的两派。村领导开会时，总会在某个角落发出不同的声音，即便你的思路再正确，措施再好，也总有人反对、驳斥你。

曾经是村支委的孙朝厅早就注意到了这个棘手的问题。

2009 年，孙朝厅担任村支书后，当即设法把已退休的芝英镇领导干部孙禄贤的党组织关系转回家乡，委任孙禄贤为村老年协会会长。很快，村老年活动中心运作起来，地点设在本保殿。殿里天天有人值班，有人打扫。村里的老人们终于有了自己的"新家"，大伙儿乐呵呵的，一道下棋、玩牌、打麻将、看电视、聊天，日子过得开开心心。

三年后，在村两委和孙书记的热心关怀下，村老年活动中心赶在 2012 年的九月初九重阳节前，从本保殿迁进整修一新的原学校校舍，更名为"村文化活动中心"，活动场地更宽敞了，设备更齐全了。

重阳节那天，村里搭起了戏台，塘里村老年协会会长孙禄贤作了激情满怀的发言。他说："过去，我们老年人连个活动场地都没有，更别说欢度重阳节了。现在，我们老年人搞活动要场地有场地，要设备有设备。能有这样的幸福晚年，我们已经很知足了……我想代表塘里村八十一位老人，由衷感谢村两委的重视和关心……"

台下，响起了一阵阵掌声。接着，老人们纷纷上台表演自己的拿手好戏，有的唱歌，有的讲故事。

九岁的小朋友孙宇佳代表下一代发言。她大胆地走上戏台，稚声稚气而又认认真真地演讲，会场上又一次响起了热烈的掌声。老爷爷、老奶奶们纷纷夸她说得好，普通话也顶呱呱。

会后，村里所有六十岁以上的老年人一起聚餐，第一次一起度过了一个欢天喜地的重阳节。

尊老爱老之风刮遍了塘里村的边边角角。老年人心情舒畅了，矛盾消解了，关系和谐了，在很大程度上促进了村里工作的顺利开展。

很快，经过大家提名，村老年协会、村妇联、村三委层层推荐、讨论，党员代表大会通过，"十佳好媳妇"选出来了，"十佳最美老人"也选出来了。

整个村庄沸腾了，大家拍手称赞。

老人们的笑意写在脸上，后辈们争着向模范人物靠齐，塘里人整体素质一年一个样地在提升。

读过史书《三国志》的人想必都知道：孙权十九岁继承了父兄基业，少年才俊，足智多谋，极善用人，周瑜、吕蒙、陆逊等一批文武重臣都甘为其用，愿为其死，助其成就帝业。因此，他留下一句千古名言："能用众力，则无敌于天下矣；能用众智，则无畏于圣人矣。"这句名言如今就刻在村文化广场上东吴大帝铜像背后的石碑上。

塘里村领导班子终凝聚成一股绳，大家心往一处想，力往一处使。

曾经名不见经传的小村落变了，由丑小鸭一变而成美丽的天鹅，翩然飞舞在永康市的东南方。

第四章

流淌着诗意的小巷

一

窄窄的老巷，悠悠的老屋。这些原本空落落、静悄悄的老屋有了越来越多的呼吸和新鲜的血液，重新焕发了勃勃生机。

2017年的一天，塘里村来了一拨全国知名的诗人。他们到塘里村采风，写下了四十多首有关塘里村的诗歌。带队的是诗人章锦水，永康市人大常委会副主任，兼任永康市作协主席多年。

当时的永康市，民间文化、民俗文化蓬勃发展，比如打罗汉、十八蝴蝶、哑口背疯、扇舞、太极……

诗人们兴致勃勃，他们发现，塘里村子不大，保存完好的泥墙老屋透着一股浓浓的怀旧气息——有别于永康其他村庄的塘里气质。

在塘里村，可以吟诗。何不在这样一个文化底蕴深厚的孙权后裔聚集的古村，引进一些雅文化，并且让雅文化在塘里村开花结果？章锦水当时这样想。

2017年12月，金华市要在塘里村开一个美丽乡村建设现场会。现场会召开之前，章锦水再次来到塘里村调研采风。他找到孙朝厅，提出赶在开现场会前，创办塘里诗社和《塘里诗刊》，打造塘里诗歌小巷的想法。

这真是鞭炮两头点——想（响）到一块儿了。孙朝厅正琢磨着怎么提升村庄文化，把这些裸露的泥土墙装扮起来，可又想不出好点子。他认为这是一个很好的创意，当即找来弟弟孙朝祖商量，着手开始"诗歌小巷"的建设。

过了没多久，当人们再次走进塘里村时，不由得惊艳了：四百米长，只容一人进出的巷弄里，张挂着数十块老榆木板，木板上刻着诗歌——那些著名作家、诗人走读塘里村时留下的心灵印记。这样走着，品读着，前路豁然敞开，两侧是开阔的涂鸦诗墙，墙的底部还画了两只可爱的天鹅。

游人们在这个充满诗意的空间驻足、品读，有时还会围绕其中的诗句而展开讨论，昔日沉寂的塘里村一下子热闹起来。

每个到塘里村的人必到诗巷。

每个到塘里村的人必拍诗巷。

每个到塘里村的人必通过手机、电脑传播诗巷。

诗墙、诗巷，一夜间蹿红，无论在现实社会还是网络空间，无论在省内还是省外。

说起这个创意，章锦水满脸笑意。

那是在 2017 年 10 月，章锦水夫妇去澳大利亚看望在那里留学的儿子。一天，儿子提议领他们去墨尔本看一处文化风景，这是外国游人必去的一个旅游景点。但见长长的小巷中，从房子底楼往顶楼的外立面上涂满了各种色彩、各种造型的图画，龙飞凤舞，笔走龙蛇。地上的一排排垃圾桶上以及邮筒、门窗上亦都是涂鸦，其色彩很好地与墙面融为一体。街角的一个人、一辆彩绘自行车都融入了这美丽的色彩之中——真是浑然天成、美不胜收、炫人眼目。尤其让人惊奇、流连的是，还有一群耀眼的街头艺术家在倾情表演。游人如织，发出声声惊叹。章锦水亦被那浓浓的艺术氛围所感染。

受此启发，后来有了塘里村的涂鸦诗墙，这在中国村落小巷里是一个新的创举。

韩国的大学教授、视觉艺术家具具先生来了。他在诗巷中一拍就是半个小时，惊喜若狂，连连赞叹：在中国农村能够看到如此高雅的诗文化，正是国民素质高的一个体现。

旅美诗人鲁竹来了。美丽的塘里村让他心潮澎湃，他异常兴奋地在塘里村寻找。寻找什么呢？他在诗中写道：穿越世纪，寻找飞白……在塘里村的里弄间、诗墙上寻找飞白……终于在蓦然回首中，发现一片飞白在诗巷的诗朋好友间闪烁。

2017年12月23日上午，塘里村民居小院女摄影家基地里，人头攒动，热闹非常，诗人和村民们一起迎来了塘里诗社、诗巷挂牌仪式暨《塘里诗刊》创刊号首发式。永康市的领导来了，各地的作家、诗人、书画家等文化名人来了，塘里塘外的村民来了，慕名远道而来的游人也聚到了塘里村，一起见证永康的盛事。

《塘里诗刊》到目前为止已经出刊三期，国内外近百名诗人为塘里写下了优美而深情的诗歌。《塘里诗刊》也成了永康乡村雅文化的一个范本。永康市作家协会把塘里山道打造成自然生态的诗歌小道，还和《永康日报》共同打造"声边"朗读频道，创办名家朗读工作室，建造高品质的录音棚，利用两幢老房子建设诗歌小院，举行塘里诗文笔会朗诵会，创办塘里农民诗歌讲习所，设立塘里驻村诗人制度，在全国范围内遴选优秀诗人入驻塘里村，开展文化交流与创作等。

这一系列的举措，目的只有一个，种植诗歌，让塘里诗歌之花香飘远方。

塘里，就这样流淌着浓浓的诗意，流淌着千年文化。

二

早在古希腊时代，苏格拉底认为"知善乃能行善"。德谟克利特也认为"所有的人都可以学习知识，因此所有的人都能成为有道德的人"。

在我国伦理思想史上，也有许多思想家都把增长才智作为道德建设的一个极重要的方面。《周易·系辞下》说："穷神知化，德之盛也。"两千多年前的孔老夫子，更是把追求知识看成是提高道德水平的必要途径。

孙权好学的家风是早已载入史册的。孙朝厅静下来时经常想：如何才能不辱没先祖的好家风呢？当代的孙家后嗣究竟应该葆有怎样的精神内核，才能与塘里的新农村建设和美丽精品村建设相匹配？

孙书记想到了祖宗们生活过、留存了几百年的老房子，仿佛孙氏代代相传的好家风一样，依旧在那里，没有遗失。

何不将闲置的老屋改为文化礼堂，布置成优秀传统文化的展厅，开启孙氏家风、国学启蒙的教育，给 21 世纪的子孙们以道德文化的提升？

于是，在孙书记的指引下，一股浓浓的孙权文化风吹遍塘里村的每个角落。

塘里村花了一年左右的时间，打造了诗歌小巷。随后，民宿私厨、牦牛奶体验馆、有间酒吧、牛栏咖啡厅、创作基地等文化业态相继进驻。

塘里村给了他们十年免费入驻的优惠条件。

当你置身塘里村深深的老巷，踩着几百年前的石板路，看着天井里高过屋瓦探出硕大叶片的芭蕉，触摸着爬满常春藤的古色古香的泥墙时，你是不是有一种错觉，恍若跌入了几百年前的时空里？那时空很远又很近。劝学馆就隐藏在这深深浅浅幽幽静静的巷弄里。

一间寻常的农家老屋，四五根粗壮的厅柱，厅柱前后齐整地摆放着十几张长桌凳，正面墙上是一幅孔老夫子的施教像，两边挂着数张书法作品。劝学馆布置得像模像样。

劝学馆的名字就取自《三国志·吴志·吕蒙传》裴松之注引《江表传》中孙权劝学的故事。

这个故事说的是，经孙权劝学，名将吕蒙"始就学，笃志不倦，其所览见，旧儒不胜"。有一次，鲁肃（孙权手下的赞军校尉，东汉末年著名军事家、战略家）到陆口接替周瑜，路过吕蒙的军营，和他一起聊天。他惊奇地发现，吕蒙的学问大长，自己常常被他问住。鲁肃拍着吕蒙的肩膀说："我总认为你不过只有武略罢了，今天看来，你学识渊博，再也不是吴下阿蒙了。"吕蒙说："士别三日，即更刮目相待。"

"吴下阿蒙"与"士别三日，当刮目相看"的典故就出自这里。

劝学馆布置停当后，孙朝厅觉得不能光做样子，而是要真正地开办起来，让先祖好学的好家风长久地传下去。

在中共永康市委宣传部的支持下，国学老师和书法老师来到了塘里村，免费为村民开办学堂。于是，星期六和星期天就成了塘里人免费学国学和书法的日子。

国学老师俞老师从《弟子规》等礼仪规范教育开始，着重灌输孝道、感恩、尊师等传统文化，强调知行合一，培养学生的恭敬心、孝敬心和自信心。通过近一年循序渐进的文化教育和熏陶，塘里村的长辈们惊喜地看到，顽劣的孩子变得有礼貌了，内向的孩子变得开朗了。

过去逢年过节，塘里人四处请人写对联。上了书法课后，塘里人开始帮人写对联了。由请人到帮人，真是一百八十度的大转变啊！采访中，孙朝厅抑制不住内心的骄傲，说，如今塘里村能写对联的人要多少有多少。小到七岁孩童，大到八旬老翁，挥毫泼墨，提笔即书，颇有书法家风范。

此后，各类书画展、摄影展也源源不断地被引进塘里村，村里不定期地举办培训和展览，少时一年数期，多时一月两次。

如今，只要你走进塘里村，自会感觉到温文尔雅、恬静淡然的情境。墙体上、廊柱上，甚至石头上，篆书、隶书、楷书、行书、草书等各种书法作品无处不在，浓浓的传统文化氛围顷刻就会将你包围。

三

离开劝学馆向南，转一个弯，就到了家训馆。家训馆同样隐在曲径通幽的小巷之中。

进门处，两侧墙体上写满了有趣的家规，如："吃饭不能满筷子乱挑……不许吧嗒嘴儿，不许罗着锅儿……"

拐过直角长廊，迎面是一个小天井，天井外墙上垂直张挂着一条条木板，上面镌刻着孙氏家训："读书为重，次则家桑；克勤克俭，毋怠毋荒；礼义廉耻，四维毕章……"铜底白字，大气磅礴，严肃庄重，似一株永不凋谢的花，承受着天地之灵气、日月之精华。

我到访时恰逢天降细雨，飘飘洒洒，一遍遍地打在用隶书写就的孙氏家训上，滴答有声。原本白亮的字被雨水滋润得更显得清晰水润了，我的心亦滋润起来。

近傍晚时，我们第二次来到家训馆，终于见到了温文尔雅的孙朝祖——孙朝厅的弟弟，一位精通《易经》、古诗和书法的居士。这里是他平时办公的场所。

孙朝祖给我们泡起了普洱茶。

办公桌上放着很多书，还有厚厚的孙氏家谱。我顺手拿起来翻看着，渐渐对孙氏家族的来龙去脉有了一些了解。

孙姓的由来要追溯到军事世家出身的第一代祖田书。公元前523年，因伐莒有功，被齐景公赐孙姓，改名孙书，食采乐安，为乐安始祖。

自军事家孙书起，孙氏后代出了许多名人才子，灿若群星，光彩照人。著《孙子兵法》的孙武，把《孙子兵法》灵活运用到战争中的孙膑，三国时坐镇东吴的孙权，还有无数进朝为官的进士、举人……如此，辉耀两千五百多年的孙氏名人——被写进了孙氏家谱，刻进千秋万代孙姓族人的心里……

孙朝祖带我们走进另一个小房间，正面墙上张挂着数十户"五好家庭"的全家福和家训，让人忍不住想，这是多么大的教化作用啊！

弟弟孙朝祖成为哥哥孙朝厅的好帮手，村里人都知道，塘里村建设的主要构思都来自孙朝厅，具体设计则都出自弟弟之手。哥哥是将军，负责发号施令；弟弟是他手下的兵，负责排兵布阵。

兄弟同心，其利断金。可以毫不夸张地说，哥哥的三言两语甚至一个眼神，弟弟都能心领神会。

采访中，我们和村里的副书记孙荣相遇，他带着我们走进了洋溢着浓浓文化气息的同文书局。

这是一个有着敞亮的阔天井、装饰着绿树鲜花盆景的小院。雨停了，暖暖的阳光透过天井照射在我们身上，我忽然闻到了浓浓的家的味道。这是一个多么温馨舒适的农家小院啊！

小院分上下两层。楼下陈列着一排排的书，楼上隔成一个个小房间，展示着内容丰富的图片，诸如房主的生平介绍、印刷术的简介等，也有抗日战争时期的印刷工具实物。

同文书局的前尘往事，就像是演播历史故事一样在我们眼前一幕幕展开。

房子的主人是孙权第五十八代孙，名积余，号肖贤。1893 年 3 月生于塘里村，祖父孙进久系晚清太学生、南北乡试举人。清朝灭亡后，家道中落。然而肖贤自幼爱好读书，二十二岁考入浙江省立第七师范学校（今习称金华师范），毕业后留校教书十年。因时局动荡，满怀实业救国思想的他，于 1927 年初回到永康，在县城丁字街口东北角租了两间平房店面，创永康同文书局，集印刷、图书发行和文具经销于一体。书局取名"同文"，含共同振兴文化之意。

1938年，浙江省国民政府为躲避战火，举府迁往方岩，大批机关、事业单位及金融机构随之迁移至永康。一时间，同文书局的印刷业空前兴旺，遂发展成永康最大的印刷和图书文具商。

1939年，肖贤任国民政府永康县丽中镇副镇长。身为国民党人，却心向着共产党，他多次冒着生命危险为永康地下党印刷传单。

抗日战争后期，由于日寇对永康县城进行轰炸，肖贤将同文书局迁回老家塘里村办公、经营。肖贤将自己的住宅作为生产经营的场所。那时，家乡的孩子们上学需到七百米外的厚莘学堂就读，孩子们除了要交不菲的学费以外还需担租与学堂，致使许多孩子辍学在家。得知这一情况，肖贤当即决定自筹资金兴办义学。在本保殿的后面扩建了两间后殿，将前殿开辟成临时校舍，并承诺所有来塘里学堂读书者不论本村人还是外村人，一律免费入学。一时间，本保殿前殿坐满了学子。每当朝霞初露时，本保殿里就会传出琅琅的读书声……

肖贤先生一生向善向德，是把爱和奉献做得很完美的一个人，是孙权后裔中的一位优秀子孙，是一位爱国的、仁慈的教育家。

同文书局的一楼展厅陈列着上千本书，包括政治、历史、文化、医学等类别，品种齐全。与一般的农家书屋不同的是，此处的藏书面向整个金华地区开放借阅服务，在同文书局借的书，可以在金华地区的各个图书馆还。不得不感叹：蜗居如螺蛳壳一般小小的塘里村，孙朝厅竟能做如此大大的道场，竟同他的"本家"——《西游记》里大闹天宫的孙悟空般神通广大。

我们依依不舍地走出劝学馆、家训馆和同文书局，在老屋、弄堂间穿梭，孩子们诵读《三字经》《弟子规》的琅琅读书声犹在耳边回响。这里印满了孙氏祖先的成长足迹，承载着孙氏祖先的传统文脉……

我们驻足在顾盼长廊，时空骤转，仿佛一下子从远古的隧道驰入了现代的天空下。这是一处散发着浓浓乡土文化气息的现代文化长廊，图文并茂，让人忍不住顾盼流连。长廊外的石头上刻着《顾盼廊记》，上写："元好问赞吾祖：孙郎矫矫人中龙，顾盼叱咤生云风。乘马射虎，震古烁今。壮哉！今造文化长廊，上顾先人，功业传千秋；下盼后辈，迈步从头越……"

顾盼长廊像一条连接古今文化的链条，顾先祖之千秋功业，盼后人不辱使命。廊道主架是孙朝厅利用捡来的邻村废旧的葡萄架做的，长廊的左边是一张张图片，右边是供游人歇脚的长木椅。顾盼长廊内容非常丰富，时间跨度也很大。塘里村的古今文化名人、历史脉络、民风民俗和风光特色在这里集中呈现，交相辉映，像一部徐徐展开的村志，又像一张高度浓缩的影碟，回放着塘里村七百余年的悠悠岁月。

走在这里，我们对孙朝厅在以德治村的实践中的理念和精神有了更深刻的理解，更是悟出了"顾盼塘里"蕴藏着的真正含义：上顾先人，下盼后辈。

走在这里，我们仿佛看到了文化和道德的力量，塘里村只不过是中华文明长河中的一缕涓涓细流、一朵微微浪花，但同样折射出中华传统文化璀璨的光芒。

走在这里，我们亲身感受到自治、法治、德治融合的治理体系在中国农村的主导地位，以及它所带来的巨大变化。也许塘里村这样一个只有三百多人口的自然村，在中国数十万个村庄中只是微不足道的小村，但这里的村民和中华人民共和国的所有农民一样分享着现代文明和国家发展的成果。他们探索着"三治融合"的新模式，具有时代的典型意义。

第 三 部

幸福花园

我们行驶在花园大道上，红霞泛光，五彩缤纷，两旁林立的高楼大厦迅速往后掠过，商场、超市、红木家具城的现代化建筑，向人们展示着一派繁华景象。

我们穿行在花园小径，鲜花盛开，芳草如茵，花香弥漫在东西南北纵横交错的巷弄里，满街尽是远远近近来旅游的人，吉祥湖、游乐园、摩天轮……人们沉浸在别样的乡村风光之中，沉浸在休闲时光的幸福里。

我们在花园广场徜徉，移步换景，赏心悦目。精致的文化长廊洋溢着满满的正能量，展示着花园村人崭新的精神风貌和企业文化风采。

改革开放之前，花园村和其他农村几乎没有什么两样。它地处浙中盆地的丘陵地带，土地贫瘠，荒草萋萋，是一个名不见经传的小村。全村只有 183 户，496 人，面积仅 0.99 平方公里。

花园村长期流传着一则家喻户晓的民谣："村名花园不长花，草棚泥房穷人家。种田交租难糊口，担盐捉鱼度生涯。"那时候的花园村穷得连变压器都买不起，电通不上，祖祖辈辈以抓泥鳅、挑贩私盐、做草席谋生，贫困、落后是花园村的真实写照。

花园村村民很幸运，伴随着改革开放的春风，花园村有了一个带头人——如今的花园村党委书记、花园集团董事长兼总裁邵钦祥。是他带领村民们改变了花园村的落后面貌，把昔日的小村庄建得像都市一样繁华亮丽；是他带领村民们开拓市场，创新创业，建成了全球最大的维生素 D_3 生产企业，全球最大的红木家具专业市场和生产基地，以及全国最大的村级医院、学校、商业中心，引领村民们走上富裕之路。

花园村区域面积迅速扩大到 12 平方公里，农户增加到 4681 户，常住人口 13879 人，外来人口 5 万多人。

2017 年 12 月 18 日下午，花园村总工会成立暨第一次代表大会隆重召开，这标志着浙江省首个村级总工会的诞生。

花园村，这个村庄里的都市，已经成为新时代中国梦里的最美幸福村，成为中国美丽乡村建设的典范，成为自治、法治、德治"三治融合"的中国样本。

沐浴着改革开放的阳光雨露，实现着全面建成小康社会的梦想，花园村人的愿景更为宏大，他们要把花园村建设成世界上最富有的农村，让花园村村民成为世界上最富裕的农民。

在花园村，你每时每刻都会聆听到当代中国农民追求幸福生活的心声。

在花园村，你每时每刻都会感受到花园村人铿锵有力的前进步伐。

在花园村，你每时每刻都会领略到当代农村发生的蝶变，体悟到当代中国农民的美好向往和精神力量。

第一章

花园村的往事

一

邵钦祥这一代人，是伴随着社会主义新农村建设的进程所走过来的，贫穷苦难是少年时代留给他的最深的烙印。

贫穷几乎压垮了花园村的人，苦难曾经让邵钦祥抬不起头来。

也许苦难是一所最好的大学。它让你痛彻心扉，穷则思变；它让你思考人生，追求理想；它让你奋起飞翔，走向光明。

早在改革开放之初，邵钦祥就多次向村民承诺："落后就要挨打，我一定要带领村民过上美好生活。"

如今，邵钦祥兑现了他的承诺，实现了他的梦想。

花园村地处东阳市东南部，离东阳市区十八公里，属于南马盆地中的丘陵地带，山多地少，历史上东阳南北两江旱涝迭起，百姓时为衣食所苦。

东阳位于浙江腹地，历史悠久。东汉兴平二年（195），析诸暨置吴宁县，唐改东阳县。在相当长的历史中，东阳人过着以耕织为事、胼手胝足、但求温饱的生活。在黑暗的岁月里，颠沛流离的战乱、生态的失衡，不时给他们带来种种灾难和困扰。

正是在生存困扰中，东阳人以他们的睿智和巧手不断拓展新的生产领域。

勤耕、俭朴、学艺、求技，可谓东阳人特有的品格。历史上，东阳人不畏艰难困苦，奋发求生。身怀一技的手艺工匠，或走街串巷，或远涉重洋。明末清初，就已呈现百工竞技、名师辈出、流派纷呈的气象。东阳成为闻名遐迩的"百工之乡""人才之乡""教授之乡"。尤其为人称道的是，东阳人以"土布衫""霉干菜"造就了数以千万计的有识之士。勤学苦读而闻名于世者，代不乏人，堪称楷模。

东阳木雕、竹编，历史悠久，技艺精湛，典雅别致，久负盛名，北京故宫内就珍藏着东阳木雕、竹编，闪耀着独特的艺术之光，为海内外人士所赞叹。

花园村人秉承了东阳的传统文化精神，尤其是改革开放以来，花园村脱胎换骨，一举位列"中国十大名村"。

2017年1月，邵钦祥参加了浙江省十二届人大五次会议，这是他第十五年参加浙江省人代会。

邵钦祥作了发言，从花园村的发展历程谈到坚持"四个不动摇"：坚持发展工业实体经济不动摇，坚持打造中国农村浙江样板不动摇，坚持发展为民、利民、惠民不动摇，坚持依法治村不动摇。

花园村从1981年办服装厂到现在，一直坚守实业，通过几十年的发展，深刻体会到"农村要发展，工业是基础"。近年来，花园村始终坚持"以发展工业经济和推动商贸服务业"为抓手，抢抓机遇，全面创新，不断加快经济发展，加大项目产业建设，做好"空中换地""机器换人""提升产业""高效用地"等工作，及时关停了磁钢厂、砖瓦厂、服装厂等一批低效的传统企业，促进了花园村各项事业又好又快地发展。2016年底，花园村全村拥有个体工商户2827家，实现产值

461.23 亿元，产值、利润、税收各项指标同比均增长 20% 以上，村民人均年收入达 16 万元。

绿水青山就是金山银山。2004 年 10 月，花园村进行了并村，此后就以景区标准建设新农村，实施了全国农村最大的旧村改造，为美丽乡村建设奠定了基础。2012 年 10 月，花园村成为浙江省首个单独以村为单位成功创建国家 4A 级旅游景区的村子。2016 年，花园村又荣膺"中国十大名村"以及"中国十大国际名村"第三位，此后，便以引领"农村现代化的榜样"这张金名片为目标，积极创建国家 5A 级旅游景区。

几十年来，花园村党委坚持科学、民主、依法治村理念，党员干部坚持"奉献、公正、公平、公开"的办事原则，做到情为民所系，利为民所谋，权为民所用，让广大村民过上了城里人的生活，感受到了现代农村的魅力，享受到了新农村建设给他们带来的实惠。目前，花园村全面建立了医保、社保和养老保障体系，村民拥有二十多项劳保福利，实行了十六项免费教育制度（从幼儿园到高中的书费、学费全免），并开通了免费公交车，全村没有贫困户，也没有暴发户，家家有事业，户户在创业，人人在致富。2016 年 7 月 1 日，花园村党委被中共中央授予"全国先进基层党组织"荣誉称号。

花园村是全国民主法治示范村，几十年来，做到了矛盾不上交、纠纷不出村、选举不拉票、村民零上访。可以说，依法治村治出了经济发展，治出了社会和谐，治出了百姓幸福。花园村实施大规模的旧村改造，没有一个村民找政府麻烦，也没有一道难题上交给政府，都是通过"小事当天解决，大事三天解决"的机制及时有效地处理。花园村依法治村在引导群众参与新农村建设、经济建设、"三改一拆"、"五水共治"、环境革命等工作中也发挥了积极作用，例如拟定村规民约，实行村民自治，规定全村不准饲养鸡鸭狗猪，禁止燃放烟花爆竹……这些都让花园村变得更加美丽、文明、富饶。

花园村的往事，是一部创业史、奋斗史，凝聚了邵钦祥和花园村村民建设中国新农村的伟大梦想。

二

在花园村采访的日子里，回望花园村的昨天，那些记忆的碎片一一向我飞来，先是沉重的黑白宽银幕，接着是欢快的彩色"巨无霸"，倾诉着花园村的前世今生，演绎着花园村的美丽蝶变，揭示着花园村发展的秘密和启示。

花园村是邵氏聚居地，建村已有七百多年之久，祖上从河南博陵郡迁至东阳紫溪，可上溯至北宋。先祖邵亢曾任朝廷制诰，后升礼部侍郎兼枢密副使，谥"安简"，族人称"安简公"。邵亢于南宋建炎三年（1129）随宋高宗赵构南渡临安，不久告老隐居东阳吴宁。

南宋德祐年间，邵氏家族第九世孙邵海、邵淇兄弟从严州寿昌到东阳访祖，在南马紫溪定居，按宗谱序头，重新立族，称"博陵郡"，自成紫溪邵氏。

紫溪距离南马有六七里地，自然条件其实比花园村要好得多。紫溪村前有眠牛坡，东有伏虎山，西有飞凤山，北面山峦起伏，绵亘数里，水库塘坝散处其间。紫溪坑水蜿蜒穿过村庄，溪水旁有两棵五百多年树龄的古樟树。

据《紫溪邵氏宗谱》记载，正元年间已有"紫溪"村名。明朝正德九年（1514），黄毛塔村出了一位进士，名邵豳，号紫溪。正德十一年，任福建建阳县知县，清正廉明，秉公执法。嘉靖五年（1526），任山西道监察御史。当时，紫溪附近有一座西山寺，寺里的和尚仗着地方恶势力，无恶不作，欺男霸女。邵豳得知，申报朝廷，带领军队查抄西山寺。后来，周边几个邵姓小村庄并为一个村，建造了邵氏宗祠，修建了民居街巷，特别是在紫溪流出村口处修了紫荆庙，建了紫荆桥，挖了紫荆井。

紫溪村历史悠久，文化底蕴深厚。在紫溪村西面建有云峰寺，始为灵岩教院，由柳塘陈氏八世远府君始建于唐景福元年（892），屡毁屡建。现有大殿五间，还有天门、放生池、莲经塔、牌坊、观日亭、观月亭等。其大雄宝殿，双重屋檐，梁檩彩绘，四周走廊，巍峨壮观。

御史厅建于嘉靖八年（1529），由门楼、正厅、后厅以及西侧厢房组成。正中有圈堂，作为议事、审判的地方；阶沿宽三米多，比厅堂低一级，形状似纱帽，村民习惯称其为"纱帽厅"。御史厅前面有御史街，中间一段宽六米，东西两头宽三米，两头向北弯曲呈弧形，状似一条官带。纱帽加官带，显示官位高贵，爵位显赫。在紫溪还有特别的规定，御史街只许男人行走，故紫溪人称其为"男街"；在御史街南面，挖了一条由西向东流淌的小溪，隔溪还有一条给女人走的街，叫作"女街"。

御史厅的栋柱上有一副对联：

开帐绛帷读经教授北裔俨沾化雨，
驾单骢以问俗恩深东粤宛载光天。

我不解其意，请教专家后方知：上联称赞邵幽之父邵英赴北方教学，并教育边民；下联称赞邵幽深入边境地区，安抚百姓。

据说御史厅其他对联可任意发挥，自由撰写，唯独这副对联每年必贴，而且不得更改一字。

及至1321年，紫溪邵氏后裔中出了一个聪慧少年叫邵礼，他走过花街来到离紫溪七里之遥的马府寻求安身立命之地。马府村以马光祖家宅"太师府"而得名。据《宋史》记载，宝庆二年（1226），二十六岁的马光祖中了进士，咸淳三年（1267）任参知政事，咸淳五年知枢密院事兼参知政事，以金紫光禄大夫致仕，不愧为"南宋砥柱"。马光祖，因御赐裕斋齐宋太师公，卒谥"庄敏"，生前的府第也就被南马百姓称为"马府"。

邵礼家境贫穷，父母双亡，虽粗识文字却历经磨难。后来，马府收留了他，让他帮马府族长栽花护园。邵礼心怀感恩，勤勉恭敬，以礼相待，宽厚和蔼。他在马府东侧的花园里起早贪黑，浇花培土，深得马府族人赞赏，及至他长大成人，马府族长给他双重赏赐，不仅为他娶妻完婚，还划拨村东蔡山脚下的那座马府花园给他，让他从此在这里安家立业。

从此，紫溪邵氏就在此地繁衍生息，延续后代。花园村逐渐成了有十几户人家的小村，他们开垦荒地，耕作薄田，以抓泥鳅、挑贩私盐、做草席为主业，惨淡经营，艰难度日，但花园村人心齐、骨头硬，因此，名声很大。周边村子里的人用一个"蛮"字来概括花园村的人。其实，这也是被艰难困顿的生存环境所逼，其中更多的是辛酸、无奈和痛苦。

在花园村采访时，老一辈的村民们常常会说起那首"村名花园不长花"的民谣，那是一段抹不去的沉重记忆。

村民们说，花园村名字很好听，可并不长花，名不副实，他们祖祖辈辈生活的这片黄土丘陵，土地贫瘠，荒草萋萋。

抓泥鳅是花园村村民的拿手好活，也是他们赖以生存的一条路。

春天来了，在草长莺飞的河边、稻田和沟渠，到处都可以看到花园村村民带着虾笼抓泥鳅的身影。碰到运气好的时候，一天可以抓到几十斤甚至是上百斤泥鳅，再晒干、烘焙，拿到集市换钱，用来维持生计。因此，花园村村民因抓泥鳅而名声大振，有点像今天说的专业村，他们的足迹遍布周边的东阳、义乌、永康等地。

花园村村民抓泥鳅约法三章，不抓别人池塘里的鱼苗，即使抓到了也放回池塘，附近村庄的塘主也就对花园村村民网开一面，若是其他村的抓泥鳅的人就会被禁止入内。可以说，花园村村民因为"穷硬"赢得了好口碑。

和抓泥鳅相比，挑贩私盐更是冒风险的事，触犯法律，甚至还会掉脑袋。

据《东阳市志》记载，明清时期，食盐实行核定数量、凭证运销的专卖管理。民国廿八年（1939），浙江省油茶棉丝管理处核准东阳桐油坊三十二家。桐油、茶叶、棉花、蚕丝实行购销专营，无财政部驻浙办事处所发特许证的不准运销。民国廿六年，县政府奉令管制粮食、耕牛及部分商品，各警所及自卫队设卡十四处，严禁管制物资运输。

食盐历朝历代都是官府专管，自然比油茶棉丝管得更严，不得私下买卖，违者即受重罚。

俗话说："百里不贩樵，千里不贩伞。"可不知道什么时候，花园村村民三五结对地干起了挑贩私盐的事。扁担是条龙，一生吃不穷。花园村村民靠一条扁担走南闯北，维持生计。邻村的人都说："花园人的命是盐换来的。"花园村村民贩盐近的到丽水、温州，远的到江西上饶，一个来回要一个多月，随身带的草鞋破了一双又一双，脚底板都走得起了一个又一个血泡。为了逃避盐卡，他们常常要昼伏夜行，披星戴月，绕远路，穿山谷，历尽艰险。遇到盐卡，他们能沟通的沟通，能打点的打点。碰到强硬的盐兵，成群结队的花园村村民便群情激愤，一齐上阵，把拦路的盐兵吓得屁滚尿流。后来，很多别的地方的挑盐贩遇到设卡时也自称是花园村的人，很快就过关放行了。

现在，只有老一辈的花园村村民才知道当年贩盐的苦楚，都说是"磨破肩头皮，为活换活命钱"。

村里的邵灯金是风里来雨里去的盐贩，经常一个人独来独往。有一次，他挑着盐担走在小路上，猛然发现前面有荷枪实弹的盐兵把守，情急之中，他挑着盐担就往旁边的水稻田里走，整个人越陷越深，盐袋差点碰到水田。那盐兵也懒得往水稻田里追赶，双方远远地看着对方耗时间，直等到日落西山，盐兵肚子饿了，悻悻地撤离，邵灯金才算脱险。

可是后来，邵灯金在一次外出贩盐后再也没有回村，也许是路上跌落悬崖，也许是碰到盐兵而葬送了性命，尸骨无存，总之谁也说不清真正的原因。

后来，花园村村民挑盐就结队成群，抱成一团。他们贩盐名声大振，却惹来盐兵到村里来缉查，弄得村里鸡犬不宁，人心惶惶。

俗话说："生命兑盐食。"花园村村民被穷困逼出了"穷硬"的倔脾气，也兑来了"蛮"的名气。

三

亲不亲，族里人。紫溪邵氏族人的目光，总是关注着花园村邵氏后人的景况。而一代报人邵飘萍则是邵氏家族引以为豪的荣耀。

邵飘萍是清末民初著名的新闻记者、报人，出身于紫溪村的一个寒儒家庭。祖父邵煜光曾参加太平天国运动，最后客死他乡；父亲邵坦懋是清末秀才，在花园村办过私塾。

1886年，还是清朝末年，邵坦懋偶然从马府来到花园村，村里一副凄凉的景象让他潸然泪下。

破败的祠堂年久失修，狭小逼仄，摇摇欲坠。想起先祖康节公在洛阳发迹，安简公一支随宋室南下后又聚居东阳开枝散叶，面对衰败的祠堂，真有些愧对先辈的愁情。

弄堂口奔跑着一群光屁股的孩童，他们衣不遮体，面黄肌瘦。邵氏是最早从紫溪出发定居花园村的，如今却落到这个地步。

邵坦懋决定在花园村办一个免费的蒙馆。他自己动手把旧祠堂整修了一番，用泥巴补了早有裂缝的墙，用树干串成一排木门，昔日荒芜的祠堂焕然一新。

邵坦懋一家家上门动员，终于把花园村邵氏后辈聚拢到蒙馆，教他们识文断字。他要告诉邵氏族人，没有文化就等于盲人，没有知识就等于"蛮搏"。

可是冬天来了，东北风在黄土坡里肆无忌惮地呼啸着，村子里的柴草堆翻飞舞蹈，而整个花园村像死去一样寂静。

来上学的孩子从十来个减少到五六个，又减少到三四个，最后一个都不来了。

邵坦懋又一家家上门去叫，但看到的一幕幕让他再次心酸。

他常常看到一家几口人挤在一块破门板上，像木雕泥塑般一动不动，挨冻挨饿的孩子蜷缩在稻草铺上嘤嘤哭泣。

有一户人家的大人痛苦地说："先生，我家只有一条裤子，大家轮流穿。孩子如果去上学，其他人就都出不了门了啊。"

邵坦懋久久地凝视着空空如也的蒙馆。刚强的他再也压不住那沉痛的感情，滚烫的泪水从眼眶里涌出来。食不果腹、衣不蔽体，花园村的邵氏后人仍然生活在水深火热之中。

这年冬天，邵坦懋带着家人，离开紫溪，逃荒到婺州府。一路上，他挑着两只箩筐，一只箩筐装着教学生时用的《三字经》《百家姓》，以及锅碗瓢盆等生活用品，另一只箩筐里装着一个小婴儿，就是出生还不满四个月的邵飘萍。

邵飘萍很有天赋，在父亲的严格管教下，学有所成，十四岁考取了秀才。1903 年，邵飘萍考入浙江省立第七中学；1906 年考入杭州的浙江省立高等学堂（浙江大学前身），开始为《申报》写通讯。后来他投身新闻事业，创办《京报》，在北京大学开设新闻学研究会，编写了《实际应用新闻学》和《新闻学总论》，这是我国新闻学的开山著作。

1918 年，青年毛泽东在北京大学图书馆任管理员，其间与邵飘萍来往密切。毛泽东曾经参加过新闻学研究会，邵飘萍的讲课使毛泽东深受感动，这对毛泽东后来领导一系列革命活动有了很大的启发。

邵飘萍还是五四运动的发起者之一。1919 年 5 月 1 日，邵飘萍在《京报》撰文，主张"文明国国民皆有维持世界和平之责任"。5 月 3

日，邵飘萍受邀参加北京大学集会演讲，号召学生挺身而出，奋起抗争，抵御外敌。学生们听了热泪盈眶，决定发动各大高校举行游行，这就是影响中国革命进程的五四运动。邵飘萍也因此被载入史册。

邵飘萍的骨子里就有花园村人"贫贱不能移、富贵不能淫、威武不能屈"的硬骨头品格。当年不为军阀悬赏三十万大洋所动，直到为党的事业奉献他年轻的生命。他是那个风雨飘摇的年代中一位有良心、耻辱心、进取心，对革命充满信心的报人，被称为"我国新闻界的鲁迅"。

20 世纪上半叶，花园村的行政归属曾经发生频繁的变更。1929 年，花园村属第八区；1932 年，称花园乡；1935 年 5 月，改称五十六都乡第六保；1944 年 11 月，归属南马镇；1950 年 7 月，改称紫溪乡四村。尽管行政归属多变，但花园村还是偏僻落后的花园村。

新中国成立后的三十年里，花园村村民经历了土地改革、农村合作社、"大跃进"、大办钢铁、反右运动以及"文化大革命"，仍然在贫困线上艰苦挣扎。直到改革开放的春风吹遍神州大地，花园村这片古老而又贫瘠的土地才焕发出新的容颜。

邵钦祥等花园村村民不甘寂寞，不甘贫穷，艰苦努力，开始了艰难的创业。

第二章

激荡的青春梦想

一

邵钦祥是一位能成大业者，他有理想，有目标，有追求。

在采访邵钦祥时，我常常想起冰心的一句话："成功之花，人们往往惊羡它现时的明艳，然而当初，它的芽儿却浸透了奋斗的泪泉，洒满了牺牲的血雨。"

我试图探究邵钦祥传奇的人生轨迹。从小务农的邵钦祥经历过童年时的苦难，经历过少年时的磨炼，也经历过青春时的激荡。他的梦想就是改变贫穷，改变落后，建设美好的花园村。这也是他一生为之努力的目标。

邵钦祥，1954 年 9 月出身于花园村的一个普通家庭。父亲邵嘉麟读过几年书，学过裁缝，当过店员，算是花园村的"秀才"。当年日本人打到东阳，花园村村民一致推他去代任保长一职。母亲徐福翠是邻村沧江村一个富农家的大闺女。这些都成为这个家庭日后的"历史问题"，为邵钦祥成长之路上遭遇磨难埋下了伏笔。

邵家添丁，全家沉浸在喜气之中。邵嘉麟也算有识之士，想到儿子出生之日正是方岩胡公大帝的生日，连连说："天降吉祥，天降吉祥。"于是，按辈分给儿子取名邵钦祥。

邵嘉麟非常崇拜胡公大帝，曾经跟着上辈人多次到永康方岩祭拜。胡公大帝是北宋时历经太宗、真宗、仁宗三朝的一位清官，名胡则，字子正，永康上胡人，端拱二年（989）考取了进士，成为婺州有史以来的第一位进士。他为官四十余年，不但清廉，而且果敢有才气，为老百姓做了很多实事。衢、婺两地百姓深感其恩，立祠祀之，尊为胡公大帝。毛泽东曾赞扬他"为官一任，造福一方"。

邵嘉麟给儿子取名"钦祥"，是希望儿子日后也能像胡公大帝一样成为读书人，当然，他没有想到儿子以后会成为带领花园村发展的干部。虽然邵钦祥没有更多的求学机会，但他果断勇敢，搏击商海，尤其是作为花园村的领头人，他为花园村村民做了很多实事好事，"为官一任，造福一方"正是他的座右铭。

在花园村这个闭塞、落后的小山村里的童年，留给邵钦祥的主要记忆除了穷，还是穷。那时，家里上无片瓦，下无寸地，柴无一根，米无一粒，穷得没粮食下锅。母亲常常对他说，寒天不冻勤织女，饥荒不饿苦耕人。年幼的邵钦祥常常和兄弟们一起跟着妈妈到田畈采摘荠菜、马兰头等野菜充饥。唯一给他带来乐趣的是，他和一帮同年的"麻头鬼"围观艺人做活儿。那时，经常有三三两两的工匠艺人进村补锅、磨剪刀、铸铜瓢、修阳伞，还有爆米花、做年糕等等。这些都让年幼的孩童们觉得很新鲜、好奇，那些关于工艺、门道的趣闻逸事也满足了他们的求知欲望。

穷人家的孩子早当家。邵钦祥八岁就帮父亲放牛，和小伙伴们一起到马府西面的泰山上割草、放牛。那个被村里人叫作"泰山"的山坡，其实叫蔡山，东阳土话中，"蔡""泰"有些相近，叫着叫着，后来就被叫成泰山了，以至于当地有些小孩还以为著名的泰山就在家门口呢。

十三四岁时，邵钦祥跟着父亲养鸭，风里来，雨里去，脸也被晒得黑黑的。他们家房子不大，鸭子就关在家里，每天晚上邵钦祥就和鸭子睡在同一个房间，每天清晨都被"嘎嘎嘎"的鸭叫声吵醒。

邵钦祥也跟同伴一起上树掏鸟窝，下河游泳捉鱼虾，去田野里摘野菜，玩"摇草刀"的游戏。有一次，他和小伙伴在溪边抓鱼忘了时间，天黑都没回家。满天的星星在夜的帷幕上闪烁，晚风吹来有些凉，他们这才意识到已经迟了。两个母亲提着灯笼一路找过来，呼喊着："儿子，快回家啊！"

童年伴随着苦难和欢乐悄悄地流走了。邵钦祥在家乡的大南山小学读完了小学。十三四岁的邵钦祥青春勃发，然而，当他站在人生的十字路口时，命运却给了他幼小的心灵第一个沉重的打击。

邵钦祥小学毕业，却不能被推荐继续上中学，村里的革命领导小组因为他父亲的"历史问题"，剥夺了他上学的权利。

过了暑期，同村的伙伴们背着书包高高兴兴地去南马初中上学。邵钦祥却只能继续帮父亲看牛，他牵着牛走在田埂上，把羡慕的目光投向伙伴们。

邵钦祥很有读书的天赋。记得读小学时，父亲把家里的美孚灯捻亮，在灯下教他打算盘、做作业。那时，村里的人家还很少有这样的条件，邵钦祥就把堂兄弟和其他同学都招呼到家里，围坐在美孚灯下一起做作业。

邵钦祥读小学时是班长，数学常常考满分，其他各门功课也都名列前茅。

邵钦祥志向远大，总想长大了学有所成，做一番大事业报效家乡，可如今却只能困在这个小山村里放牛割草。

他第一次听说"历史问题"这个词时，并不知道这会成为挥之不去的阴影，对他以后的人生道路产生那么大的影响。

多少次，他在泰山放牛、放羊，甚至还惊喜地在那块黄土地里刨到了充饥的花生。

在那个"以阶级斗争为纲"的岁月里，邵嘉麟有口难辩，跳进黄河也洗不清。他年轻时跟着爷爷跑过码头，做过裁缝，在村里算是有点儿文化，被推举当了几天保长。新中国成立后虽然被定为下中农，但这"历史问题"让他在历次运动中都难逃一劫，审查、批斗，还牵连到家庭。再加上徐福翠出身富农家庭，邵钦祥就成了"地富反坏右"五类分子的子女，怎么可以继续上学呢？

从1966年到1968年，花园村三届小学毕业生共有十三人，却只有三人被推荐入中学。

邵钦祥仿佛是挨了闷棍，受到了沉重打击，他第一次感受到命运对他的不公。邵钦祥站在泰山顶上极目四望，近处是茅草稀疏的黄土坡，远处是低矮房舍相连的花园村。他不禁思绪联翩，花园村祖祖辈辈的贫困、艰辛，花园村世世代代的挣扎、沉浮，父母亲躬耕田亩的身影，美孚灯下苦读的同伴背影，在他的脑海里像放电影一样一幕幕掠过。

"世道如此不公，我心决不沉沦！"邵钦祥一个人站在岩塔背上大声疾呼，喊出他心中郁结的愤懑和不平。他想，不能继续上学，我可以用自己的双手去劳动，去创造，去改变。

家乡的山坡不陡。邵钦祥从出生到现在都没有离开过花园村，就是在这块土地上，他一直思考着变的方法，寻找着变的机会。那一刻，邵钦祥更加坚定了自己的目标，那就是要改变花园村落后贫穷的现状，创造一个美好的"新花园"。

不觉已是夕阳西下的时分，远远看去，花园村被金色的晚霞所笼罩，农村屋舍上空飘荡着缕缕炊烟。归巢的老鸭在泰山上转悠，嘴巴里衔着一枝花生藤，邵钦祥意外地发现，往日从土地里拨拉出来的花生果实原来是老鸭衔来的藏着的冬粮。

二

1972 年，邵钦祥在花园村的第一个职位是生产队的记工员、会计。他虽然年轻，却很有经商头脑。那时，他经常和村里同伴外出卖泥鳅、番薯藤、席草，摸到了许多赚钱的门道，只是那时还没改革开放，市场管得紧，再加上也没什么本钱，做什么都难。

村里的长辈们看着长大成人的邵钦祥，打心眼里喜欢，都说这个后生脑子灵，手脚勤，人品正，又肯吃苦耐劳。让邵钦祥当会计，大伙儿都放心。

当时的村党支部书记邵福星更是看在眼里，喜在心里。他看准邵钦祥是一棵日后能成大事的值得培养的好苗子。

邵钦祥对老支书邵福星也十分敬重，而且脾气相投，因此就亲近了许多。花园村每年农忙"双抢"时间，都靠牛耕人种，且不说人干得跟累趴的牛差不多，连进度也很慢，每次公社点名批评都有花园村大队的。

公社领导经常在大会上拿马府村大队和花园村大队比照，说："马府村是'三有'，有拖拉机耕田，有碾米机碾米，有电灯照明；而你们花园村是彻头彻尾的'三无'，耕田无牛，碾米要挑到马府去碾，照明无电。"每次去公社开会，邵福星都抬不起头来。

初生牛犊不怕虎。邵钦祥日思夜想的就是如何改变这种落后状况。

一天，邵钦祥对邵福星说："我们村得想办法买拖拉机。"

邵福星不禁一愣："这可能吗？"

邵钦祥说："有了拖拉机，既省工省时，又能加快进度，还可以给别的村耕田，说不定成本就赚回来了。再说，咱花园村也可以显得气派。"

邵福星摊了底牌："大队穷得连买红纸墨汁的钱都没有。"

邵钦祥说:"没钱可以想办法,让各个生产队凑份子,以后收入平分。"

邵福星还是顾虑重重:"眼下正是'抓革命、促生产'时期,什么都要指标,花园村是个小村,即使有指标也轮不到咱们。"

邵钦祥说:"上山八条路,下山路八条。咱们逢山开路,遇水搭桥,办法总比困难多。"

一连几天,邵钦祥一方面四处打听怎么才能买到拖拉机,一方面继续和邵福星磨嘴皮子商讨。

邵钦祥通过关系先去永康拖拉机厂打探。但那时拖拉机产量少,供不应求,求购的人排队都排到第二年了。

功夫不负有心人。邵钦祥终于了解到,永康隔壁的缙云县岭下村有一辆八成新的拖拉机要转让。他当即找到邵福星,这回终于说动老支书,很快就凑齐了货款。

邵福星请了南马农机厂的葛龙进当拖拉机手,和邵钦祥一起,三个人兴冲冲地直奔缙云,很快谈好价钱买下了拖拉机。

那时还是下午时分,邵钦祥提醒说:"缙云、永康一路都是检查关口,咱大白天开着拖拉机说不定会被查扣。"

无奈之下,他们在缙云一直等到日落西山,才开着拖拉机"突突突"地上路,心里别说有多高兴了。

开回南马已经是后半夜,拖拉机却开不进花园村,因为花园村没有机耕路。

邵钦祥叫了几个年轻人,把古戏台的厚台板拆了几块下来,铺在进村路的田塍缺口上,这才把拖拉机开到了花园村的明堂上。

从缙云到永康少说有一百多里,路途遥远,拖拉机开得很慢。邵福星、邵钦祥和葛龙进一路颠簸,回到村里已是满身泥土,连头发、眉毛上都是厚厚的一层灰,但他们仍然精神饱满、喜笑颜开,就像从战场凯旋的将军。村民们里三层外三层地围着拖拉机,眼神里充满了新奇和自豪，久久不愿离去。

花园村有拖拉机了！这一消息不翼而飞，轰动了整个南马镇，这是花园村有史以来最光彩的时刻。老支书邵福星有一种扬眉吐气的喜悦，他打心眼里喜欢邵钦祥这个敢说敢做的小后生。

1976年6月，邵钦祥被第三生产队的社员推选为生产队长。这是他在花园村的第二个职位。第三生产队虽然只有三十多户人家，九十亩土地，却是邵钦祥的"实验基地"。他每天早上起来的第一件事就是跑田头，排计划，再通知农户派活，把生产队治理得顺顺当当。第一年，邵钦祥所在的生产队获得丰收，在全村排名第一，夺得了大队所奖的生产红旗。

正当邵钦祥踌躇满志准备大干一场的时候，又到了一年一度队长改选。邵钦祥觉得自己稳操胜券，就谢绝了邵福星提出的由村里直接任命的提议。

结果出人意料，竞争对手在选举前做了手脚，拉走了几票，堂而皇之地当选了生产队长，而邵钦祥大意失荆州，意外落选了。

这对想干一番事业的邵钦祥是一个沉重的打击，自尊心受到了极大伤害。自己到底哪里没有干好？多少个夜晚，他反省着自己落选的原因。

邵钦祥的落选，让邵福星也连着几天茶饭不思，自己最需要的就是邵钦祥这样的年轻人，可他现在落选了，连去大队、公社开会的资格也没有了。那些天，邵福星像丢了魂一样，仿佛被人砍了一只臂膀。

邵福星看准了要培养邵钦祥这个年轻人。他在心里盘算着，生产队长已经没戏了，会计也有人了，妇女主任男的当不了，只有一个民兵连长的职位还空缺。想到这里，邵福星召集党支部开会，力排众议，给邵钦祥下了任命书。

1976年下半年，邵钦祥担任了他在花园村的第三个职位——花园村基干民兵连长。邵钦祥是一块好料子，放在哪里都闪亮。他军事化管理民兵，早上列队出操，晚上巡逻查夜。村里人看到年轻人生气勃勃，都竖起了大拇指。

1977年上半年，邵福星推荐邵钦祥参加南马公社的路线教育工作组，成为年轻的农村工作组组员。东阳县委向全县农村下派了几千人的农村路线教育工作队，队员由县级机关抽调干部和各公社选拔农村青年积极分子，再由入驻的区和公社统一混合编队。

邵钦祥被分配到瑶仪村。这个穿着柳条土布衫的后生，很快和村民们打成一片。白天，他卷起裤管，犁耙耕耘样样干；夜晚，他组织村干部开会学习，清理财务。邵钦祥在工作组表现出色，经常得到上级表扬。不久，他又先后被调到城头、后山、葛府村去驻队，六个月里先后当了四个村的工作组员，每到一个村都给当地干部群众留下了很好的印象。

对邵钦祥来说，工作组的经历是一个很好的锻炼机会，他更多地接触了农民，更多地了解了党在农村的路线、方针、政策，更多地让理论和实践得到有效结合，为他日后施展才华，建设社会主义新农村奠定了更为坚实的基础。后来的事实证明，邵福星的这次推荐可谓是邵钦祥人生的一次重大转折。

不仅如此，邵钦祥还在瑶仪村收获了爱情。1978年，在瑶仪村党支部书记张钦仁和瑶仪小学老师金标春的撮合下，邵钦祥和村里的姑娘龚爱花喜结连理。

农村时兴明媒正娶，两家都张罗着为两个年轻人办婚宴，时间定在农历七月十八晚上。

当时，花园村刚通上电，电网是二相电，供电很不稳定。而隔壁的马府村有变压器，还有柴油发电机，要保证用电只能从马府村接电。于是，邵福星、邵钦祥上门去和马府村的干部商量接电的事。

这天晚上，婚宴放在上台门的厅堂举行，整个厅堂灯火通明，人声鼎沸，热闹非凡，喜气洋洋。

大家沉浸在喜庆的氛围之中，8点刚过，突然，电没了，全场一片漆黑。

一定是有人搞破坏，花园村的十几个青年紧跟着跑去马府村查原因。原来，有两个马府村的青年看到花园村灯火通明心里不舒服，说："你花园村真是穷开心，自己没电还要摆阔。"于是，不明就里的两个年轻人把保险盒拔掉了。

突如其来的停电把邵钦祥搞蒙了，竟不知道如何是好。第一个反应过来的是他的母亲，她大声呼唤女儿："琴娥，琴娥，快去找些蜡烛台来。"

喜庆的氛围被停电打破了，原先灯火通明的厅堂一下子陷入黑暗和忙乱之中。大家纷纷离席，有的去找蜡烛，有的去找电工，有的干脆去了厅堂外面的明堂，蹲的蹲，站的站。

大约过了两个小时，电又接通了，大家纷纷回到酒席上。邵钦祥的心里是十五个吊桶打水——七上八下，但不管怎么说，今天是自己的大喜之日，他还是笑容满面地和新娘挨桌向大家敬酒，感谢大家。

那个晚上，邵钦祥的心里翻江倒海，就像碰翻了五味瓶——甜酸苦辣咸都涌上心头，但想得最多的是如何革除穷的命根子。花园村祖祖辈辈都是尝着贫穷的滋味走过来的，可新中国成立都快三十年了，花园村仍然没有走出贫穷、困顿的阴影。人穷被人欺，村穷才受气。穷则思变，只要我们有理想，有目标，有追求，花园村就一定会富起来，强起来。他甚至想，贫穷不是社会主义，共产党是为穷苦人民谋幸福的，建设社会主义新农村的最终目标就是让老百姓过上富裕的好日子。他的心里萌生了一种愿望，那就是让花园村富起来、强起来。

三

挨一拳，得一着；挨十拳，变诸葛。邵钦祥的人生旅途中曾经有过许多坎坷挫折，但他知道，胆量是斗出来的，志气是逼出来的，因此，困难从来没有吓倒他，更没有挫伤他的积极性。几次选举风波在旁人看来既丢"帽子"，又失面子，但他并没有把这一切看得很重。他从来没有想过要当什么官，只是想改变花园村贫穷落后的面貌。他去江西井冈山打过工，在家打过草席，甚至贩卖过泥鳅、番薯藤，他从来没有气馁过，消极过，他的乐观精神总是影响着村里的干部群众。

在艰苦创业的岁月里，邵钦祥认准了一条道，那就是花园村再也不能受穷了，一定要在党的富民政策指引下"以工强村"。只有团结一心，才能改变花园村的落后面貌。

1978年12月，党的十一届三中全会像一股暖人的春风吹遍祖国大地，中国进入一个快步发展的时代。

邵钦祥是改革开放的见证者、实践者。从党的十一届三中全会公报中，邵钦祥敏锐地感受到，中国即将发生巨变了。他下决心要在这股时代洪流中当一个弄潮儿，他的创业传奇也正是在这个时候真正起步的。

遍地是黄金，缺少有心人。1979年下半年，邵钦祥和老支书邵福星、花园小学老师郭元奎以及二哥邵钦培，决定每人出资五百元，创办矿烛厂。邵天云知道后也想参与，但由于资金紧张，就只参了半股。那时农村经常停电，邵钦祥已经在婚宴上吃过苦头，深有体会。蜡烛在市场上很抢手，大南山已经办起了三家矿烛厂，生意都很红火。

邵钦祥把自己厂里生产的蜡烛命名为"花园"牌红烛。

几个股东都全家男女老少齐上阵，妇女们分成两班在厂里当工人，生产矿烛，邵钦祥的妻子龚爱花经常背着小孩上班。邵钦祥兄弟两人骑着自行车，每个人的自行车架上装上四箱矿烛，走村串户去推销，从早上推销到晚上，直到全部卖完了才回家。

有一次，他们听说不远的石盘村要迎龙灯，邵钦祥就连夜骑自行车追着龙灯队伍去推销。

第一年，矿烛厂才办了几个月，每股净收入有五百元，这在花园村成为头号新闻。那时候，致富没有门路，周边很多村都跟风办起了矿烛厂。就连小小的花园村也办了二十多家矿烛厂。

邵钦祥知道，矿烛厂只不过是小打小闹的家庭作坊，成不了气候。但他从闪闪的烛光里看到了未来的曙光，看到了农民致富的强烈意愿，看到了花园村的希望。他经常和邵福星商量，要真正让花园村富起来，必须拿出新招，走"以工强村"的道路。

一个偶然的机会，邵钦祥得到了一个信息，南马地区已经办起多家服装厂，这是一个新趋势。

邵钦祥一次次和邵福星商量，终于决定办一家花园服装厂。还是以股份形式出资，邵钦祥、邵钦培和邵福星每人出资三千元，又吸收了南马金顺立、招天、阿生三人的股份，一共集了六股，共一万八千元资金。

1981 年 10 月，花园服装厂正式开工，这是当时花园村规模最大的企业，首批十八名缝纫女工自带缝纫机进厂。

邵钦祥一边筹备生产开工，一边去办营业执照，这里盖章，那里签意见，还要银行验资，信用社开户、贷款，到处求爷爷告奶奶，常常被气得欲哭无泪，折腾了几个月才算把手续办齐。那时候，执照没办下来是不准开工的，轻则停工，重则罚款，邵钦祥也是处处赔小心，不敢有半点马虎。

邵钦祥从"南马"和"花园"两个村名中各取一个字，作为服装的品牌名称，想把两个村做出名气来。第一批"南花"牌服装终于面世了，大家心里别提有多高兴了。但困难很快就来了，服装发出去了，回款却很慢，厂里没钱买布料，眼看着就要停工了。

他们通过关系从安徽蚌埠赊到一批呢料，暂时解决了困难，但第二次进货，对方要求必须先付款才发货。厂里安排给对方汇三万元货款，可担任出纳的邵福星在汇款时写错了一个字，于是，那张汇票从浙江到安徽转了一圈，等到退回来时已经半个多月过去了。

屋漏偏遭连夜雨。池里爬出来，又掉到井里。邵钦祥安排重新给对方汇款，布料买到了，却在运输途中被屯溪工商局查扣了。

邵钦祥得到消息后，第二天就和邵福星赶赴屯溪。他们先赶到义乌，坐火车到衢州，再从衢州坐长途汽车到屯溪，然后又马不停蹄地去找关系，托人情，请客送礼，这才得到放行。好不容易把布料运回花园村，已经是农历年底，大家都等着放假回家过年了。

好在除去工资和成本，每个股东那一年都分到 3500 元红利，大家也还满意，毕竟没有亏本。最重要的是积累了办厂经验，从生产到经销，从技术到管理都开始步入正常轨道。

邵钦祥和大家一起分析办企业的成败得失，认为服装市场前景可观，应该抓住机遇把服装厂办大。本小利微，本大利宽，资金是办厂经商获利的前提和基础。第二年，花园服装厂股东扩大到 11 股，每股增资 6000 元，资金困难的几个人合一股，总资本达到 6.6 万元。邵钦祥又从银行贷款 5 万元。服装厂的工人增加到了五六十人，厂房也扩大了一倍。

办服装厂的头几年并不是一帆风顺的，最难的还是怎么打开销路。他们也遭受过产品退货、滞销，甚至濒临倒闭的风险。

邵钦祥和金顺立负责跑供销，白天两个人肩扛手提几十斤重的服装样品，找到店家再摊开样品谈生意，晚上就找最便宜的地下客栈，或者在浴室澡堂躺椅上打个盹，和温州企业家"白天当老板，晚上睡地板"一模一样。

1982 年的寒冬是邵钦祥和股东们永远难以忘怀的。销往武汉的2160 件呢料服装在农历腊月被全部退回。

厂里租了一辆带拖斗的手扶拖拉机，从东阳城里到花园来来回回拉这些被退回的货，整整拉了三天。

好事不出门，坏事传千里，更何况百口传说一句话，芝麻粒儿磨盘天，退货事件在南马镇传得沸沸扬扬，满城风雨。

旱苗正盼及时雨，行船偏打迎头风。有的人在看笑话，这下邵钦祥要破产了；有的股东在担忧，盘算怎么退股另起炉灶；亲友们则唠叨着劝邵钦祥不要再逞能。

留得青山在，不怕没柴烧。邵钦祥的脾性就是山塌不后退，浪打不低头。他镇定自如，相信熬过冬就是春，一定能化解危机，渡过难关。泥腿子办厂遇到挫折很正常，学游泳还要呛几口水呢。

他召集股东商议，如要退股可以连本带息一起退，亏了就亏我邵钦祥。就这样，退了几个股东。邵钦祥认为，退股不是坏事，都说靠着大树不长苗，树苗在大树底下，上缺阳光，下缺水分，自然难以长大。今天看起来是幼苗，说不定明天会是一棵参天大树。当然，大多数股东还是愿意跟着他干。

商场如战场，讲的是兵贵神速。邵钦祥立即部署，兵分三路向北方市场挺进。人家腊月时节都已提着大包小包开始返乡准备过团圆年，花园服装厂却依然没有放假的迹象。

退回来的服装因为蛇皮袋已破损，卖相不好。邵有木组织厂里的工人将服装重新整烫包装，然后又租用拖拉机把货拉到义乌，分三批运往北方市场。

金顺立带着金刚去山东兖州；邵钦培和邵天云直奔西安；邵钦祥熟悉江苏徐州，带着邵钦木去徐州。

他们在年关将到之时，告别妻儿，踏上了北方之旅，同时还立下军令状，不把积压的服装全部销完，不回家过年。

农历十二月二十五，邵钦祥和邵钦木坐火车回到了义乌，第二天早上到义乌汽车站买票准备回花园村。

真是无巧不成书。邵钦祥刚从售票窗口出来，就在拥挤的人群中发现了刚下火车的金顺立和金刚，大家都眼睛一亮，想不到会在这里不期而遇，眼泪都差点掉下来。

他们把各自情况细细诉说，酸甜苦辣涌上心头。

邵钦祥在徐州跑了十多家商店，终于在人民商场落实了代销，并约定春节以后结算。

金顺立已经将发到兖州的呢料服装全部脱手，还外带买了一百件工作服，带回了四千元现金。

除夕之夜，花园村已经鞭炮齐鸣，整个村庄飘荡着浓浓的年味。

只有二哥邵钦培还没有消息，连个电话都没有。那时候家里还没装电话机，联络很不方便。

夜深了，邵钦祥和衣躺在床上，怎么也难以入睡。儿行千里母担忧，母亲徐福翠就坐在堂屋里等着，大门特意没上锁。

直到后半夜，疲惫不堪的邵钦培终于推开了虚掩的家门。

悲喜交集的母亲忙着给邵钦培烧吃的东西，喜出望外的家人们纷纷从被窝里起来，围着邵钦培嘘寒问暖。

邵钦培出门时带着五百元钱，可他去海拉尔和齐齐哈尔，然后又到乌鲁木齐和石河子，最后才回到北京，身上已没有回家的路费。他情急之下找到北京振兴东阳同乡会，会长张申十分热情，了解情况后说："亲不亲，家乡人。你且放宽心住下来。"他安排邵钦培住在木樨地自己家中，并陪着邵钦培去西单商场联系代销业务。这让邵钦培深受感动，庆幸自己遇上了好人。

在北京的几天，邵钦培承蒙张申夫妇的热情款待。尽管囊中羞涩，身无分文，但怎么也不好意思再向主人借路费。好在有一天在推销服装时，一个路人看上了邵钦培穿在身上的呢衣服，问卖不卖。邵钦培二话没说就脱下衣服，以五十元的价格卖了出去，这才有了回家的路费。

母亲眼泪汪汪，连声说："回家就好！回家就好！"

第三章

腾飞的翅膀

一

花园服装厂就像是一个梦想的实验场，又像是一只会生蛋的母鸡。几年以后，花园村涌现了二十多家个体服装厂，其中有许多曾经是花园服装厂的股东，退股后自立门户；有的则是有了积累资金后再创办的企业，大多数都经营得很不错。

花园服装厂让花园村村民在商海里学会游泳。邵钦祥带出了一支经商队伍，更重要的是让村民们在思想上不断解放，在商战中学会了应变和拓展。

这段历史，后来被花园村村民称为"裂变"。正是这样的裂变，把花园村的经济带入了一个又一个新的境界，把花园村的发展推上了一个又一个新的台阶。

几年以后，花园服装厂越来越红火，邵钦祥建起了全村最漂亮的三幢厂房，厂里的员工发展到近两百人。每年的利润有几十万元到上百万元，成为远近闻名的明星企业。

1986 年，邵钦祥当选花园村党支部书记。在那之前，他当过记工员、会计、生产队长、民兵连长、大队长、村委会主任。在邵钦祥带领大家办服装厂稳步发展的时候，老支书邵福星主动提出退位，他心里明白，常抱的娃娃不会走，雏鸟不练飞，永远振不起翅膀，他要让自己一直看好的这个年轻人当花园村的掌门人。

邵钦祥当选村支书的那一刻，邵福星如释重负，他终于如愿以偿，完成了培养新人的夙愿。应该说，邵福星当村支书以来，一直为花园村的发展呕心沥血，勤勉努力。他注重培养年轻一代，尤其是培养了邵钦祥这样的新农村带头人，可谓高瞻远瞩，功不可没。

履新的邵钦祥更是在心里念念不忘邵福星的培养之恩，把建设花园村、发展花园村作为最重要的事业，倾注了他全部的智慧和心血。他一直把村民的幸福、富裕放在头等重要的位置，而且从一件件小事、实事做起，努力去改变花园村的面貌。

早在 1981 年办厂之时，邵钦祥就从企业利润中拿出一部分兴办村里的公益事业，创办了幼儿园，安装了自来水，建造了发电机组，兴建了村影剧院，让花园村村民较早地得到了实惠。

邵钦祥对于经商、办企业自然有着天赋，加上他的敏锐、果断和勤奋，他的事业越做越大。以前股份制办厂，人多智慧多，力量大，但做一件事必须股东全部到场。而现在他单打独斗，反而多了许多自主权，不仅把服装企业办得红红火火，而且几年时间内又办起了一大批企业，凡是投资少、见效快的短平快项目，邵钦祥都会抓住机遇以最快的速度建厂。

他办起了砖瓦厂，涉足建材市场。农村生活条件不断改善，建房对红砖需求陡增，他的砖瓦厂把一座红珠山吃掉了，又为村里腾出一大片空地用于发展企业。

接着他又办起了甜菊甙厂、磁钢厂、锁厂、电子器材厂、吹塑厂等一大批企业。

他看到服装企业如雨后春笋般破土而出，整个东阳就有数以千计的服装厂，每天需要消耗大量的面料和辅料。很快，一块服装材料经营部的牌子就挂了出来，服装厂家纷纷上门，批发各种布料、辅料，既方便了本地企业，又带动了外地的很多企业。

1991 年 7 月，花园村工业公司在花团锦簇中，在鼓乐声中诞生了。

邵钦祥以自己创办的八家企业为主体，联合四十六家合营企业和个体企业，组建工业公司，而且实行村政一体，和村党支部、村委会一套班子三块牌子。

很多人对邵钦祥把辛辛苦苦办起来的企业都拱手让给村集体表示怀疑，更多的人是不理解。

有人曾对邵钦祥说："乡镇企业能办到这个份上已经不容易了，钱也用不完了，不如到杭州或者上海买套别墅，享享清福。何必再去冒风险呢！"

也有人冷嘲热讽，说："邵钦祥是爱出风头的人，既要名，又要利，摆空架子，好高骛远罢了。"

是安于现状还是变革创新，是故步自封还是勇于进取，是孤芳自赏还是抱团发展，是邵钦祥面临的现实问题。

燕雀安知鸿鹄之志！邵钦祥生性就像桑木扁担，宁折不弯，他的理想就是带领花园村村民走共同富裕之路，让村民们彻底摆脱贫困，因此必须克服一切消极因素，打造能抗击风浪、漂洋过海的企业航母。不能让全花园村富起来、强起来、美起来，自己就有辱使命。作为花园村的带头人，他怎么能放弃进取，半途而废，贪图安逸，自享清福呢？

在多年商海的搏击中，邵钦祥经历了那么多挫折。但坎坷磨炼了他的意志，成就了他的事业，使他的人生阅历更加丰富。谁也不能阻挡他和花园村村民走共同富裕之路。

他勇敢地选择了奋进，选择了奋斗，这也奠定了邵钦祥扎根花园的基础。邵钦祥担任花园村的书记几十年，缔造了一个村庄里的都市，实现了他的承诺，实现了他的梦想。如果那时选择放弃，选择退却，那么花园村的历史将会被改写，可能就没有今天繁华美丽的"新花园"。

一个村要办一个工业公司，这在东阳的农村是前所未有的，毕竟那时人们的思想观念还很陈旧。

邵钦祥把申请报告送到东阳市工商局，并找到了局长办公室。那位局长对邵钦祥表示怀疑，说："你别瞎折腾了，一个村，而且还是一个小山村，有必要搞一个工业公司吗？你把自己的企业管管好已经很不错了。"

邵钦祥据理力争，从国家政策到花园村的发展，从企业现状到发展趋势，和局长理论了半天。

最后，局长表示要层层汇报，看看上面怎么指示。

金华市工商局局长了解了花园村的情况后，说："改革开放以来，新生事物层出不穷，我们再也不能因循守旧了。上级也没规定一个村不能办公司。只要符合申报公司的条件，就一个字：批！"

那些日子，邵钦祥东奔西跑，办执照，跑贷款，开银行户头，遇到各种各样的关卡，有时委屈得眼泪都掉下来了。

那时，马文德还在南马镇担任镇工办负责人，对邵钦祥的创业热情十分敬佩，给了邵钦祥很多支持。他一方面帮着邵钦祥说服镇里和市里领导，一方面找关系帮着办营业执照。

就这样，浙江省东阳市花园工业公司终于办起来了，成为东阳的企业航母。船小好掉头，船大抗风险。公司是大船，子公司是小船，大船带着小船再次扬帆远航。

花园工业公司组建后，改变了以往以服装为龙头的单一模式，多产品走市场，多行业竞争，多方位出击，形成了规模优势，赢得了主动权。当年，公司产值达到 1058 万元，创利税 100 多万元。

花园工业公司是金华市第一个村级公司，同时也开创了"村企合一、共同富裕"的新模式。

1992年春节前后，邓小平视察南方，就坚持党的基本路线、社会主义本质等重大问题发表谈话，提出了很多新思路、新观点，深刻回答了长期束缚人们思想的许多重大问题，为统一思想，凝聚人心，继续深化改革开放，继续推动经济发展指明了方向，是新阶段的又一个解放思想、实事求是的宣言书。

"忽如一夜春风来，千树万树梨花开。"1992年3月底，长篇通讯《东方风来满眼春》在全国各大报刊转载。邵钦祥手捧报纸读了几遍，不禁心潮澎湃。他意识到，又一个发展的历史时期已经来到，这对花园村的发展将是一个历史性的机遇。

邵钦祥召集公司中层以上骨干，组织学习邓小平南方谈话精神，统一思想，形成共识，开展"解放思想，发展花园"的大讨论活动，提出了"三个问题，三大步发展计划"，而这成了花园村发展的思想引领和行动目标。

三个问题就是：花园发展什么？加快发展缺什么？今后发展靠什么？

三大步发展计划就是：建立新型工业区，开辟第二工业基地，发展外向型企业。

1993年7月15日是花园村发展史上的又一个里程碑，一个集科、工、农、贸为一体的花园工贸集团公司应运而生。公司拥有成员企业三十四家，其中紧密层企业十八家，这标志着花园村的发展翻开了新的一页。

1995年1月16日，花园集团有限公司在东阳市工商行政管理局登记成立。

二

花园村书写着一个个新的奇迹。是什么让花园村在新时代插上了腾飞的翅膀？邵钦祥给了我们答案。这就是高新科技让花园村如虎添翼，助推产业化发展。他提出的"以工强村、以商兴村、共同富裕、全面振兴"的战略，在花园村得到了很好的发展和实践，而维生素 D_3 项目、花园红木家具城和全域化旅游产业的发展就是最好的例证。

邵钦祥始终坚持发展实体经济不动摇，他致力于让花园村在新常态中实现创新发展新跨越，为打造世界名村奠定基础。在他看来，如果没有能引领现代工业阔步前进的高科技企业和产品，将会影响花园村的发展进程。

高新科技就是引擎，就是动力，就是方向。早在 1996 年，邵钦祥就把产业发展锁定在高科技项目上，与中国科学院共同合作维生素 D_3 项目；2000 年花园集团的维生素 D_3 产品横空出世，打破了国际垄断，填补了国内空白，并一举买断了项目知识产权，成为世界上最大的维生素 D_3 生产企业；2014 年 10 月 9 日，花园生物（300401）在深交所成功挂牌上市。

花园生物这个项目是时任中科院常务副院长路甬祥亲自推荐的。

邵钦祥在花园集团成立之初就意识到，只有将产业类型转向现代高科技的资本密集型产业，才能增强企业发展后劲，立于不败之地，而要使企业持续发展，提高企业管理水平，就必须与省内高校实现联姻。

1993 年 1 月 18 日，花园综合楼落成要举行庆典活动。当时，像花园综合楼这样具有现代化水平的企业大厦还不多见，更何况还是村一级企业。邵钦祥当即决定，邀请浙江大学、杭州大学校长和杭州电子工业学院院长出席综合楼竣工典礼。

副经理马文德拿着请柬找到邵钦祥，商讨以什么名义去请浙江大学当时的校长路甬祥。

邵钦祥对马文德说："就以学生的名义，你就在'邵钦祥恭请'前加上'学生'两个字就可以。在路甬祥校长面前，我们不都是学生吗？"

马文德笑了："厉害了，我的高小毕业生，一下子成为大学生啦！"

桃李满天下的路甬祥接到请柬，自然想不起哪里冒出来的学生，每年浙江大学毕业生有上万人。路甬祥每天的日程排得满满的，就派了浙江大学副校长卜凡孝、办公室主任张乃大赴花园村参加综合楼竣工剪彩庆典活动。那天一起出席的还有杭州大学校长郑小明、杭州电子工业学院院长周行权。

从那以后，邵钦祥这个"编外学生"和路甬祥攀上了亲，对路甬祥十分敬佩和尊重。路甬祥也被他的人格魅力和执着努力所感动。他们成了朋友，这给花园集团带来了发展先机，也让花园村抱起了金娃娃。

浙江大学、浙江工业大学、杭州大学、杭州电子工业学院纷纷派出教授、专家为花园村开设各种培训班，为企业发展搭脉问诊，提供多个开发合作项目。

1994年10月，"21世纪人力资源开发与利用国际研讨会"在北京召开。时任中科院常务副院长的路甬祥给邵钦祥发了一张邀请函。

邵钦祥在研讨会上聆听了国内外著名专家、学者的发言，茅塞顿开，把眼光瞄准了高科技创新企业。

会议期间，他找到路甬祥院长，寻求适合花园村发展的高科技项目。

路甬祥院长给他介绍了维生素 D_3 项目，并列出了具体联系单位和专家名单，说："这个维生素 D_3 是个好项目，国家需要，但难度很大，研究所已经试验了十多年还没有成功。花园村能不能对接，你们自己决定。"

邵钦祥了解到，维生素 D_3 在国际上由三大公司垄断，我国科学家一直主张采用自主知识产权的新工艺路线填补国内空白，但由于工艺落后、投资巨大，一直没有成功。

邵钦祥回来就召开集团高层会议，分析花园村的发展现状，提出必须发展高科技企业。最后，集团决定立即投巨资开发维生素 D_3 项目。

经过两年多的考察、洽谈、论证，直至 1996 年 9 月，花园集团终于和中科院感光化研究所签订了共同投资开发维生素 D_3 的协议书，并创建了北京祥发科贸有限公司，作为维生素 D_3 的中试基地。

正如路甬祥所言，维生素 D_3 项目真是一块难啃的硬骨头。

负责这个项目的集团副总裁马文德和金顺立、马焕政都为邵钦祥捏了一把汗。

项目开发的过程艰辛而又漫长。而这，再一次把邵钦祥推到了风口浪尖。

当时正遇上国家宏观调控，银根抽紧，农村合作基金会面临挤兑风险。投入几千万元的维生素 D_3 项目却迟迟不见效益，这里既有体制管理问题，也有技术攻关、人才、资金等多种复杂因素。

明枪易躲，暗箭难防。各种议论甚至流言蜚语在花园村迅速弥漫，总有一些人喜欢诋毁、诽谤，把矛盾对准邵钦祥，有人甚至打印了传单准备散发。

逆水行舟，不进则退。邵钦祥顶住各种压力，持续攻关。

邵钦祥召集全体中层干部，再一次分析维生素 D_3 项目开发的现状、进程和前景，让大家看到希望，消除疑虑。中层骨干和亲属们纷纷为企业解困排忧，献计献力。

邵钦祥快刀斩乱麻，冒着风险采取了一系列战略性措施。

兵马未动，粮草先行。花园集团组建维生素 D_3 项目筹备组，由金顺立任组长、马焕政任副组长，在花园村建了生产车间，把中试项目从北京搬回花园村，又从江西引进了一批工程技术人员。

1999 年 9 月，维生素 D_3 终于在北京中试成功，并投放市场。

2000 年 8 月，邵钦祥高瞻远瞩，再次作出重大决策，花园集团出资 2000 万元一次性买断维生素 D_3 的新工艺中试成果，这标志着花园集团拥有了维生素 D_3 的知识产权。

2001 年 8 月，花园村第一条年产 6 吨的维生素 D_3 生产线建成，每年可实现利润 5600 余万元。

目前，花园村的维生素 D_3 以 70% 的总量外销，占领了国际市场 65% 的份额，成了行业的翘楚。

在邵钦祥看来，正是因为不断进行技术创新，花园集团这艘航母才能跟上时代步伐，勇立潮头，维生素 D_3 就是最好的例证。

如今，花园集团产业涉及生物医药、新型材料、基础材料、建筑房产、包装彩印、红木家具、影视文化、旅游商贸、电子科技、教育卫生、火腿食品等行业。同时，还建成了全国最大的宽幅铜板带生产企业——花园铜业公司，全国领先新型墙体材料及浙中南最大新材料生产企业——花园新材公司。高科技指引着花园集团走向全国，走向世界。

三

2017 年 4 月 9 日，"2017 中国·花园红木家具展销会"在花园红木家具城广场盛大开启，嘉宾、专家、客商云集，场面十分壮观。

万人工匠风采展示以及木艺神韵震撼巡展，向世人展示花园红木的风采，数以万计来自全国各地的红木家具生产商、经销商以及消费者会聚在广场上。

花园村是"中国红木家具第一村"，被誉为"天下红木第一村"，位列"中国十大国际名村"以及中国名村综合影响力三百强第三位。花园村拥有个私工商户 2827 家，其中红木家具以及木制品行业个私工商户达 2149 家，约占 76%。

花园村已形成原木市场、板材市场、雕刻与油漆中心、产业核心区块、红木长廊以及红木家具城等红木家具全产业链和产业群，带动了周边村镇数十万老百姓创业致富。

早在 2009 年，邵钦祥就把目光瞄准红木家具这一传统产业，开始建立红木家具销售平台。他担任了花园红木家具公司的董事长，并被选为中国红木经营管理大师、浙江省红木产业协会副会长。

邵钦祥让花园村演绎了"无木成林"的红木发展传奇，小小的花园村成了不折不扣的红木王国。

红木家具生产与东阳木雕一脉相承。木雕工艺美术大师胡冠军也被请到主席台就座，他对红木家具情有独钟，颇有建树。

在他看来，追溯东阳木雕历史的变迁，那是群贤者的文治武功，那是艺术家的异彩奇情。东阳木雕，源于唐代，行于宋元，兴于明清。花园村的红木家具承载了千年的历史，书写了东阳木雕工艺发展的辉煌。

花园村既是红木家具的生产地，又是红木家具的集散地、销售终端，基于此，花园红木家具城的宏伟蓝图又在邵钦祥心中酝酿描绘。

邵钦祥是个说干就干的人。通过连续几年的精心打造，花园红木家具城凭借其自身的规模和交易量，已经成为一座其他同类市场无可比拟的红木家具批发采购殿堂，成为全球最大的红木家具专业市场。

我们可以看看它的发展轨迹。

2009 年，花园村成立红木发展有限公司，开始搭建销售平台。

2010 年 12 月 23 日，花园红木家具城第一期盛大开业，标志着花园红木家具全产业正式开通。

2012 年 10 月 5 日，花园红木家具城第二期盛大开业，花园村被农业部授予"中国红木家具第一村"称号。

2013 年 1 月 21 日，花园红木家具城第三期盛大开业，标志着全国乃至东南亚最大红木家具专业市场正式诞生。

2013 年 9 月 30 日，花园红木家具城第四期盛大开业，国内最大红木家具企业之一中国美联家私集团的胡冠军艺术馆落户花园村并开馆。

2014 年 11 月 16 日，花园红木家具城第五期盛大开业，标志着全球最大红木家具专业市场正式集结。

花园红木家具城市场总建筑面积约 40 万平方米，拥有红木家具品牌经营户 1800 多家。顾客即便走马观花，逛完所有店铺，恐怕也要两个月之久。

花园红木家具城的迅速发展到底靠什么？

邵钦祥认为，水能载舟也能覆舟，市场越来越大，商户越来越多，管理越来越难。在家具城创立之初，邵钦祥就要求市场管理人员引导商户守诚信、重服务、优质量，并向消费者着重承诺十大服务，宁可错失商户也绝不错失客户。一直以来，花园红木家具城坚持"货真价实、诚信经营"的原则，杜绝以次充好、以假乱真、偷工减料的产品，在商户中树立了良好的口碑。

多年的商海搏击，让邵钦祥十分注重品牌效应。他精心策划了一年一度的"中国·花园红木家具展销会"，把它办成花园村的金名片，因此每到这一盛会，花园村就格外引人关注，并总会给人一种意想不到的震撼与惊喜。

邵钦祥说："我们就是要用红木盛会开启世界之窗，让花园红木走出中国，走向世界。"

第四章

村庄里的都市

一

不知从什么时候起，人们发现花园村已经真正成为一个大花园了，这里湖光山色，花香四溢，五彩缤纷，恍若世外桃源。

花园村已经成为 4A 级旅游景区，2018 年游客达到 460 多万人。

早在 2004 年，邵钦祥就先声夺人，按景区标准在花园村建设新农村，开始发展乡村旅游业。

2004 年 10 月，方店村成为花园村方店小区，原先的方店水库得到了修整改造。方店水库有 108 亩水面，形如元宝，村里对水库清淤引水，修坝种柳，搭亭建廊，修建后的吉祥湖音乐喷泉、水幕电影，以及五光十色的亮化配置，使这里成为一处亮丽的风景。邵钦祥把这里命名为"吉祥湖"，村民们则把它称为花园村的"小西湖"。经过几年的发展，沿湖建设了游船、休息平台、量贩 KTV 等休闲娱乐场所和胡冠军艺术馆。尤其在夜晚，这里灯光闪烁，五彩斑斓，成为人们休闲的好去处。

和吉祥湖相对应，村里又修建了福祥湖，湖光山色，相映成趣，使花园村有了水的灵动。花园村依托中国十大名村的优势，逐步建设一个花园般的美丽乡村，催生了旅游产业的蓬勃发展。

随着花园村旅游业的迅速发展，邵钦祥和花园集团决定组建花园艺术团，这在花园村又成为一个大新闻。现在国家办的许多剧团都在走下坡路，有的甚至成为财政包袱，作为一个村，有必要办剧团吗？

邵钦祥自然有自己独到的见解。花园村旅游以什么吸引游客？你让人家来旅游，就得有优美的景点让人家游，就得有娱乐项目让人家玩，就得有高雅艺术让人家看。现场的艺术表演正是很多景点所缺失的，而花园村有这个条件办艺术团，为什么不办？

2012 年 10 月 5 日，花园会展中心座无虚席，掌声阵阵，花园艺术团举行了首场演出《走进十月阳光》，获得了满堂喝彩。

花园艺术团以艺术的形式演绎花园村的文化与发展，成为花园村的一个亮点。数年来，花园艺术团独立承担和参与完成了多台国家级、省市级大型文艺演出，编排创作了众多贴近实际、贴近生活、贴近群众的节目，足迹遍布浙江乃至全国。2015 年，花园艺术团的舞蹈节目登上央视三套的《星光大道》，获观众好评；2016 年，花园艺术团在浙江省近千家剧团评选中获评浙江省民营优秀剧团（一共仅四家）。

花园旅游公司常务副总经理、花园艺术团团长朱华萍是一位艺术家，又是艺术团的掌门人。她像一位慈祥的母亲，又像一位细心的大姐姐，关心着团里每一个年轻人的吃穿住行，生怕他们身体不好，把他们看成自己的亲人。随着花园艺术团在业界的名气越来越大，演职人员在一整年的时间里不是在排练，就是在演出，往往得不到很好的休息。如何合理安排好工作与休息，照顾好演职人员就成了她的心头事。艺术团的演职人员个个都很争气，不怕苦不怕累。每次看到演出结束后一张张疲惫但自豪的笑脸，朱华萍都感到很骄傲，眼里流露出欣慰和喜悦的神情。

在朱华萍的带领下，花园艺术团成为一支富有朝气、充满活力的年轻队伍，一个新型现代化农村级专业文艺团体，建立了歌咏队、舞蹈队、民乐队、曲艺队、杂技队、魔术队等多个专业艺术团队。

2017 年 11 月，花园国际影城建成，成为花园文旅融合的又一个新亮点。影城按照全国一线影院五星级标准建设，共设有 8 个影厅，940 个座位，包含杜比全景声巨幕影厅、4D 影厅、Hello Kitty 主题厅。村民可以跟北上广等大城市的市民一样，第一时间观看到国内外最新上映的影片，游客观众也能置身于电影的奇幻旅程中。

花园村旅游发展的业绩令业界刮目相看，一个村旅游人次一年达到 460 万人，这简直是一个天文数字。其实，它在成长过程中也经历了阵痛期，每一步的发展都是花园人思想观念的碰撞、磨合和提升。

以前的花园村是典型的"脏乱差"，红木家具产业也带来了油漆、粉尘、噪声污染，老百姓自然意见很大。随处可见的简陋的违章建筑也成为花园村被人诟病的问题，严重影响景区的环境。

一场环境整治的风暴在花园村掀起，通过整治低小散企业，为花园村打造旅游景区腾出了发展空间，使花园村更加整洁、亮丽。

花园旅游发展公司董事长汪建森是花园集团在 2015 年引进的专业人才，曾经担任过金华双龙旅游发展总公司总经理。20 世纪 80 年代末从上海园林学校园林规划设计专业毕业后，取得中文专业的大学本科文凭，后来一直在旅游战线打拼，三十多年的从业经验使他成为业界的专业人才。花园乡村旅游具有丰富资源和品牌效应，花园村东接横店影视城，南邻永康方岩，西抵金华双龙洞，北连义乌中国小商品城，村内吃住行游娱购齐全，区位优势明显，红木家具城品牌效应凸现，深受国内外游客青睐。这一切使他对花园的旅游业发展充满了信心。在集团的支持下，他的许多设想都付诸了实施。

近年来，花园村亮出了自己的旅游品牌，推出中国名村考察游、红木家具采购游、生态休闲观光游、工业特色示范游四条主题旅游线，以花为媒、以文会友、以木迎客，形成了自己的特色。

花园村已经成为首批中国乡村旅游模范村和中国最具魅力休闲乡村。这里以乡村旅游的丰富资源和人文特色吸引着游客前来观光游览。吉祥湖、福祥湖、中国农村博物馆、中国百村图、生态休闲园、花园游乐园、南山寺佛教文化园、福山胜景、民俗馆、百花园以及庞大的红木家具城都成了景点。

近年来，花园村把"花"字品牌融合到景点之中，建设了百花园、荷花物种园、鲜花大棚等景点，还在旅游主要线路上设计鲜花大道，使整个花园村形成了春有牡丹芍药，夏有荷花睡莲，秋有菊花桂花，冬有百合玫瑰的大花园，一年四季花香四溢、争奇斗艳，带给人们美的享受。

2017 年 5 月 25 日，国家旅游局局长李金早来到花园村，就美丽乡村建设以及景区创建提升工作进行调研，实地考察走访了花园红木家具城和中国农村博物馆等景点。得知花园村以景区标准建设社会主义新农村，成为浙江省首个单独以村为单位创建成功的国家 4A 级旅游景区时，李金早给予了充分肯定，希望花园村继续以"中国名村考察游、红木家具采购游、生态休闲观光游、现代工业示范游"四大旅游主题为依托，明确发展定位，整合旅游资源，挖掘传统文化，为创建国家 5A 级旅游景区奠定基础，为全国农村发展旅游产业提供一个有效的范本。

二

十多年来，花园村演绎了"梅开二度"的九村并一村的传奇，使花园村版图迅速扩大。

第一次并村是 2004 年，东阳市政府对全市进行了行政区域调整，决定将周边的马府、南山、西田、前蔡、方店、卢头、三余、河泉、九联 9 个村并入花园村，重新组建新的花园村，人口从原先的不到 500 人猛增至 4300 人，面积比原先扩大了 5 倍。

第二次并村是 2017 年 3 月，东阳市政府决定对部分行政区划进行调整，将环龙、柳塘、美陂下、乐业、桥头、西瑶、青龙、南城、西山坞 9 个村并入花园村，希望通过强村带弱村、先富带后富的方式，做大花园模式，做强花园典型，让花园村早日向"世界名村"迈进。至此，花园村全村区域面积从原来的 5 平方公里扩大到 12 平方公里，农户从原来的 3018 户增加到 4681 户（其中花园村户籍 3388 户，外来建房户和购房户 1293 户），常住人口从 9302 人增加到 13879 人（其中花园村农业户籍人数 9272 人，外来建房和购房户 4607 人），总人口 6 万多人；全村党员人数从原来的 306 名增加到 524 名。

邵钦祥思考最多的问题是：如何让新的花园村持续发展，如何治理并村后的大花园村，让花园村实现走向中国强村、世界名村的目标？他认为，并村先要并心，加强村领导班子建设是关键，只有村党委集体领导坚强有力，才能保证花园村有序前行，持续发展。

2014 年并村后第一次大范围选举即将开展之际，邵钦祥明确宣布："花园十个自然村范围内选举不得拉票，投票也不发钱。老花园村早已没有这种陋习，我们说到做到。"

以前农村选举，经常要村里发钱填选票，有的甚至拉票贿选，严重损害基层党组织和村干部的形象。而这次邵钦祥动了真格，在村干部中严明纪律，坚决杜绝不好的风气。

并村后，邵钦祥建立了村干部统一办公制度，并制定了《花园村总体规划方案》，让村民看到花园村的新希望。

花园村在并村后，以农房改造为切入点，整体搬迁 4 个村，整体拆建 4 个村，还有 2 个村进行了旧村改造，共拆建农户 1700 多户，拆除民房 5000 多间，面积达 52 万多平方米，新建房屋 4000 多间，节约土地约 700 多亩。

从这以后，花园村按照"合理布局、全面规划、整体拆建、分步实施"的新农村建设方案，统一规划建设新花园村。

2007 年，邵钦祥提出了"三年小变样，五年大变样"的总体目标，同时重新编制花园村村庄总体规划，按照一产、二产、三产和村民住宅的区块进行重新规划布局。美陂下、乐业、桥头、西瑶四个小区规划为工业、养老休闲、水利区域；青龙、南城、西山坞三个小区规划为住宅、商业、旅游区域；环龙、柳塘规划为第三产业区块，以发展红木产业为主。同时继续以农房改造为突破口，规划到哪里，建设到哪里，绿化到哪里，做到道路硬化、路灯亮化、生态绿化、卫生洁化、饮水净化、环境美化。

花园村在两次并村过程中，提出了"一分五统六融合"的全新管理办法。

"一分"，即村企分开，就是花园集团与花园村在政治和经济上相互独立。

"五统"，即财务统一管理、干部统一聘用、劳动力在同等条件下统一安排、福利统一发放、村庄统一规划建设。

"六融合"，即思想融合、班子融合、管理融合、资产融合、制度融合、目标融合。

邵钦祥和村党委、村委会一班人努力营造花园村浓浓的村民归属感。从 2005 年开始，花园村每年用于公共服务和村民福利的投入超过 2 亿元。邵钦祥心里惦记着每个村民的福利，不让一个人掉队，让每个村民共享发展成果。

村里给每个村民制作并发放了一张福利卡，每人每月分 30 斤大米、2 斤猪肉、2 斤鸡蛋、1 斤食用油。虽然这些对富裕起来的村民并不是一个大数目，但要做到全村村民享受就是一笔大开支，而它最大的作用是让村民有了归属感，尤其是让新并入花园村的村民有了自豪感。

花园村党委副书记金光强说，目前，全村建立健全了医保、社保和养老保障体系，村民拥有失地农民养老保险、新农合医疗保险、城乡居民养老保险等保险制度；享有建房补贴、奖学金制度、电话月租费补贴等多达 31 项的生活保障福利；回村创业的博士生每年奖励 5 万元，硕士研究生每年奖励 2 万元，一本的本科生每年奖励 1 万元，每年享受免费健康体检，村民子女上学实行 16 年免费教育制，从幼儿园到高中书费、学费全免。

在花园村，外来人员也能享受相应的待遇。2015 年开始，外来人员在花园村买房、住宿、购物等，可以到村里报销一部分作为福利。村里的剧院、图书馆、医院、公园以及免费公交车等公共设施服务，本地村民与外来人员同等享受。为照顾务工者家庭的子女教育，村里还专门建造了花园村幼儿园分园。

让人人都能有获得感、归属感，这是邵钦祥努力的方向，也是花园村努力的方向。

三

花园村作为中国名村，已经由一个传统意义的村演变为一座富有现代气息的城。面对快速演变的城镇化进程和经济社会转型，花园村开展了独特的村庄治理探索之路，努力使现代城市管理方式与传统乡村治理经验相融合，构建和谐有序、绿色发展、创新包容、共建共享的幸福家园。

马文德是和邵钦祥一起摸爬滚打过来的企业家，曾担任南马工业办公室副主任，后来担任了花园集团副总经理。从花园村办服装厂起步，到花园集团的创业过程，在他看来就像打仗，邵钦祥是师长，下面的人就像旅长、团长。

二十世纪八九十年代，全国乡镇企业蓬勃发展，东阳市曾经开展了一场声势浩大的"四学横店"活动。那时，他想办法从横店搞了十八任有关企业管理的文件，和手下的三个人闭门研究，搞出了一整套的企业管理规章制度，让花园村的企业脱胎换骨，走上了规范化的管理道路。

花园村发展到今天，马文德认为，党的基层组织建设是关键，有好的领头雁才能带领大家往前行。打铁先得自身硬，村干部必须出以公心，做到公开、公平、公正。为什么村民有矛盾纠纷，再棘手的问题到了邵钦祥这里就迎刃而解？邵钦祥说"这事就这样定了"，问题就解决了，这就是感召力、向心力，因为群众信服。

2017年第二次并村，邵钦祥到另外九个村走了八趟，一边调查研究，一边解决实际问题，大到村庄规划，小到农户建猪圈，他都亲力亲为。

32名村干部管好6.5万人的大村，这是花园村备受称颂的治村成果。除了本土村民外，花园村汇集了5万多企业经营者、公司白领、南北商贩、外来务工者，俨然是一个村庄里的都市。

和中国其他地方的农村一样，村民们每一个最平常的诉求，都很考验治理的水平。三十多年来，花园村做到"矛盾不上交，纠纷不出村，村民零上访"，各种文化在这里交融，五湖四海的不同人群在这里和谐相处。

邵钦祥认为，这样大的村没有矛盾是不可能的，但重要的是，花园人在创新创业的同时，如何去呵护乡土公序良俗，引入城市治理方式，构建有序与活力兼具的乡村治理格局。在他看来，城乡差距首先表现在基础设施上，其次是在公共服务上，社会治理的方式也必须随着城市化进程而变革。随着各项事业的快速发展，花园村的劳务、邻里、债务和交通事故纠纷也逐渐增多。因此，村里专门成立了综治办和保卫部，这一机构成为花园村最大的部门，而实际上这是一套严密的城市治理体系和运行机制，让城市治理方式在乡村落地。

当地的村规民约也发挥了重大作用，三十多年来，村规民约屡经修改，从社会治安到村风民俗，都凝聚着他们对价值认知和行为的共识，一些是长久以来的乡土传统，比如尊老爱幼，一些是针对乡村发展新形势进行的增补，比如村民建房统一规划、保护耕地和水环境等。

2017 年，村里有了一条新规，节假日禁止燃放烟花爆竹，说是规定，其实村里只发了一份声明，说这条是村规民约的新内容。村民们都自觉遵守，把烟花爆竹给禁了。

新老村民清楚地知道，一旦有破坏家庭、邻里、村庄和谐的行为，便无法参评先进、文明户、"五好家庭"户、遵纪守法户。对此，村妇联主席厉丽香深有体会。每年年底，村里会评出多项荣誉，虽然奖励不多，但体现了花园村对社会公德、家庭美德、职业道德的教育，是对村民向上向善的一种引导，它也成为花园人的共同期待。

花园村每年有大量外来务工者拥入，原先的乡土关系正在逐渐削弱，而呈现出多元文化并存、互相交融的现代化气息。那么，究竟依靠什么来维系这样的精神秩序呢？究竟依靠什么来治理这样的村庄里的都市呢？

邵钦祥认为，法治是保障，依法治村，能够为基层提供底线保障。村里有一条规定：有事找村干部，小事当天解决，大事三天解决，有突发事件，村干部必须第一时间赶到现场。

为了更好地处理矛盾纠纷，村委会主任邵君伟还联合企业家、律师组成了调解委员会，村里建立了治安室、保安室、法律顾问室，村民足不出户就可享受到专业的法律咨询和服务，让法治意识深入人心。

良好的治安环境，给外来人员扎根花园村带来了安全感。花园村早在 2015 年就被授予"全国民主法治示范村"，在现代化的治安监控室里，可以看到全村两千多个监控画面实时滚动。村里有完整的治安设施，配备消防车、巡逻车，接到报警后，村保安部会在五分钟内赶到现场，及时处置突发事件，有效维护花园村良好的治安环境。

德治是润滑剂，民主道德风气在花园村蔚然成风，涌现出许多"花园好人"和"最美花园人"。

2016 年 10 月 24 日傍晚，二十五岁的金波公司员工包程旭和同事到公司附近的一家饭馆吃晚饭。吃饭结束准备离席时，包程旭看到饭馆厨房里空无一人，却冒出一股浓烟。不好！整个油锅都着火了，火苗越蹿越高，一时间浓烟滚滚。

包程旭立即跑到自己的车里拿出一只灭火器冲入火海，但由于灭火器太小，很快就没有灭火剂了，如果钢瓶爆炸，后果将不堪设想。包程旭只好用湿毛巾包住油锅柄往外端，可是地太滑摔了一跤，自己也变成了火人。

包程旭和同事杜德龙一边驱散顾客，一边救火，最终将火势控制扑灭，避免了一起重大事故。

火势控制以后，大家把包程旭送到医院救治。经诊断，包程旭全身烧伤面积达到 27.7%，为Ⅲ度烧伤。

包程旭面对自己的伤势却非常镇定，认为不管谁遇到这种情况都会奋不顾身。他也因此被评为 2017 年第一季"东阳好人"。

2017 年 5 月 31 日傍晚，韦邦红木家具厂的学徒齐观明和往常一样到附近的水库边跑步。晚上 8 时许，他在跑第二圈时，突然听到有人喊"救命"。

水库边有一个妇女正在哭天喊地，急得团团转。原来，有一个女孩不慎落水了。

齐观明二话没说，跳下三四米高的大坝，游向慢慢沉入水中的女孩，把她托举起来。由于体力不支，加上天黑水深，齐观明和小女孩都慢慢地往下沉。不想，齐观明一下顶到了脚下的塘泥，他立即用力往下站到塘里，奋力把女孩托出水面，再慢慢推到岸边，而他自己只能倚靠在水库边突出的石头上等待救援。

很快，南马派出所和消防队员赶到，才把小女孩和齐观明拉上岸。

十二岁的小女孩终于转危为安，齐观明则悄悄地消失在人群中。

第二天中午，获救的女孩母亲在南马派出所民警的陪同下，来到韦邦红木家具厂向齐观明表示感谢，厂里的领导和工友这才知道齐观明舍己救人的英雄事迹。大家都为自己的企业能有这样的好员工而感到骄傲。厂里的负责人韦一军表示，优先考虑齐观明评选为年度先进员工，并通过培养给予他职位晋升的空间，通过榜样的力量，增强企业的凝聚力和向心力。

花园村党委和村委了解情况后，当即决定对这位见义勇为的勇士给予奖励，希望这样的正能量能得到广泛传播，影响更多的花园人。6月2日上午，花园村有关领导专程来到韦邦红木家具厂，将一万元见义勇为奖金送到齐观明手中，以表彰他的英勇义举。

在花园村，随处都能让人感受到浓浓的创业氛围。花园村有句话："生活靠集体，致富靠自己。"就是说，花园村有一整套福利保障，但更鼓励村民创业致富。在花园村这个大舞台上，没有闲人，因为这里到处都有无限的商机和创业的机会。

邵钦祥经常对村民说，花园村处处、时时、人人都有创业就业机会，这叫集体搭台，群众唱戏，来的都是客，机会都均等，关键是看谁能够把握住和利用好。

百灵鸟不忘树，梅花鹿不忘山。邵钦祥是有情有义的男子汉，他一直在心里铭记着当年和他一起创业的长辈和兄弟姐妹们。

1996年，老支书邵福星不幸患上了肝癌。邵钦祥知道情况后，立即赶到老支书家里，下命令似的说："不能拿生命开玩笑！赶快收拾一下，我现在就送你去医院。"

在邵钦祥的催促下，邵福星坐上了邵钦祥的车子直奔医院。

邵钦祥心里最牵挂的人就是老支书邵福星，并从内心深处敬佩这位亦师亦友的长者，这种情愫不仅仅是尊敬、佩服，更是感动、感恩。当年，是邵福星把初出茅庐的邵钦祥推荐去县工作组；是他甘为人梯，把花园村党支部书记的位置像接力棒一样交到邵钦祥手里；是他和邵钦祥一起创办蜡烛厂，点燃了邵钦祥和花园村的创业之火……

邵福星说："钦祥，今非昔比，你现在是集团总裁、村党委书记，每天忙到两头黑，以后你还是忙你的吧！"

邵钦祥说："喝水不忘掘井人，你是我这辈子最要感恩的人。"

邵福星说："我没有看错人，年轻的时候我就看出你是好苗子。你是我这辈子的骄傲！"

邵钦祥说："我跟对了人，这也是我这辈子最大的荣耀。"

邵福星就有几分悲叹，说："谁能想象我们当初创业的艰难啊！"

邵钦祥说："你一直是我的主心骨、领路人，没有你的培养和引路，哪有我的今天呢！"

邵福星说："创业艰难，守成更难，发展更难。你肩上的担子比以前更重，责任更大。但我相信你会把花园村建设得更美好。"

一路上，这一老一少仿佛有谈不完的话。

由于医治及时，邵福星宝贵的生命延长了。他身体康复以后，又担任了村老年协会主任。

那段时间，邵钦祥不管工作再忙再累，也要挤出时间去邵福星家坐上一会儿，唠唠家长里短，谈谈村里的工作。

邵福星逢人便说："我一生中最大的功劳，就是培养了钦祥这个人，我没有看错。"

邵福星一边做好老年协会的工作，一边乐观地与癌症作斗争，直至2001年去世。邵钦祥为他举行了隆重的追悼仪式并致悼词。几天以后，邵钦祥抽空来到老支书家里看望邵福星的夫人吴素珍。

吴素珍看到邵钦祥，眼泪唰地流了下来，说："想不到你还记挂着我这老人。"

邵钦祥说："接下来，你就去泰山公园上班当管理员吧。这样，就不会一个人在家孤单，生活上也不会清苦。"

吴素珍说："这怎么行呢？原来当管理员的是你姐姐琴娥。"

邵钦祥说："我姐姐年纪也大了，总有一天要退下来，再说，她现在条件也好了。"

吴素珍的眼泪又一次像断了线的珍珠扑簌簌地掉下来。

清明节，邵钦祥还为邵福星扫墓，向邵福星敬献鲜花。吴素珍看到这一幕禁不住流下了欣慰的泪水。她在心里说，这就是管了六万多人的村党委书记呀，仍然这样重情重义。

那还是 2003 年花园集团成立十周年的喜庆日子，花园村举行了隆重的庆典活动。

那年也是干旱之年，庆典活动的重头戏"金色花园"大型文艺晚会在花园人民广场的露天舞台隆重举行。演出刚开始，突降大雨，而这之前已经三十九天没下雨了，久旱的土地迎来了喜人的甘霖。

邵钦祥曾经到永康方岩参观胡公祠。胡公姓胡名则，是北宋的一个清官，为人民做了很多好事。面对着胡公祠里刻有毛泽东语录的石碑，他沉思良久。

多年来，毛泽东评价胡公的"为官一任，造福一方"成了邵钦祥的座右铭和治村理念，也让他坚定了走共同富裕之路的信念。作为一名共产党员，邵钦祥坚定地带领花园村走共同富裕的道路，他把这份责任印在脑海里，并把自己的全部智慧和心血倾注在花园村的发展事业之中，真正做到"权为民所用，情为民所系，利为民所谋"。

几十年来，花园村始终走在中国农村发展的前列，让村里的百姓过上了富有幸福的生活。

让邵钦祥终生铭记的是 2003 年 6 月，时任中共浙江省委书记习近平来花园村视察新农村建设和花园高科技产业发展。

正是在这一年，一场人类历史上堪称典范的"千村示范、万村整治"工程在全省推开，揭开了中国美丽乡村建设的序幕。十多年后，世界的目光聚焦在美国纽约曼哈顿，联合国环境规划署将年度"地球卫士奖"中的"激励与行动奖"颁给中国浙江"千村示范、万村整治"工程。

欣欣向荣的花园村和千万中国农村正在走向富强。怀揣百年梦想的邵钦祥和亿万中国农民永远牢记习近平总书记的嘱托："幸福都是奋斗出来的。"①

————————

① 习近平《二〇一八年新年贺词》，新华社北京 2017 年 12 月 31 日电。

第 四 部

下姜起舞

在美丽壮阔的浙江省杭州市淳安县境内，有一片蔚蓝色的湖泊，她就是享誉海内外的千岛湖。这里水面澄清，重峦叠嶂，千岛相连，荡气回肠；这里历史悠久，人杰地灵。1957年开始建设、1959年建成的新安江水电站，是我国自行设计、自制设备、自主建设的第一座大型水力发电站。为了新安江水电站的建设，近三十万库区居民离开家乡，成为中华人民共和国历史上的一场国家特别行动和一次壮举。水电站的建成，使得淳安县大片土地"峰峦成岛屿，平地卷波涛"。从此，淳安人依湖而居，与水相伴。水是千岛湖的灵魂，她赋予淳安人大气、包容、柔韧、卓越的精神气质。

天下秀水，水秀天下。下姜村是淳安千岛湖畔的一个普普通通的山村，如今却声名远播，从一个贫困村实现了向"绿富美"的飞跃，实现了从穷到富、从脏到美、从弱到强的完美蜕变。

让我们把时间的聚光灯投射在2003年4月24日，正是仲春时节，下姜村村民们沐浴着春光，青壮年们和平常一样在祖祖辈辈耕作的田地上忙活，老人们坐在家门口的板凳上拉家常，孩子们在操场上奔跑欢笑。

一个好消息让下姜村村民们喜上眉梢，笑逐颜开。时任中共浙江省委书记习近平到下姜村考察调研，把下姜村作为自己的基层联系点。从那以后，下姜村的发展让习书记深深牵挂。

下姜村一年四季风景如画，山林青翠欲滴，白墙黛瓦，村口沿溪竖着"梦开始的地方"六个大字，既给人一种积极向上的力量，又是对乡村振兴的感召。溪边还有一个"思源亭"，亭子里有一块石碑，碑上刻着习近平同志写给全村人的信：

> 下姜村党总支、村两委：
>
> 　　来信收到，读来十分亲切。我在浙江工作期间曾 4 次到下姜村调研，与村里结下了不解之缘。转眼间，我离开浙江已经 4 年了。4 年来，在村党总支、村委会带领下，在广大村民共同努力下，下姜村又有了新变化，经济持续发展，村容村貌进一步改善，群众生活越来越好。对此，我感到由衷高兴……请转达我对全村干部群众的问候，祝愿大家日子越过越红火。[1]

那是 2011 年，习近平同志已经到中央工作，时任下姜村村支书姜银祥代表村党总支和村委会给他写了封信，表达了乡亲们对他的思念之情，还向他汇报了村子的新发展，期盼他有时间再到下姜村看看。

习近平很快就给他们写了回信。姜银祥和村两委的成员们激动万分，奔走相告，全村洋溢在喜庆的氛围中，像过年一样，村里人给外地亲戚打电话都要说说这件事。

就这样，这封信被刻在了石碑上，成为村里最亮丽的一道风景。

从 2001 年开始，下姜村成为几任中共浙江省委书记的基层联系点，通过近二十年的发展，形成了精准脱贫的"下姜模式"，成为中国乡村

---

① 王慧敏、方敏《心无百姓莫为官——习近平同志帮扶下姜村纪实》，《人民日报》2017 年 12 月 28 日第 1 版。

脱贫攻坚的典范。

党中央关于乡村振兴脱贫攻坚的号角，像春雷一样响彻中国大地；习近平同志的亲切关怀，像春风雨露一样滋润着下姜村这片古老的土地。

下姜村告别了贫困，成为诗情画意的社会主义新农村。几十年来，这个偏僻的小村走过了不平凡的路程，这里曾经有过不堪回首的往事、艰苦探索的阵痛，也有脱贫致富的殷切期盼、勇于追求的奋斗历程。

那么，下姜村经历了怎样的蝶变，又是怎样在新时代大潮中起舞的呢？

第一章

渐行渐远的往事

一

金秋时节，丹桂飘香。阳光朗照在淳安西部山区的大地上，令人微醺的风吹拂着青葱的山峦，千岛湖波光潋滟的水面映着晨光。我们从千岛湖镇驱车行驶近一个小时，抵达下姜村地界。在淳安千岛湖下姜景区管理有限公司讲解员章晓红的热情陪同下，我们走过风光如画的凤林港，走过一幢幢古意盎然的白墙黑瓦房，走进飘溢着秋天芬芳的下姜村。

我们首先要寻访的老者叫姜银祥，他是下姜村的老支书。门敞开着，一张大大的竹匾旁边，一个壮汉和一个姑娘在专注地做着糯米粿。无须猜，他们是姜银祥的儿子和孙女。糯米粿以米粉为原材料，笋和猪肉为馅，包成饺子形状排放在竹匾里，不同的是，这些"饺子"边上卷起一溜花边，看起来很美，逗引我们驻足观赏。右手边的屋子里，一位老人正静静地坐着抽烟，他就是我们此行的主要采访对象姜银祥。他穿着一袭黑衣，领口立得很高，鼻梁上架着老花镜，黑发里透着些许白发，让人感觉老当益壮。

姜老健谈，记性也不错。虽然当了二十多年的村支书，接受过无数媒体的采访，但当他又一次打开话闸，重提前尘往事，讲述一路的艰辛、奋斗和汗水时，依旧能感受到他内心的跌宕起伏，以及对时下幸福生活的骄傲和知足。

姜银祥老人说，"凤林"与"雅墅"，是下姜村过去的别称。

凤林，顾名思义是凤凰栖息的山林。既然有凤凰栖息，自然绝非普通的山林。显然，位于深山里的下姜村，在古时就是这样一处人间仙境。

清朝文人余旭升早在《姜氏里居图记》，就有过一番优美的描述："独雅墅山川灵淑之气，蜿蜒扶舆，磅礴郁积……东望公山，崒崥耸秀。西望茂山，突兀争奇。银峰峙其南，化峰拱其北。中列屋庐烟村数十家，清流环绕于前，虬松垂荫于后……上而翠竹迎风，长桥回澜，窈而深，廊其有容；缭而曲，如往而复。碧潭映月，恍似方塘之天光云影……"真乃一处绝佳的美景！

凤林与雅墅二名，在我看来，起得颇为典雅，且有诗意。虽然早已更名为下姜村，可这里至今仍有一条叫作"凤林港"的溪流，在见证了下姜村近八百年曲折的过往之后，它依旧弯弯曲曲地绕村而过，给予这片美丽的土地无尽的灵气。

山是大地的骨架，是人类生活资源的天然府库；水是大地的血脉，亦是人类生机之源泉。青山绿水是上天对人类的馈赠，是一份承诺与祝福。而下姜村，正是中国万千个依附山水而居、恬静淡美的幽僻小山村之一。

令人遗憾的是，依附山水而居的下姜村，二十世纪五六十年代却依然贫穷落后，像一个相貌丑陋的小媳妇，与《姜氏里居图记》里的描述大相径庭。

鲁迅先生说过："一要生存，二要温饱，三要发展。"地处山区，原本风光无限的下姜村，之所以跌进贫穷落后的深坑里难以自拔，主要原因莫过于山多地少、土壤贫瘠。20世纪70年代末，土地承包到户后，下姜人的温饱问题得以解决，却又因山高路远、交通不便、信息不灵等原因，成为这一带最贫困的村庄。

在下姜村，姜姓是大姓。或许是姜氏先祖偏爱这一方层峦叠翠、溪水长流的土地，于北宋靖康年间，从四川辗转迁来此地，之后便在此繁衍子孙，休养生息。随后，陆续迁来此地的还有余、杨、伊、吴等姓，一个小小的村庄粗具规模。

然而，随着人口越聚越多，村庄人多地少的矛盾日渐凸显出来。本来这里四面环山，耕地面积就少。所谓的"良田"，80%的田地和山林均分布在凤林港的南边；北边则为村民居住地。雨季发大水是常有的事，频繁遭受大水侵袭的土地贫瘠而产量低。虽说村里还有少量的山坞垄田和坡地，但不仅没有肥力，而且蓄水能力很差，几乎没有收成。

中华人民共和国成立后，下姜村村民彻底翻身做了主人。"土改"后，家家过上了居有房、耕有田的日子，以犁铲、镰刀为工具，春种秋收，展开了互帮互助的耕作热潮。

1958年，新安江水电站还在轰轰烈烈地建设时，芮畈人民公社冯家墩大队的水库移民被安插进下姜村，五十户两百多名移民在此落户，要住房，要吃饭。可下姜村的房子依旧是原来的土墙房，耕地还是贫瘠的土地，房子可以挤着住，下姜人嘴里的饭却不得不少吃一半。

二

除了饥饿还是饥饿，是下姜村六十岁以上的人听祖辈、父辈诉说的最心酸、最悲催的记忆。

到姜银祥爷爷这一代，姜家依然未摆脱饥饿的困境。按姜银祥母亲的话说，一家人上无半片瓦，下无立锥之地，靠东家借住几个月西家借住几个月度日；仅有的半亩山坞地，土地贫瘠，蓄水困难，加上山里鸟雀啄食的原因，根本产不出粮食，只能靠打长短工度日，吃了上顿没下顿。毋庸置疑，姜家的悲惨境遇不仅代表了下姜村大多数贫苦村民的生活境况，也代表了广大劳苦农民的普遍遭遇。

1953 年，姜银祥仅一岁，年轻的父亲就离他而去，留下他与兄长和母亲相依为命。"土改"后，他家依旧解决不了温饱问题，即使是风调雨顺的年景，三口之家一年的收成也只有一百来斤粮食。

1969 年冬，几乎饿着肚子长大的姜银祥想去参军。十七岁的他想方设法多报一岁，只为能早日加入军营，填饱干瘪的肚子。

军旅生涯很快过去了。在部队的大熔炉里，姜银祥不仅能吃饱饭、穿暖衣，更重要的是政治素质和文化水平有了很大提高。或许是应验了那句话：是金子总会发光的。在外历练多年后，1974 年 4 月，姜银祥退伍回乡，很快被公社党委选中，担任下姜村党支部书记。

新官上任三把火，姜银祥亦不例外。那天，天气晴好，阳光灿烂。社员们在狭小的村会场里挤挤挨挨地坐着。姜银祥激情满怀，滔滔不绝，他兴奋地告诉社员们，将来每家每户都能住上三层楼，楼上楼下，电灯电话，家家都有电视机。当他绘声绘色地解释什么是电视机时，底下笑声四起：

"年轻的书记不是在做梦吧？"

"真的，我没骗你们。"

姜银祥注意到了台下的哄笑声，脸腾地红了，连忙说："将来的粮食产量肯定高，种玉米亩产量能有一千多斤，种稻谷亩产量也能有一千多斤……"

没等他说完，会场上顿时像炸开了锅，社员们不买他的账，纷纷说他吹牛。有的甚至直接说："别讲那些没用的，让大家吃饱饭，才算真本事。"话糙理不糙。当时，稻谷亩产量只有三四百斤，歌谣里传唱的"村里半年口粮"的现状远未改变。

年年正月十五一过，下姜村村民投亲的投亲，靠友的靠友，借粮成风，不借就意味着将要饿肚子。可借了总归得还啊！这终归不是个办法。

怎么办？美好的蓝图要描绘。可眼下村民的温饱才是首先要解决的问题啊。

那些日子，姜银祥压力很大，整宿睡不着觉，满脑子都是"怎样解决粮食问题"。有一天，他又一次爬上南山顶，环顾村庄四周后，他把目光投向了脚下的杉树林。

三

姜银祥想，拿木头换粮食，或许是摆脱借粮困境最好的办法。

听说邻近的衢县（今衢州）石梁镇不缺粮只缺木头，居民建房多用毛竹，如果山里人愿意背杉木来换大米，想必他们会喜欢。

粮食是老百姓的命，是老百姓的天。天绝不可以塌。以木换粮，就是姜书记为下姜村村民解决眼下这个大问题配备的一把钥匙。自然，下姜村村民人人都想设法拿到粮食，即便要经受意想不到的艰辛和磨难，也在所不辞。

说到以木换粮，不得不提姜祖海。他1949年出生于一个地主家庭，一生下来就被叫作地主崽子。作为以木换粮的亲历者，或许他比别人体会更深，更心酸，更铭心刻骨。

"其实，背木头去换粮，那也是没法子。"我们见到姜祖海老人时，他还感慨万千。

因为家庭成分不好，他出义务工最多，修水库、修渠、修大寨田都有他家的份。在粮食歉收、家家吃不饱的年月，别家可以想法借粮，姜祖海家就不能。别说家家都紧巴巴的，就是有余粮，也没人会借给他呀。待到他结婚成家和两个孩子相继出生后，饥饿更是像赶也赶不走的梦魇，如影随形，日子的艰难可想而知。

当有一天听说可以拿木头换粮后，他激动得几宿没睡，也起了这个心思。

姜祖海知道，偷伐集体林木是违法的，再加上自己是地主的儿子，必须做得特别小心谨慎才行。经过几天的踩点，他趁天黑偷偷把木头砍倒藏好，然后装作若无其事的样子回家，等下一个月黑风高之夜，带上妻子做的几张玉米饼上路。

姜祖海摸着黑出发，扛上约一百斤重的木头，翻山越岭，来回走了四天，五百多里，几乎不休息不睡觉，还得提防被抓，拣人迹罕至的路走。这注定是一场与体力的搏斗、与意志的搏斗、与饥饿的搏斗，得有坚强毅力和吃苦精神方能为之。但凡决定去的人，不得不奋力一搏，换得回粮食就意味着带回了填饱肚子和生存下去的希望，使一家老小免遭"仓廪无宿储"之煎熬。

姜祖海不敢走大路，只拣偏僻的羊肠小道前行，一有动静，就迅速连人带木材藏进草丛里躲起来，确定安全后才继续前行。即使这样，他还是迎面碰上了巡山的民兵小分队。藏，已经来不及了；扔了木材逃，又实在不甘心。那不只是木材啊，那是粮食，是一家人的命啊！他豁出去了，背着木材夺路而逃，硬生生甩掉后面几个追赶的人，到衢县附近的村庄换回来一袋陈米。想起家里面如菜色的妻儿，只要能换到米就行，哪管它是陈米还是新米，姜祖海竟感动得差点给对方下跪。当他把救命的粮食背回家时，妻子已经饿了三天，躺在床上起不来了。这时他才知道，出发前妻子是用缸底最后一点面粉给他烙的玉米饼。看着妻儿如白纸般苍白的脸，姜祖海的眼泪不由自主地流了下来。

事非经过不知难，其中的酸甜苦辣只有当事人知道。

像此类以木换粮的故事，几乎天天在下姜村上演，目的相同，过程大同小异。当然，不能一下子去太多人，下姜村有五个生产队，姜书记要求每个生产队一次不超过五户人去，这样，队里的春耕生产也不至于受影响。倘若真的有人以投机倒把罪被抓了，恐怕不但木头要被没收，还要认罚。

人是铁，饭是钢，一天不吃饿得慌。要不是缺粮实在没办法，谁也不愿铤而走险。

四

上任后的姜银祥脑海里一直有这样一个念头：下姜村粮食产量为什么那么低，一个主要原因是水稻和玉米的品种太落后。记得在部队时，他就听说过专家已经培育出杂交水稻、杂交玉米的新品种。他想，如果下姜村也能种上这些新品种的粮食该有多好。

没想到，机会果真来了。

1977年春天，姜银祥在淳安县城开会，听说县农科所里有杂交水稻种子，连忙跑去磨嘴皮子，想问他们要一点种子，村里好试种。

那时，杂交水稻种子还是新生事物，挺珍贵的。农科所干部问了他村里的一些情况后，没答应。

下姜村离县城五十九公里，当时交通不方便，要先坐车翻山越岭二十里路，然后转水路再行四个小时才能到县城。年轻气盛的姜书记不达目的不罢休，跑一次不行，就跑两次，两次还不行，就跑三次，直到农科所干部被深深感动，从库存不多的种子里匀出两斤半杂交水稻种子给他，嘱咐他好好利用，别糟蹋了。

"好，好！"姜银祥激动万分，兴高采烈地捧着宝贝回村，立马下发给五个生产队，每个队试种半斤。结果，只有一个生产队种植不成功，其他四个生产队种植的效果都很好，杂交水稻苗每穗达到250—300粒（常规水稻每穗只有30多粒），且抗风和防病虫害能力比常规品种还好。收割后的水稻亩产量一下增至800多斤，比常规水稻产量翻了一倍都不止，村民们高兴坏了。

农科所干部听完姜银祥的汇报后也很高兴，告诉他，杂交水稻种子少价又高，建议他下一年自己制种。

村里五个生产队各自拿出队里最好的一亩田，迅速成立了下姜大队杂交水稻、杂交玉米制种基地。在县农科所农科员的大力帮助和指导下，基地当年就培育出 200 多斤杂交水稻种子、300 多斤杂交玉米种子。于是，下姜村全面铺开杂交水稻和杂交玉米的种植，成为周边乃至全县最早种植"双杂"的乡村之一。土质最差的山垄田种一季杂交水稻；其他良田种两季，早稻种常规品种，晚稻种杂交品种。原本种常规玉米的土地全部种上杂交玉米，且每亩种上 3600 至 4000 株，而过去种常规玉米，一亩地只能种 1000 多株。老的生产队长们想不通了，纷纷撂手不干，认为玉米种植密度过大，肯定不会有好结果。

姜书记马上召集开会，果断撤换年龄大、思想僵化的生产队长，让年轻又有创新意识的人上位。结果第二年，粮食喜获大丰收，五个生产队粮食总产量达到了 50 万斤。当时 500 多人口的下姜村，人均收获近 1000 斤毛粮，不仅喂饱了人的肚皮，还喂饱了牛、羊、猪和鸡的肚皮，60% 以上的村民建起了土墙房。

年轻的姜书记不再被村民耻笑，赢得了他们的广泛信任和尊重。

1982 年后，下姜村土地开始承包到户，村民的劳动积极性被充分调动出来，土地被护理得更加精细，村民吃不饱的情况从此再也没发生过。

唉，像蚂蟥一样紧盯不放的悲哀而沉重的"半年粮"包袱啊，终于被下姜人给卸掉了。

五

下姜村村民都说，下姜村穷，很大程度上是因为凤林港时常发大水。

这条让村民又依赖又无奈，既感到温暖又感到痛楚的，充满柔情又让人饱尝苦难的母亲河啊！

有一年，村里的木桥刚搭起来没几天，又被大水冲走了。

大伙儿纷纷齐聚在凤林港的北边，看着对面的土地和经济林，听着奔腾咆哮的水声议论纷纷，摇头叹气。

凤林港发源于淳安县第一高峰磨心尖，由铜山溪、白马溪两条支流携手并进，由北向南流入下姜村，然后在下姜村拐了一个弯，自西向东而去。

宽处一百多米、窄处六七十米的凤林港，晴日安好时，是下姜人温柔清纯的母亲，村民世代汲取着她的乳汁成长；一旦大雨滂沱，凤林港河水怒号起来，又仿佛神经突然错乱，任谁都奈何不了她。一旦木桥被冲毁，南岸的土地就摆脱不了被淹没的厄运。

下姜村历来有两座木桥。木桥是用进山砍来的杉木和松木所造，每造一座桥，需要二十多立方米的木材，都是村民们从大山里背下来的。大水来了，桥被冲走了，村民们只能再砍树再搭桥，再冲再搭，几次三番，少时一年建两三次桥，最多时一年要建十几次桥。村民饱受其苦，山林深受其害。

有稻秧不能种，有桑叶不能摘，土地上的蔬菜被席卷一空……改善村民生活也成了空话。

要想改变下姜村落后的面貌，建一座稳固的石拱桥变得迫在眉睫。

1984 年，下姜村在顺利改造完溪滩田 25 亩、建防洪堤 450 米之后，开始考虑建桥了。建桥是大工程，需要一笔很大的资金。

姜银祥跟当时的村委会主任姜祖海商量建石拱桥。

姜祖海一脸愁容："好是好，就是村里一分钱都没有，怎么建？"他知道，集体的欠款刚刚依靠卖掉生产队闲置的房子才还清。

姜银祥说："放心，我们可以去贷款。"

"去贷款？"姜祖海重复了一句。

"是的，去贷款。"

两人来到信用社，没想到信用社领导回复他们："现在集体贷款不好贷了。"他是怕他们到时候还不了。

姜银祥就说："你不要怕，我们村一定会想方设法把钱还掉的，放心好了。"他又拿出了当年到农科所申请种子不达目的不罢休的韧劲。

又是一番软缠硬磨。当得知可以用存折抵押时，姜银祥他们捧来了村民们厚厚的一摞存折。工作人员看着存款金额不同，甚至账上只有几块钱的存折时，被深深打动，当即表示不用存折抵押，贷给他们五千元钱。

有了第一笔钱，姜银祥劲头就更足了。他一边派人去县里跑项目，去各单位筹资金，去请建桥师傅，去外面借排水设施；一边紧锣密鼓地召开村民户主会，动员大家捐款，下姜村五百来口人，每个人出二十元钱。可那时的二十元钱，比现在的两百元钱都值钱呢。建桥是千秋万代的功业，因而得到了村民的大力拥护，很快又筹集到一万多元。县库区移民投资公司捐了一万元，交通局捐了三千元，村里又向县农业局申请，卖掉了村上山林里的几十平方米木材，终于把建桥的钱凑起来了。就这样，建桥工程开工了，从1985年10月10日开始动工，到1987年终于完成。

三十多年过去了，如今这座被命名为"富民桥"的石拱桥依然安好。当我踏上石拱桥，听着凤林港哗哗流淌的水声时，我的内心十分感慨。石拱桥何止给村民带来出行的便利，它更承载着村民的幸福和希望。

20世纪90年代，下姜村和中国千千万万乡村一样经历了乡镇企业时代，那时候"无工不富"的口号遍布城乡，政府号召千村万户办企业。淳安县政府部门着力扶持乡镇企业和村办企业，下姜电珠厂和雅涧丝织厂就这样应运而生。

电珠厂设在窄埠村。窄埠村是下姜村下面的一个自然村。下姜村党总支副书记杨时洪是窄塥村当时的能人，与姜银祥一样，是带领村民致富的领头羊。

虽然他早就听枫树岭镇分管工业的副镇长说，电珠厂是砖头上削铁——利润很薄，但他中意电珠厂投资小，尤其是资金周转迅速。厂里每十天生产出来的电珠产品，就可以拿到东阳去卖。东阳离淳安两百多公里，一天可以来回。

先办电珠厂，后建杉树园。用开电珠厂产生的资金来投资杉树园，是杨时洪当时作出的决断。他谓之"长短结合、以短补长"，即以短效益的电珠厂，来补长效益的杉树园。不能不说，杨时洪的如意算盘还是打得不错的。

1994年，他们从信用社贷款五万元，电珠厂匆匆开办起来。果然如副镇长所言，电珠利润极薄，厂里做得最好的人，月收入也不过五百至七百元，工资不高，村里年轻员工自然不好找。因手电筒里的电珠灯丝很细，年纪大的员工眼睛不好使，结果技术不过关，废品扎堆。第一年就亏损一万多元，第二年依旧亏损，第三年不得不停办。整个过程就像一出大戏，才刚上演，就因各方面准备不足草草收场。

1995年，下姜村第一家也是最后一家集体企业——雅涧丝织厂，在姜银祥书记手里创建了。厂房面积480平方米，有织布机20台，副机23台，职工35人。原材料是村民家里源源不断产出的蚕茧，职工是本地村民。

为了村民生活富裕奔小康，姜银祥的思路跟上了时代的脚步，企业也曾一度产生效益，第二年就实现产值五十余万元，利润十余万元。1998年起，受到金融危机的影响，市场竞争日趋激烈，雅涧丝织厂因地段偏远、信息不灵、技术得不到及时更新、产品落后等原因，一批批产品积压在仓库里销不出去，连续三年亏损，2002年宣布破产倒闭。

下姜村办厂失败的教训足以证明，在偏僻的小山村，要想靠泥腿子办厂闯出一条路，似乎很难。

　　值得肯定的是，为了下姜村的发展和村民生活的改善，村班子团结干事，殚精竭虑，做了很多有利于民生的大事。但令人遗憾的是，下姜村因交通运输不便，市场信息不灵，缺乏科技引领，又没有龙头企业带动，村民生活想要得到极大改善似乎遥遥无期。

　　唉，往事不堪回首，终归渐行渐远。

第二章

好风凭借力

一

历史翻开了新的一页。

下姜村和中国绝大多数农村一样，走过了一条艰难曲折的发展之路。进入21世纪以来，"三农"问题日益凸显，成为全党工作的重中之重。建设社会主义新农村，成为解决农民问题以及让中国农民走向富裕的战略决策。

下姜村和中国千千万万的农村一样，为此而不懈探索。浙江省"千村示范、万村整治"工程给他们带来新的机遇、新的发展，"三治融合"创新给他们建设美丽乡村带来新的理念、新的提升。

从2001年开始，几任浙江省委书记都把下姜村作为基层联系点，延续至今。

下姜村村民很幸运，却也羞愧得很。正是因为地处山区的淳安县是当时的经济欠发达县，而下姜村又是典型的贫困村，能够比较真实地反映淳安县的实际情况，才被确定为省委书记的基层联系点。

就这样，几任浙江省委书记先后来到下姜村视察，不仅带来了新时代党的路线方针政策，而且实实在在地扶贫帮困，为下姜村的发展描绘美好蓝图。于是，积贫积弱的下姜村在一阵又一阵强劲春风的吹拂下，借风使力，发奋图强，开拓创新，成为中国新农村建设的典范。

下姜村99%的房屋依北山而建，屋基杂乱无序，地势高低不平，屋与屋之间多是弯曲、交叉的弄堂，用泥灰石子铺就，最宽处仅一米左右，且靠无数个台阶相连。这里台阶多、道路窄，泥灰石子满地，路况很差，几任省委书记都曾从这里走过。在浙江省委领导和省委工作组的亲切关怀下，下姜村终于开始了蝶变。

"要致富，先修路"，是中国农民的共识。下姜村也不例外，村民的致富梦想和村庄的变化发展也是从修路开始的。2001年，轰轰烈烈的修路工程在下姜村破土动工。也可以说，从那时起，下姜村的新农村建设进入了一个新的发展阶段。

因为在老村中间修路，需要腾出4600多平方米的土地，必须拆掉40多户人家的主房、辅房和猪栏。

"当时有没有遇到困难？"我采访时任会计的杨红马。那时候，他负责测量土地面积，做村民思想工作。

杨红马笑着对我说，思想工作做得很顺利，村民们很支持，因为他们太想开通这条路了。路不开通，就意味着四个轮子的车进不了村，就意味着建筑材料运不进去，就意味着村民居住的老旧房子没法改造，也意味着村里的面貌永远无法改观。

到次年年底，村里这条长437米、宽3.4米的水泥路终于建成。得益于这条路，从2003年到2007年间，结合村庄整治，下姜村80%的农户旧房改造一新。近二十年过去了，村民们走在青石板和鹅卵石铺就的、充满古意的路上，脸上满是幸福的笑容，他们把这条路叫作"惠民路"。

2003 年的下姜村，路边猪栏、茅厕、鸡舍、牛棚、柴薪扎堆，环境卫生差。全村 150 户人家，露天厕所、猪栏、牛棚就有 154 个，污水四流，臭味弥漫，苍蝇蚊子满天飞，老鼠满街走。这直接影响到了村民的健康，年年春夏两季，村里的赤脚医生因村民们的肠胃病、肝炎病而分外忙碌。环境整治工作迫在眉睫。

正是那一年 3 月，习书记第一次到下姜村考察调研。紧接着，习书记在全省部署实施"千村示范、万村整治"工程，全省上下坚持"一张蓝图绘到底，一届接着一届干"，美丽乡村成为浙江的一张新名片。

下姜村也由此揭开了美丽乡村建设的序幕，清垃圾、治污水、改厕所、整河道，村庄环境"脏乱差"的现象得到了有效改观。

在习书记的亲自关怀下，下姜村开始建设沼气池，彻底治污水、改厕所，改变沿袭几百年的农村陋习。

在浙江省农村能源办公室的指导下，由淳安县农业局牵头，一份下姜村沼气建设及农户厨房改造、太阳能利用的整体方案摆在了有关部门的案头。

省内的技术专家来到下姜村时，村民们还都有顾虑。作为老党员老干部的姜祖海，第一个带头建沼气池，如今他家成了游客参观的景点之一。

姜祖海家坐落在北山垅口，且与右侧的景点思源亭和村委会办公旧址比邻，地理位置显眼，风景亦绝佳，不出家门，就能看到对面层峦叠嶂的银峰和日夜流淌的凤林港，可谓看得见山，望得见水。当然，最醒目的还要数庭院里圆圆的沼气池。

我们坐在他家的客厅里，听着哗哗的流水声。姜祖海兴奋地告诉我们，沼气就是人畜粪便及各种生活污水隔绝空气后，在一定的温度、水分、酸碱度条件下，经过厌氧细菌的发酵作用，产生的一种优良的可燃气体，不仅能用来烧菜、煮饭，还能点灯。比方说，一立方米的人工沼气，能供三四口之家做三餐饭菜的燃料，能使一盏 60 瓦的沼气灯照明六小时。

那时，姜祖海妻子在县城儿子家帮忙带孙子。有一天，她从县城回家，发现家里建了沼气池，拧开陌生的沼气灶后，发现烧沼气比烧柴方便省力多了，燃烧时的火焰很蓝，火劲够足，烧出的饭菜亦分外香。

村民们参观姜祖海家的沼气池后纷纷效仿。村里早有承诺，符合建沼气池条件的农户均可修建，每户还有 500 元补助。很快，村里就有 64 户农户用上了沼气。

厕所、猪栏、鸡舍里的脏水都流进了密封的沼气池里，苍蝇蚊子也没有了。村里的环境卫生得到了很大的改观，既保护了千岛湖的源头水，又因为砍柴次数的减少而保护了山林……

一说起建沼气池，姜祖海就滔滔不绝，很是兴奋。他掰着手指跟我们算了一笔账：使用沼气做燃料，村里每年可节省居民用电 9000 度，节省液化气 6000 千克。按每个沼气池年产沼气 365 立方米计算，一个农用沼气池一年可减伐林地 3.5 亩，减排污水 146 吨……村里的生态就这样一步步好了起来。

用上沼气的第二年，村里决定封山育林，而且还将其纳入了新的村规民约。

从此，绿水青山真正从一种风景变成内心追求，融入了下姜村村民的生活。

二

浙江的美丽乡村建设，让三万多个村庄的人居环境、基础设施、公共服务不断改善。习书记提出开展的"千村示范、万村整治"工程，也给下姜村带来了新的发展契机。

2003 年到 2006 年，下姜村前后花费三年时间，拆掉危旧房 16600 平方米，90% 以上的农户建了新房；原有的 154 个露天厕所和猪栏等全部拆光，建起了垃圾填埋场；铺设了污水管道2800米，腾出村里绿化地3000多平方米，对1.5公里的河道进行了整治；还建起了5个公共厕所，家家户户安装了太阳能热水器；进行了自来水工程改造和提升，绿化带上还安装了路灯。一个干净、整洁、美丽的社会主义新农村雏形开始呈现，为后来下姜村发展乡村旅游打下了坚实的基础。

虽然，下姜村的书记换了一任又一任，但都是朝着一个目标，一茬接着一茬干。每一个项目成功实施的背后，得益于下姜村有个坚强、团结、有力的领导班子。

早在2002年，下姜村就开始了党员"设岗定责"制——一个党员一个岗位一份责任。党员家里的宅基地该拆的带头拆，该让的带头让，该发展的效益型农业就带头发展。

2005年12月28日，浙江电视台综合频道来到下姜村现场采访，连续四晚在黄金时段报道了下姜村党员先进教育活动的经验和做法。习书记观看后非常高兴，来信祝贺并充分肯定下姜村"党员认真学，带头干，群众真满意，得实惠"的成效。

2011年起，下姜村"美丽乡村、幸福下姜"中心村建设正式启动。在省委主要领导的悉心关怀下，有关部门为下姜村量身定制了《美丽乡村精品村总体规划》《农业产业发展规划》《乡村旅游规划》等六大规划和水利、交通、道路等34个项目设计方案。

根据第一个规划，2012年底，下姜村完成了整个精品村的建设，新建了入口公园、法治公园，增加了连心桥（廊桥）、思源亭、忆德亭、印月廊、半壁廊、入村牌坊等景点。从此，一个焕然一新、风景如画的下姜村呈现在世人面前。

这一年，村里实施《农业产业发展规划》，采取"反租倒包"形式进行土地流转，由村里统一对外招商，村民对土地只租不包。

土地是农民的命根子。一旦世代耕耘的土地被拿走后，今后的生活怎么办？开始时，村民们忧愁多多，想不通，也理解不了。

于是，村民们上村干部家又哭又闹，有的村民提着香来到村支书家祭拜，有的甚至躺在村支书的家门口，要死要活。村干部被骂过，也被打过。

村干部们对村民们的期望和诉求很理解，任委屈的泪水往肚子里流，依旧一遍遍地做村民的思想工作，不厌其烦地解释。

"五票制"就是在这样的情形下产生的。

何为"五票制"呢？"五票制"就是通过村两委认证票、户主意见票、村民代表（村民）会议表决票、党员审议票、群众评议票这五种投票的方式，对村级重大事务进行民主决策的制度。"五票制"要求每种选票的得票率都必须达到60%以上，全村的意见得到高度统一，方可把某一项工作开展下去。之后，大凡村里有大的项目，比如村庄整治、河道整治，都是通过"五票制"来决定是否实施。

最初，村里建第一个葡萄园，占地220亩，用了几个月的时间，土地才流转成功。待村民看到葡萄园建成后的示范效应，村里的土地流转工作才开始顺畅起来。后来建60亩草莓园、150亩桃园的过程就非常顺利，一个星期土地就全部流转好了，因为老百姓看到，村干部们确确实实在为村民做实事。

如今，果园基地的现代化设施令人耳目一新，到处是绿油油的果苗，一个繁花似锦、硕果累累的田园盛景呈现在昔日荒芜的山冈上，让慕名而来的游客们惊叹不已。

村民们尝到了土地流转的甜头，他们在心里算了一笔账，自己家的钱袋子每年装着至少三份收入：土地流转的租金、在果园里工作的工资、下姜景区管理有限公司的收益分红。这就是下姜村土地流转的"租金+薪金+股金"模式。

更为重要的是，下姜村这种土地流转的新实践，为精准扶贫提供了农村改革的"下姜模式"，展现了以农业开发、旅游观光作为新业态提升经济效益的"下姜效应"，让下姜村不仅拥有现代化农村的美景，更拥有"制度美"的内生动力。

下姜村一直在探索之中，以改革撬动美丽乡村建设提档升级。

三

2018 年，村两委在发展民宿经济的同时，把目光投向更为广阔的市场。于是，千岛湖下姜实业发展有限公司应运而生。

下姜实业发展有限公司采用村民入股，聘请职业经理人来经营公司的新型模式，该模式是一种创新和探索。全村 786 名村民以人口股（人人有份，包括五保户和残疾人）、现金股（每个人口限定一万元）和资源股（土地入股）三种方式成为股东，做到了"人人当股东，个个有股份"。

众所周知，制约农村发展的最大障碍是农民的思想观念问题。下姜实业发展有限公司的成立，离不开村民们的全力支持。下姜村村民的思想观念转变和积极参与，让村干部们更加坚定了信念。

2019 年 6 月 28 日，下姜村双喜临门。首先是实业公司旗下的"下姜人家"开门迎客。"下姜人家"位于村东口山坳处，总投资将近 1000 万元，总建筑面积达 2300 平方米，曾经破旧、肮脏的集体猪栏被装饰得古色古香，清新脱俗，成为时尚的餐厅。楼下餐厅有十个包厢，分别以梁家河村、下姜村、余村、小岗村、十八洞村、大寨村等名字命名，充分彰显红色文化；楼上配以红色培训基地，布置四个会议室，可同时容纳 400 人培训。"餐厅办起来没用政府一分钱，'十一'长假、暑期等旅游旺季，慕名远道而来的游客在这里都坐得满满当当！"餐厅工作人员对人介绍的语气里都透着无比骄傲。

就在实业公司开张的同一天，一辆长长的旅游巴士载着前往下姜村的第一批游客，奔驰在美丽的绿色公路——淳杨公路上。这又是村里的一大创举，自筹资金 36 万元，开通了从千岛湖高铁站直达下姜村的接驳车，班车一天往返两趟。

2019 年底，下姜村成立了一家营销公司，雇请了三个大学毕业生搞营销，目的显而易见，就是通过把"乡村振兴示范点"下姜村推介出去，把游客导入下姜村，以拉动乡村旅游市场。

不能不说：这又是下姜村的一个大胆创举。如果说，之前下姜村经济发展依靠的是政府的帮助和资金上的扶持，那么，如今的下姜村开始了主动出击，如正欲展翅的凤凰羽翼渐次丰满。

原来农民背着铺盖去城里打工，现在农民雇城里人下乡打工，这就是农村的进步、农村的发展。

2019 年 12 月 20 日，真是个好日子，下姜村迎来了有史以来的第一次分红大会。晚上 6 时 30 分，下姜村文化礼堂内暖意浓浓。村民们济济一堂，兴高采烈地排着队，手拿股权证，核对、签字、分钱：人口股一人 600 元，现金股一人 1000 元；还意外增加了老年股，60 岁以上每人 200 元。当晚总共分出红利 66 万元，最多的村民拿到一万元。

村民姜红荣说："我第一个拿到，没想到这么多。"身边人问他："对这个数目满意不满意？"他笑着说："很满意，毕竟第一年嘛。呵呵！"

村里的公司办得红火，村民们想发展、谋发展的意识空前高涨。原来他们躺在床上，任你怎么叫都不肯起来，现在不用别人叫了，自己主动去贷款，去谋发展。截至目前，全村贷款总额达 2200 余万元，其中村民贷款数额达到 1600 余万元。

任何事物都是在运动中发展，下姜村经济发展模式也在摸索中前进。现在下姜村的副书记、下姜实业发展有限公司董事长姜国炳告诉我，虽然"下姜人家"餐厅开业当年也实现了 100 多万元的收入，可相比楼上党建培训收入效益还是差得很远。2020 年，经过村董事会讨论，楼下的餐厅转为承包模式，现已被本村村民姜东勤承租。大家一致认为，为了激发内生动力，或许在承租户手里，餐厅才能发挥其最大的效益。楼上的红色培训基地仍由村里经营。2020 年受疫情影响，虽然效益不如 2019 年，但据统计，到我采访时为止，培训收入已将近 30 万元。

如今下姜村开通了 5G，4A 级景区也通过了终审。2019 年，下姜村接待游客 70 多万人次，入住 5 万多人，人均收入 39962.6 元，超过杭州市农村生活平均水平，下姜村村民的生活如芝麻开花节节高。

十几年来，在习近平"三农"思想的指引下，下姜村从一个贫困村实现了向"绿富美"的飞跃，完成了从穷到富、从脏到美、从弱到强的完美蜕变，是习近平新时代中国特色社会主义思想在农村生动实践的有力例证。

正如人类学家马林诺夫斯基所说："通过熟悉一个小村落的生活，我们犹如在显微镜下看到了整个中国的缩影。"从下姜村出发，可以看到中国无数乡村振兴的路径。

第三章

乡村旅游的行板

一

美丽乡村建设让下姜村起舞，这里的脱贫模式和山水风光成为人们心中向往的旅游目的地。于是，民宿作为一种新业态在下姜村应运而生，成为一棵极其难得的"常青树"。

下姜村有一幢欧式风格的民宿，名字叫"栖舍"。从村委会大楼边上的弄堂，走过弯弯曲曲的斜坡，"栖舍"就坐落在那片错落有致、密密麻麻的民居里。都说下姜村是农村脱贫梦开始的地方，而在年轻的姜丽娟看来，"栖舍"是她回乡创业的故事开始的地方。

姜丽娟的身份很特殊，她是"栖舍"的主人，后来成为下姜村的掌门人、党总支书记。她出生于80年代末，浑身散发出青春的气息，身穿白衬衫，配上黑色的西装，胸襟上别着一枚党徽，是常见的公务员标配着装。她总是笑容满面，说话轻柔，沉稳中隐隐带着干练，这是姜丽娟给我们的第一印象。

姜丽娟把民宿取名为"栖舍"，希望回归乡村安宁闲适的生活，也有远途归家的期盼。她曾经在朋友圈里留下这样一句话："可能做民宿的意义在于分享，偶遇小善缘，在陌生城市有个家，有个温暖地而已。"

十多年前，姜丽娟离开下姜村到浙江经贸职业技术学院学习，会计专业毕业后，在杭州一家公司从事室内软装设计，常常天南海北奔波采购，和家人聚少离多。有时，她从外面回来已是深夜，看到熟睡中的儿子，一种愧疚感油然而生，但她从没有想过要回乡创业。

姜丽娟常常从杭州赶回下姜村看望父母。有一天，她突然发现回老家的路程变近了，道路变宽了，村庄变美了，小溪变清澈了，原来她祖祖辈辈生长的下姜村是这样的绚丽耀眼。

在姜丽娟的记忆中，小时候的下姜村路无三尺平，坑坑洼洼的泥巴路雨天到处是积水，晴天灰尘满天飞，分散在山坡上的农舍都是未施粉黛的土坯房，露天的牛棚、猪栏散发出阵阵难闻的恶臭。而今天呈现在人们眼前的是一个明亮整洁的新农村。浙江省的"千村示范、万村整治"工程，给家乡带来巨变，村容村貌大为改善，村民们的生活越来越好。这一切，唤起了她内心深处对家乡的热爱之情。2016 年上半年，姜丽娟和同在杭州的姐姐合计，决定回家办一家民宿。姐妹俩的想法既朴素又简单，办一家留得住乡愁的民宿，吸引城里人到乡村度假。

就这样，姜丽娟毅然放弃在杭州打拼八年的高薪工作，带着儿子返乡创业。她和姐姐一起投入近 150 万元，对家里的两间老房子进行彻底改造，打造成了北欧风格的民宿，设计新颖，色调素雅，书香四溢。这让下姜村村民大为惊讶，民宿怎么可以这样装修呢？

2017 年 11 月，"栖舍"民宿在一片祥和的气氛中开门迎客。因为设计符合城里年轻人的口味，加上姜丽娟熟谙网络推广，民宿迎来了一拨拨天南地北的客人。很快，春节期间的房间也被提前预订满了。

姜丽娟除了"栖舍"民宿老板的身份外，还是下姜村村务助理、民宿协会秘书长。民宿有母亲帮着料理，她把更多的精力投入到村两委的工作上，成了下姜村的"大忙人"，有时她和母亲一天都难见上面。

她常常自嘲是个打杂的"店小二"，像一块砖一样，哪里需要就往哪里搬。村民们开始对这个城里回来的年轻姑娘刮目相看。不简单！她是为下姜村村民打杂的"店小二"。

姜丽娟还被称为下姜村"行走的代言人"，不仅在自家民宿讲述下姜村的故事，更以下姜人的身份出现在许多公众场合。

2018年9月27日，联合国最高环保荣誉——"地球卫士奖"颁奖典礼在美国纽约举行。浙江省"千村示范、万村整治"工程荣获联合国"地球卫士奖"中的"激励与行动奖"。

姜丽娟和来自省内其他地方的四名农民代表随着代表团赴美领奖，见证了这一激动人心的时刻。在宽敞的颁奖现场，因为中国人特别少而分外引人注目，姜丽娟有一种很奇妙的感觉。当组委会宣布中国获得的奖项时，姜丽娟热泪盈眶，掩饰不住内心的激动，她为家乡的美丽蝶变而自豪，更为中国乡村振兴而骄傲。她说，我的家乡是美丽的，美丽是绿色的，我们每一个受益者都应该充当起环保大使，让家乡的生态环境变得更好，让中国乡村变得更富裕和谐。那一年，姜丽娟获得了"乡村丰收人物"的荣誉称号。

2020年8月7日，姜丽娟被枫树镇党委任命为下姜村党总支书记。姜丽娟从来没有想过自己会成为村党总支书记，以前她也只是凭着自己的热情和拼劲，以村务助理的身份参与村里的工作，而现在组织上把这么重的担子压在她身上，在她看来这可真是千钧重担，因为下姜村是各级领导关注的村，更是习总书记牵挂的村。她心想，作为年轻人，面对组织的培养，面对全村村民的信任，自己必须勇敢地挑起这副担子，在乡村振兴中有所作为，去践行自己的梦想。这是一种情怀，这是一种担当！

在姜丽娟的带动下，民宿成为下姜村的"常青树"。下姜村的民宿如雨后春笋般出现，现在村里已经有二十七家民宿。姜丽娟成功创业成为传奇，也吸引了许多年轻人回乡创业。民宿形成规模后，村里又建起了酒吧、咖啡吧、茶吧、书吧等配套设施，下姜村旅游业越来越完善。

二

"望溪"民宿是老党员姜祖海的创意。当年，是他在村里第一个带头建起沼气池；2011年，他看到下姜村发展带来的商机，又带头建起全村第一家民宿。遇上了乡村振兴的好时代，他闲不住啊，于是"望溪"民宿就建起来了。取名"望溪"，有两个意思：一是坐在家门口便可看到潺潺溪流，二是寓以"望习"之意，以此表达感恩与期盼。开张那天，姜祖海迎来了第一批来自淳安的客人。记得那天，客人们点的是土鸡、猪蹄、石斑鱼、肉圆子以及一些时令蔬菜，一桌地地道道的农家特色菜，让客人们啧啧称赞，一饱口福。

2014年，村里实施《乡村旅游规划》，凡是开民宿的村民，每开一家就能得到村里5000元的奖励，且在手续办理等方面享受各种便利。尤其可喜的是，美丽的绿色公路——淳杨公路在这一年全线开通，来千岛湖游玩的游客纷至沓来。从安徽黄山过来的游客游览过千岛湖后，也主动要求到下姜村游玩。于是，紧随"望溪"之后，很多规模或大或小的民宿和农家乐也纷纷浮出了水面。

"凤林农家乐"坐落在下姜村南片风情游览区内，周边风景绝佳，背靠银山，前临凤林港，西接连心廊桥。"凤林农家乐"分三层，三开间，设有五个包厢，可同时接待五十余人就餐。店主人的儿子姜东勤从部队退役后，放弃在外地工作的机会，回家乡接手了父亲的生意，近几年来赚得盆满钵满，经济效益呈几何级数增长。

看到村里民宿发展迅速，时年四十岁的姜苏荣，再也坐不住了，毅然辞去千岛湖"鱼味馆"的厨师工作，回家开了名叫"函山居"的民宿。这下好了，引来村里众多同行上门学习。姜苏荣亦毫不保留，干脆月月开设免费烹饪课，手把手地教乡亲们烧菜摆盘，他的徒弟可以说遍布全村。

"追梦山庄"的老板余红生起初是千岛湖的导游，凭借他多年当导游的经验和人脉，把"追梦山庄"经营得风生水起。

2013 年，下姜村乡村旅游建设如火如荼地展开，因村里规划需要，余红生和哥哥把老房拆了，在凤林港的南边造起了一幢 200 平方米的四层大楼，有 30 个房间，取名为"追梦山庄"。当时，村里很多人都认为他在外面当导游，哪有时间来打理民宿，说不定连回家住的时间都没有，房子造好肯定不会有人来住，只怕是蜘蛛结网，老鼠做窝。一时间，父母的唠叨、村民们的议论充斥在余红生兄弟俩的耳边，但丝毫没有动摇他们的决心和脚步。2015 年，"追梦山庄"投入使用不久，余红生就把一个 150 人的旅游团带到下姜村来住宿，村里所有民宿都住满了，还不得不分散一些游客住到镇上的宾馆去。通过这件事，村民们看他的眼光开始改变了。

下姜村的民宿声名远播，吸引了不少外地人前来投资创业。"玖玖"民宿是来自千岛湖的老板投资的；"麦浪"民宿则是温州老板创办的；"梦逸的院子"是杭州市商贸旅游集团旗下的宏逸投资集团有限公司的项目，他们把下姜村的旅游项目作为该企业展示业务的一个平台。三家民宿，规模一家比一家大，各自经营理念不同，风格亦不同，唯一相同的是他们选择了下姜村，下姜村也欣然接纳了他们。外来资本和项目的入驻，为下姜村旅游业的发展注入了新鲜血液。

这些年来，下姜村不断探索民宿运营模式，村里成立了下姜景区管理有限公司，所有民宿开始实行"五统一"，即统一管理、统一规划、统一营销、统一分客和统一结算的运作模式，还一并开通了网上预订服务，避免民宿之间打价格战，彼此可以轻轻松松地赚钱。可以说，下姜村民宿创新运作模式的脚步从未停止过。

三

来得早不如来得巧。2020 年 10 月 15 日上午，我们在下姜村采访，刚好遇上一场"浙里绿——乡村旅游面对面"开放式论坛。论坛由浙江省乡村振兴与乡村旅游应用技术协同创新中心和《钱江晚报》共同打造，在小广场上，专家们环形而坐，来自下姜村的乡村文旅创业者、从业者们坐得满满当当。于是我们挤进听众席认真地当了一回听众。

农业强不强、农村美不美、农民富不富，决定着全面小康社会的成色，这可以从下姜村的发展中找到答案。这场论坛就是立足于解决浙江乡村旅游发展中遇到的实际困难，让专家学者们和下姜村的创业者们面对面，围绕如何持续提升大下姜的乡村旅游品质，解决乡村振兴中遇到的堵点、痛点、难点，共同寻求未来发展之路。

很早就听说过，该协同创新中心成立于 2018 年 7 月，是浙江省教育厅认定的高校协同创新中心之一，由浙江旅游职业学院发起，协同单位包括浙江工商大学、浙江农林大学、浙江省农业科学院等高等院校和科研机构。

论坛主持人从电影《我和我的家乡》说起。2020 年国庆期间热映的《我和我的家乡》创下票房新高，其中一个单元故事《最后一课》的主要取景地就在下姜村。

《我和我的家乡》以普通人的视角畅叙"我"对家乡的深情与眷恋，反映中国乡村脱贫攻坚所取得的巨大成就，以此表达生活在现代乡村的中国村民的精神境界和情感升华。

其中，《最后一课》聚焦乡村教师老范的坚守和奉献，下姜村的村民们为自己能成为群众演员而喜不自禁。

一通国际长途电话打来，影片中的望溪村全村陷入了忙碌之中，为参照老照片还原 1992 年的一堂课，全体村民齐心协力，甚至模拟了当年的一场瓢泼大雨。

《最后一课》让村民久久沉浸在喜悦之中。2020 年 7 月 8 日，《我和我的家乡》徐峥执导该单元的最新路透照曝光，导演徐峥和主要演员之一王俊凯现身千岛湖。剧组把村里所有的民宿都包了，拍摄的场景就在村里。村民们第一次和明星零距离接触，一不小心自己也成了演员，上了银幕。

《最后一课》再一次把下姜村推进了游客的视野，让下姜村的旅游业又火了一把，除了党政学习考察团前来参观调研，还有许多被电影吸引来的观光客。下姜村的传奇使各种不同类型的人群纷至沓来，客流盈门。

近年来，下姜村游客激增，但住宿与餐饮的收益并没有随着人流的增长而爆发，主要原因是没有留住客人，来了一拨又一拨的都是过客。

前村支书姜银祥提了一个很实在的问题，就是："下姜村能不能收门票？"

专家们围绕"门票经济"从不同角度给出回应，相同的结论是不能采用门票制。

杭州市文化广电旅游局二级巡视员王信章认为，下姜是一个旅游目的地，而不是旅游景点，下姜村当务之急是留下游客，而不是卖门票。他认为下姜村应该从丰富本地产业和业态出发，打出农业休闲游品牌，打造丰富的夜间文化生活业态。

浙江省文化和旅游智库专家徐云松认为，下姜村首先要提升环境质量，通过美化村庄环境和农业景观来营造"处处是景"的人居环境。他建议，可以在《我和我的家乡》中《最后一课》的取景地，还原电影中老教室的场景，吸引更多年轻人前来体验当年的乡村课堂和教学环境，吸引更多年轻人体验过往年代的乡村生活。

联众集团副总裁孙凡建议，如果能把参观车辆的泊位移到村外，用无人驾驶的新能源车作为摆渡车，就可以通过收车费的方式获得流量收入，把下姜村建成全国首个无人驾驶乡村。

这是一场头脑风暴，各种思想观念在这里碰撞。对如何提高乡村经济的活力，专家们一致认为要讲好乡村故事。拥有近八百年历史的下姜村，有哪些好故事可以讲？怎么讲？浙江省农业农村规划研究院副院长、研究员赖齐贤提出了新思路："我们要透过城市的视角来看待乡村，下姜村的历史故事、生态故事、文化故事都能唤起游客的乡愁。"浙江工商大学教授、博士生导师易开刚建议，下姜村应该打造自己的文旅IP，不仅要成为当地文化和精神的符号，还要便于传播，把一个品牌背后独特的文化故事讲给游客听，让下姜村成为游客们神往的旅游目的地。

乡村振兴，关键在人才。浙江大学教授、博士生导师严力蛟认为，下姜村要引入有经验的知名企业家，让专业的人来做专业的事。其实在这方面，下姜实业发展有限公司已经做了有益的尝试。

天空淅淅沥沥地飘着小雨点，听众们依然兴致盎然。对于渴望乡村振兴的创业者们来说，这场论坛带来的是一场久久盼望的"及时雨"。

第四章

共同富裕之路

一

历史的进程曲曲折折，却总是在不断发展变化中向前推进。近二十年的光阴犹如白驹过隙，下姜村早就不是多年前那个贫穷落后、深深隐藏在新安江水库一隅的小山村了。

下姜村村民曾经想都不敢想，就这么个穷村子，能作为省委书记的基层联系点，一直延续了将近二十年。

脱贫攻坚、共同致富，几任省委书记引领下姜村沿着绿色发展的道路，一路披荆斩棘、砥砺前行，从贫困村变成小康村，再到示范村、明星村，如今的下姜村已经昂首站立在了时代大潮之前。

"一村独富不算富，满园花开才是春。"经过十几年的发展，富裕了的下姜村将如何带动周边村庄共同富裕？又要如何打破各村藩篱，在更大范围内探索资源共享、优势互补的抱团发展呢？

"跳出下姜，发展下姜。"决策者一语中的。

在中国浩如烟海的几十万个乡村里，下姜村曾经不过是陷于贫困中的一粒微尘。如今，这个昔日的贫困村打了一个漂亮的翻身仗，成为"绿富美"村庄。山坞变身产业基地，猪栏建成咖啡屋，贫困村变成美丽乡村，村容村貌整洁优美，人与自然和谐共生，这靠的是"八八战略"的指引，靠的是"绿水青山就是金山银山"理念的启示，靠的是习近平总书记对下姜村的关怀。下姜村是典型，是镜子，是新时代农村脱贫攻坚的试验田。

这片乡村振兴试验田正发生着日新月异的变化，同时，她也有了"成长的烦恼"。一方面，下姜村的发展已经溢出效益，怎样拓展容量、丰富产业，走一条可持续发展的乡村致富之路，已经成为下姜村村民首先要思考的问题。另一方面，周边村庄也有同样美的山、同样清的水，人们的求变之心同样迫切。过去，下姜村及周边地区 31 个村虽然同饮一溪水，同守一脉山，但是各敲各的锣，各打各的鼓，规划不统一，全局观念差，周边村庄对下姜村的发展一直望尘莫及。

很多人来到下姜村，为这里的发展变化惊叹不已，但都带着相同的疑问："下姜模式"能复制吗？下姜村能带动周边发展吗？中国乡村治理应该走什么样的路呢？浙江省委领导提出的"跳出下姜，发展下姜"的决策，让村民们看到了新的希望，让下姜人看到了更大的发展空间。

2018 年 4 月，杭州市发布大下姜发展规划，统筹规划两镇 32 个村的交通、旅游、农业发展、乡村建设，扎实推进下姜村及周边地区平台共建、资源共享、产业共兴、品牌共塑，实现大下姜区域"大融合、大手笔、大治理"的联动发展，通过打造大下姜共同体，探索绿水青山资源抱团发展战略。淳安县也及时出台了深化"千岛湖·大下姜"乡村振兴联合体（简称"大下姜联合体"）建设的实施意见，开启了从"一枝独秀"到"百花齐放"的全新历程。2019 年 6 月 25 日，大下姜联合体宣告成立，并建立了联合体党委和理事会，由淳安县人大常委会副主任洪永鸿担任联合体党委书记、理事长。

"背靠下姜好乘凉。"这成了周边乡镇干部的共识。

于是，以下姜村为中心，涵盖邻近的枫树岭镇域 28 个行政村和大墅镇 4 个行政村的区域，变成了 340 平方公里的大下姜，更多的风景线、更多的体验点、更多打包规划的新产业，被编进《下姜村及周边地区乡村振兴发展规划》。

这相当于以下姜村为圆心，画了一个大大的圆圈，让致富的范围从 1 个村扩大到 32 个村，面积从 10 平方公里扩大到 340 平方公里，涉及人口近 22000 人。一张宏伟的发展蓝图就此绘成。大下姜区域正在探索以下姜村为龙头、多村统筹协作的乡村振兴之路。

二

2019 年 12 月，为了建立智能化蜂业基地，枫树岭镇源塘村党支部书记陈文平与一个企业老板商谈蜂业拓展事宜。为了此事，他一个多月来天天早出晚归，深入 50 多家农户交流、做工作。

自从大下姜联合体成立后，各村都热火朝天地干起来，如果不努力，不仅赶不上下姜村，还会被其他村追过头，这样就没有法子向村里的父老乡亲们交代了。陈文平感到肩上的担子越发沉重起来。

功夫不负有心人。2020 年 5 月 8 日，国内首个数字化生态蜂业体系在淳安县枫树岭镇源塘村试点成功，这也意味着枫树岭上的甜蜜产业正式开张！

同一天，陈文平就收到了一份"甜蜜好礼"——200 个智能化蜂箱。

大下姜通过招商引资，成功引进莫岛生态数字蜂业项目，源塘村的废弃水塔变成了蜂蜜展销基地，老村委楼变成了智能蜂业大楼。

生态蜂业基地吸引了大下姜的 28 个村集体入股，流转出 200 亩土地种植油菜花、葵花、柚子树等蜜源植物。

大下姜的甜蜜事业蒸蒸日上，第一年就为大下姜的村民增加就业收入 300 万元，带动大下姜消除集体经济薄弱村（简称"消薄"），增收 120 万元。

"这是我们源塘村'消薄增收'的一条新路子，也是得益于大下姜联合体的招商引资模式。接下来我们的任务是养好这 200 箱蜜蜂，让效益实打实地落地，成为我们村的增收法宝。"陈文平的脸上绽开了笑容，瞬间感觉到肩上的担子似乎轻松了些许。

那么，这些落地在大下姜的智能化蜂箱究竟有啥特别之处？这还得从海归企业家陈平华说起。

陈平华出生在淳安县枫树岭镇，美国普林斯顿大学硕士，个子不高，戴着一副黑框眼镜，文质彬彬，语速很有节奏，一看就是一个典型的理工男。如果把陈平华简单地定义为一个养蜂人，虽然准确，但不完整。陈平华不仅是一个果敢睿智的商人，还是杭州市枫树岭镇源塘村产业发展第一书记。

"每只箱子里住着 15000—20000 只勤劳的小蜜蜂，跟传统养蜂不同，小蜜蜂住进这个数字化'小洋房'后，我们通过对蜂箱温度、湿度的分析，可准确得知蜂群的生活状况；对蜜蜂进出蜂箱次数的分析，可得知蜂群是否存在异常；对蜂箱重量的分析，可清楚判断出蜂蜜是否已经成熟……"给村里送来 200 箱蜂群的陈平华自豪地介绍。

数字化养蜂，一只蜂箱短短一个多月就能采十来斤蜂蜜，而用传统的养蜂方式，一只蜂桶一年最多能采十五斤左右的蜂蜜，智能养蜂的蜂蜜产值相比传统养蜂大大提升了。

从那天起，200 个智能化蜂箱在源塘村的山坡上安了家，成千上万的蜜蜂成为村民的好朋友……

陈平华说自己是一个"蜜蜂控"，蜜蜂在他眼里就是一只只可爱的小精灵。因为喜欢，才会深入研究；因为喜欢，十多年前，他就有了做新时代养蜂人的念头。

远行过的人通常与家乡有着难以割舍的情分，无论过多久，无论走多远，家乡是每个人都忘不了的地方。正是基于人们对家乡的这份情感，才引爆了 2020 年院线大片《我和我的家乡》的热映，也让陈平华这样的远游异国他乡的企业家满怀热忱地归来创业。

2018 年年底，他回到大下姜源塘村创办了莫岛蜂业。

莫岛蜂业是让蜜蜂住进全智能化蜂箱的数字化养蜂企业，也是造就了全流程可追溯、可标定的生态蜂蜜的缔造者。

2019 年 2 月 9 日，陈平华悄无声息地把 200 个蜂箱放进里千岛湖大下姜源塘村。4 月，莫岛蜂业就已经拥有 2000 个蜂箱，形成了较大规模。5 月 18 日，"首届中国数字化蜂业高质量发展峰会"在枫树岭镇举办。

2020 年年底，莫岛蜂业在源塘村的蜂箱数量将达到 1 万箱，同时能解决 100 人的就业问题。而且他们从大下姜出发，目前已经在黔东南麻江县、丹寨县建立了基地，未来将在全国布局基地。

赠送给村里的那 200 箱小蜜蜂也到了产蜜的季节，产下了 1000 多斤优质百花土蜂蜜。

数字化生态蜂业帮助源塘村村民找到了一条甜蜜致富之路，这 1000 多斤蜂蜜如果全部卖掉，可增加村里经营性收入 15 万元以上。陈文平的心里自有一本账。

以前源塘村的村民们非常羡慕隔壁下姜村的发展，现如今，他们也成了大下姜的一员。在家门口就有一份这么好的工作，让他们对未来充满了希望。村民们认准了一个理：下姜村变好了，肯定是要带动周边的村子一起慢慢变好的。公司慢慢地成长，村民的生活也越来越有奔头了。

在"共抓大保护、不搞大开发"的发展背景下，数字化生态养蜂是大下姜枫树岭镇探索绿水青山转化为金山银山所走出的新路子，是推进农民实现增收的一项重点产业，更为今后"消薄增收"提供了一条新的路径。

三

在枫树岭镇公路旁，有一片690余亩的茶园，犹如出尘之雅士，静谧悠然，它的名字叫——丸新柴本有机茶园。

2020年，《我和我的家乡》电影摄制组曾慕名来到这片美丽的茶园取景，演员雷佳音还在这里背着收割机采过茶呢。

茶园的主人叫郭松梅，在十五年前，她怀着对抹茶工艺的热忱，毅然从日本回国创业。在好友的推荐下，她把创业首选地放在了大下姜枫树岭镇汪村的一片荒山和库区。

很多来这儿喝茶游玩的游客初见郭松梅，都会见到她穿一身精致合体的和服，化着淡雅的妆容，低眉细目，为大家款款倒上一杯清香四溢的茶。大抵是爱茶且常年接触茶的缘故，郭松梅身上自然流露出一股"茶香"气质。

"茶文化自唐代传入日本，经过岁月的锤炼，形成了独具特色的茶道，它的精髓在于和、敬、清、寂的理念，通过主客之间敬奉和饮用一碗茶，教我们处理人际关系的诀窍，学习融洽相处、互相敬奉的生活态度。"每当来到茶园的客人与她谈起茶道时，郭松梅就禁不住滔滔不绝起来。

郭松梅原本是一个地地道道的大连姑娘，没有高学历的光环，曾是普普通通的银行职员。20世纪90年代末，抱着改变生活状态的初衷，她随着出国大潮去了日本，并嫁入静冈县的茶叶世家柴本家。夫家祖上从事煎茶产业，到她丈夫这一代已经是第四代茶人了。

刚入柴本家的时候，郭松梅在家属中是被歧视的。婆婆对她严厉有加：不准化妆，不准穿好看的衣服，只能做好家务，再帮助丈夫做些力所能及的事情。郭松梅谈起自己在日本当媳妇的过往，满是心酸："电视剧《阿信》大家都看过吧，在日本当媳妇的初期就像剧中那个样子。

而我是一个自立要强的女人，总想自己做点事情，脱离束缚，改变日本固执的年长者对中国媳妇的偏见。我曾经尝试过多种工作与生意，最终以无法坚持而告终。"

直到有一天，郭松梅婆婆带她参加了里千家茶道的练习课，这个中国媳妇对茶道的痴迷由此开始。日式的茶庵、古旧的栅栏、斑驳的石灯、茂密的苔藓……一物一景仿佛把她带入了几百年前的庭院。

郭松梅对抹茶产生了浓厚的兴趣，想回国开创另一片天地。她同丈夫商量了一下，取得了丈夫的大力支持。

怀揣着梦想，郭松梅于2005年回到了国内，寻找适合栽种有机茶的土地。在时任浙江省农业厅经济作物局茶叶科科长罗列万指引下，她来到了千岛湖枫树岭镇这片美丽的世外桃源。

当时，郭松梅在枫树岭镇汪村承包了690多亩的荒山和库区，改田造地，种植茶叶。茶园的规划，茶叶的选种、栽种，都是由中国农业科学院茶叶研究所的王立教授指导进行的，经过十年的精心培育，茶园呈现出了勃勃生机。

2010年，郭松梅又购入土地加盖工厂，购入设备做抹茶原料的生产加工。当时没有生产碾茶的技术，茶园管理又与普通茶叶厂不同，资金相当缺乏。

郭松梅的身份特殊，已经定居日本并取得了永久居住权，而在国内向银行贷款融资，没有身份证和国内户口是不行的。怎么办？她先后卖掉国内三套房产，暂时缓解了资金压力。郭松梅可以说是破釜沉舟，非要在这枫树岭镇的茶园里闯出一条大路来。

2014年年初，郭松梅又投入研发经费50余万元，打造有机茶品牌"千贺源"：主要销售她的茶园生产的白茶、碧螺春、千岛湖龙井、千岛湖红茶，同时也带动周边茶农种植有机茶的兴趣。她的现代茶饮店"抹茶千家"也应运而生，以抹茶粉为主要原料，做成时尚健康的饮品和甜品，包括抹茶拿铁系列、抹茶甜点系列、抹茶冰激凌等各种抹茶周边产品，一时之间，"抹茶千家"成了千岛湖当地的网红店，吸引了大量年轻人前来打卡品尝。

直到 2018 年，随着大下姜乡村振兴联合体规划方案的有序推进，郭松梅的茶园更成了大下姜农业产业闪亮的明星。每年，省里、市里的领导都会到她的茶园走访指导，从而也更加坚定了郭松梅把普通茶业向品牌农业提升的决心。

"可别小看我的茶园哦，从建成到现在，我给周边村民发的工资总计也有 1200 多万元了呢。"郭松梅谈起她的贡献，丝毫掩饰不住脸上的笑意。

随着日益发展的大下姜对周边的影响的扩大，郭松梅看到了巨大的商机。如今，她终于下定决心，放弃了在日本的永久居住权，卖掉了在日本的最后一套住宅，带着小儿子住进了千岛湖的这片茶园之中。

"现在，我可是一名地地道道的新千岛湖人了。这片土地是我梦开始的地方，千家就是在千岛湖落地安家，这片热土就是我的第二故乡。"郭松梅一边沏着芳香四溢的茶，一边微笑着说道。

四

白露时节，枫树岭镇凤凰庙村的香榧基地内绿意葱茏，一片热火朝天的忙碌景象。

这块面积 500 多亩的香榧林已进入采摘季，基地负责人、凤凰庙村党支部书记廖龙建不时地叮嘱正在采摘的林农："挑有裂缝的先摘，采摘时尽量小心，不要伤到嫩枝条。"

基地内，一排排的香榧树枝繁叶茂，长势旺盛。高三米左右的香榧树上，挂满了一颗颗绿油油、圆滚滚的香榧，有的枝条上缀满了果实，已经垂到地上了。忙着采摘的林农，胸前挂着采摘筐，熟练地将香榧摘下，装入筐中，脸上洋溢着丰收的喜悦。

看着满树的香榧果，廖龙建露出了久违的笑容。2020 年是基地的第一个丰收年，预计青果总产量将超过 2 万斤。由于基地海拔高，昼夜温差大，再加上一直是无公害栽培管理的，香榧质量非常好，早在 2020 年 5 月，已有客户预订他的香榧果了。现在摘下的青果，过几天就有厂家来基地购买，按青果每斤 20 元的价格，预计今年卖香榧的总收入将超过 40 万元。

很难想象，这块香榧基地 2019 年只有区区不到 1000 斤的产量，就连购买有机肥和支付基地工人工资的投入都赚不回来。回忆前些年香榧种植的往事，廖龙建感慨万分。

他说："走种植香榧之路，科技真的是第一生产力。以前因为不懂技术，没有掌握授粉的方法、时间，香榧挂果很少。2020 年以来，县林业局多次派人到基地'问诊把脉'，并联系香榧专家到基地服务，手把手指导，让我受益颇多。授粉期间，天气良好，技术到位，香榧授粉一次就成功了。加上管理得当，2020 年的香榧产量一下子就上去了，足足是去年的二十倍，真是不敢想象。"

别看现在这个香榧基地如此欣欣向荣，要说起廖龙建的香榧之路，其实也颇为曲折。

2009 年，在杭州市经商多年的廖龙建事业有成，也算积累了一些家底，因为是能人，村里让他回来担任村干部。起初，他除了大事、要事回村开会商量，具体事务都委托村委会主任处理。自从大下姜联合体指挥部挂出作战图、时间表后，32 个村形成了"村看村、村帮村、村比村"的你追我赶的氛围，他就再也坐不住了，把公司甩给妻子一个人经营，自己则一头扎进村里，一心带领全村百姓兴产业、抓治理。

廖龙建先后在村里的山地里发展过板栗、黄桃等种植项目，可惜天不遂人愿，其结果都不尽如人意，眼见肥沃的田地一次次荒芜下来。

一个偶然的机会，廖龙建跟朋友大倒苦水，有几个诸暨朋友跟他说："香榧种植业投入大、周期长、操作难，但是价格高，回报率很高，你搞不搞?"

"搞!怎么不搞?能赚钱就搞!"廖龙建不由得想到村里有好多木榧树都长得这么好,香榧肯定也种得出,完全可以一试。

说干就干,廖龙建随即就跟着这几个诸暨朋友前往他们所说的香榧种植地区考察。

到朋友所说的香榧种植地谷来镇参观了一趟后,廖龙建整个人都惊呆了。

就在一个窄窄小小的山坳里,种满了香榧,地方着实不大,还没他们凤凰庙村那边山地的一半大呢!就是这么个小山村,廖龙建亲眼看到一个七十多岁的老人随手就拿出几万元的现金去镇上采购,村里几乎家家户户都开上了小车,住着宽敞阔气的楼房。

被现实所震惊的廖龙建决心就干种植香榧这一行了。

回到凤凰庙村后,廖龙建承包村中荒山发展香榧产业,在县林业部门的帮助下,首期的150亩基地满满地种上了一片香榧苗。

香榧苗从种下去到产生收益,起码要八九年时间,也就是说在这八九年里,只有投入,没有收益,廖龙建能顶得住吗?

顶不住也得顶,廖龙建这样对自己说。

为了在这八九年里能支撑住他的香榧基地,廖龙建又在枫树岭镇上投资开了一家酒店,把酒店的所有收入投到香榧基地里面。

"那些年两头跑,确实是又难又累,不过还是撑下来了。"廖龙建回想往事,是满满的感慨。

说起来,廖龙建在种植香榧期间,还碰到了一件令人哭笑不得的事。当时他种了一批树苗下去,第二天发现有300多株被偷了,要知道一株香榧树苗就是150元,这损失就得四五万元哪。

"干吗不报警?"有人问。

"那时候村里人穷啊,他们也知道这是香榧苗,偷去总不可能拿去当柴烧吧,肯定也是偷偷栽到自己的山里了。"

"那就去山里看看，是哪家偷去种了。"

"算了算了，就算扶贫了吧，谁叫我们村穷呢？不穷谁会偷？"

廖龙建还是一门心思地钻研种植技术，顺便也把香榧苗看管得更严了。

八年坚守，终于守得云开见月明，廖龙建从香榧产业的门外汉成为一名专家。对于今后的发展，他更有信心了。

如今，他不但自己有150亩的香榧地，还带领着村民种植了香榧500余亩、蔬菜120余亩，要说起来，当年曾经偷过他香榧苗的村民真该好好谢谢这个大能人呢。

2019年，村里农民人均收入21283元，同比增长近16%。

在他的影响下，大下姜已有三位在外创业的村支书返乡融入到乡村振兴的洪流中。地瓜干、冬笋、山茶油、葛粉、蜂蜜、橘子……这两年，大下姜的村支书们每年都会拉着山货进省城，吆喝自己的农产品。

这不，在2020年疫情之后，大下姜农产品统一销售展示中心也顺利开业了。在这里，不但有更多的农产品汇集销售，还组织了多次眼下最时髦的直播带货活动，大下姜的农产品走出了千岛湖，走出了杭州，走向了全国！

五

行走在大下姜这片焕发生机的大地上，我们时时感受到大下姜的发展后劲和蓬勃朝气，感受到基层干部群众的不懈努力和创新精神。

大下姜32个村，山连着山，地接着地，亲带着亲。可是多年以来，只有下姜村发展最快，富得最快，一直独占鳌头，一枝独秀。随着大下姜联合体规划三年行动计划的落地实施和大下姜联合体的运行，大下姜区域的老百姓的日子越过越红火，共同富裕的工作机制全面形成，绿水青山转化为金山银山的通道正在拓展，乡村面貌越来越美，群众精神风貌越来越好,获得感、幸福感、安全感持续提升。

大下姜联合体党委书记洪永鸿用"八变"归纳大下姜的变化,那就是:观念变新了,村庄变美了,路子变宽了,腰包变鼓了,主体变活了,产业变旺了,民风变淳了,队伍变强了。

大下姜联合体首先带来的是观念上的转变。联合体的组建,有效破除了行政、资源、文化、环境、市场、利益"六大壁垒",进一步激发了工作主体、群众主体和市场主体的创造动力,形成了周边乡镇、村社"对标下姜、追赶下姜"和"融入大下姜、共享大发展"的浓厚氛围。在大下姜,"绿水青山就是金山银山"的生态文明理念深入人心,他们以"不改变人文风貌、不破坏生态景观、保持乡土味道、留住田园乡愁"为出发点和落脚点,开展村庄建设和产业发展,使得水更清、山更绿、天更蓝、村庄更美成为大下姜的常态。目前,大下姜区域森林覆盖率始终保持在86%。2019年,成功创建下姜国家4A级旅游景区。

大下姜的发展拓宽了村民的致富路径,联合体实施以后,建立茶叶、红高粱、番薯、中药材、中华蜂等党建"消薄"基地,开办大下姜共享酒厂、共享榨油厂等经济实体,开展"书记进城卖山货""大下姜红高粱文化节"等特色活动,形成"企业加工销售、村集体入股联营、党员技术培管、农户种植增收"等"消薄"模式。2020年1月至9月,大下姜的村集体经济总收入达到1288万元,经营性收入达到720万元,其中17个村已完成"3020""消薄"任务(村集体经济总收入达到30万元以上,经营性收入达到20万元以上)。

与此同时,老百姓的腰包鼓了起来。随着枫常公路改建工程、大下姜共享水厂等重大项目的顺利推进,农村基础设施明显改善,发展动力逐步增强,农民生活品质越来越好。据统计,2019年,大下姜实现农民人均可支配收入2.88万元,同比增长15.3%,比2017年增加7500多元。农商银行数据显示,枫树岭镇2020年7月底的个人储蓄存款余额比2018年7月增加31%,大墅镇同期增幅25%。

大下姜联合体让主体变活了。2019 年以来，新增民宿 27 家，相比 2017 年增长 73%，投资住宿餐饮业贷款 1121 万元，与 2017 年相比增长 190%。新增下姜妙方、莫岛蜂业、满姜红文旅、金淳农业、禾通农业等规上企业 10 余家，新增杭州东枫产业园管理有限公司等税源企业 146 家。建立大下姜人才支援站、浙江农林大学大下姜专家工作站、乡村振兴学堂和"千岛湖梦想大讲堂"等高层次人才团队，先后吸引乡贤和年轻人 200 余名返乡创业。

联合体建立后，加快了培训、乡村旅游、农林、文创等产业发展，形成了核心区旅游培训产业带、铜山片中药材产业带、夏峰片红高粱产业带、白马片农特产品产业带四大区域特色产业集群。2018 年至今，已累计培训 2.3 万人次，实现培训收入 900 余万元，其中 2020 年 1 月至 9 月完成培训 58 期，培训 7600 人次。2018 年至今，累计接待游客 282 万人次，住宿游客 16.3 万人次，实现旅游收入 1.4 亿元。实施"129"农林产业振兴工程，中华蜂、红高粱、红薯、葛根、茶叶等农产品实现全产业链开发。

在大下姜联合体党委的引导下，民风变淳了。他们坚持党风引领乡风建设，深化村规民约、族规家训、群英智囊团、老姜调解室、村级综治中心"五个一"治理举措，开展"最多跑一次，信访代办"试点，不断提高网格内矛盾纠纷排查化解率，确保"小事不出格，大事不出村"。大下姜联合体持续推进"四种人"首提地建设，深入开展大下姜建设贡献奖表彰、"党建双强"创建、最佳班子评选等工作，有效地激发党员干部人人争当"四种人"的信念和决心，焕发出干群齐心协力、凝心聚力，共同建设美好家园的精神风貌。

联合体成立后，围绕"多主体参与，多机制联结，多要素发力"的目标，通过人才、技术、资金、信息等资源要素的导入，培育研发、生产、营销等全产业链体系，发挥孵化器核心作用，推动产业转型升级，使大下姜经济从单打独斗走向抱团发展。目前，联合体理事会已吸纳区域内农工商企业、农民专业合作社、乡村民宿经营户和文创业主等市场主体 168 家。

随着一家家企业的入驻、一个个项目的启动、一项项工商资本的注入，大下姜吸引了许多年轻人返乡创业，成为产业带头人，成为新农人和农创客，涌现出诸多新业态，联合体孵化器服务功能日益显现。

联合体又与科研院校合作，组织专家教授为当地农民开展各种培训，2019 年培训就达 1500 人次。"引智+育人"模式，搭建起了以院校教授为引领、以外出回归人才为示范、以新型职业农民和农村实用人才为重点的"人才塔"。

人才的引进，项目的落地，让大下姜插上了腾飞的翅膀。

大下姜通过"产业+旅游"的思路，把资源盘活，让产业兴旺；把乡愁留住，让客人流连；把文化做透，让故事传扬；让乡村有故事，田园变风景，"青山"变"金山"。目前，大下姜已建立星级旅行社结对 32 个村的营销服务机制，使乡村旅游产业持续升温。

从大下姜的生动实践出发，解剖大下姜的成功案例，我们看到一种全新的乡村振兴模式正在形成。为充分发挥大下姜模式在乡村振兴中的创新引领作用，落实浙江省委"要把'大下姜'的经验运用到全县去，整体加快乡村振兴"的指示要求，大下姜联合体目前初步形成"135"机制模式，即一个机制、三种模式、五项标准。一个机制，即大下姜乡村振兴联合体"四共八联"机制（平台共建、资源共享、产业共兴、品牌共塑，机制联、平台联、项目联、产业联、市场联、品牌联、载体联、服务联）；三种模式，即绿水青山转化金山银山的发展模式、党建引领的共富模式、乡风文明的治理模式；五个标准，即美丽乡村操作手册、乡村旅游服务准则、农林产业生产标准、生态保护运维规程、红色教育培训规范。大下姜联合体的组织创新和特色做法被农业农村部确定为全国 12 个村级乡村振兴典型案例之一，被评为 2019 年杭州市改革最佳实践案例。

中共杭州市委宣传部副部长、杭州市新闻出版局局长应雪林认为，大下姜联合体的运行，为中国乡村治理模式提供了一种新的路径，它的意义在于打破区域壁垒，激活主体，资源共享，创新了农村管理机制，是今后一个时期中国乡村振兴值得推广借鉴的新路子。淳安县目前已在全县建立八个区域功能性联合体，而大下姜为中国农村治理提供了一个典范。

在大下姜，每年 11 月 9 日被设定为"大下姜感恩日"，弘扬"心怀感恩，励志奋进"的"大下姜精神"，并落实到推进乡村振兴各项工作中去。

2020 年是全面建成小康社会的实现之年，也是全面打赢脱贫攻坚战的收官之年，淳安县始终牢记习总书记的嘱托，深入实施以强村富民、强村带弱村、先富带后富、周边融合带动的"一强三带"为主要内容的"我们一起富"行动，联动融合推进富民增收。同时，根据省市要求，按照"务实、管用"原则，明确阶段目标、制定工作任务、细化项目清单、汇聚政策要素，扎实推进五年行动计划的编制和实施。大下姜这艘乡村"航空母舰"，正在"梦开始的地方"，向着阳光，朝着幸福再一次扬帆启航，奋力前行。

当我们在大下姜诗画般的仙境中沉醉的时候，仿佛看到，一只只身披五彩的凤凰在香榧林、桑树、黄栀子树、桃树、雷竹等万千植物掩映的凤林里，蹁跹起舞，凌空展翅，然后带着大下姜人的感恩和美好的展望，向着中华大地的天空振翅飞翔。

第 五 部

文武上田

初夏的临安，山川秀美，风光旖旎，阳光朗照，绿色铺陈。

千年的锦城，历史悠久，积淀深厚，钟灵毓秀，文脉绵长。

临安自五代吴越国以来，就是诗人文士所称道的地方，尤其是吴越国王钱镠出生并归息于此，为这里披上了神秘的色彩，被称为"吴越古色"，为世人瞩目。临安素有"天目千重秀，临海十里深"和"杭州后花园"之美誉。

杭徽高速和 02 省道，像两条腾飞的长龙，贯穿临安，连接东西，带动临安在新世纪快速发展。

临安是浙西北的重要生态屏障，有天目山和清凉峰两个国家级自然保护区，青山湖国家森林公园和大明山风景名胜区景色迷人，闻名遐迩，由此成功创建"国家生态文明建设示范市县""国家森林城市"，跻身"中国全面小康十大示范县市"，荣登"中国十大最美城镇"榜首，创造了中国全面小康发展的"临安样本"。

临安在得天独厚的地域条件基础上开展的各种文明实践，尤其是在建设小康社会和乡村振兴工程方面的实践，不仅改善了农民的生活环境，也让临安农村成为一道美丽的风景线。板桥镇的上田村就是临安百里画廊、千里画卷上一颗闪亮的明珠。

　　在上田村，我们感受这里的历史和民风，感受这里的秀美和富丽，感受这里的变迁和发展。

　　上田村虽然只是杭州市临安区一个普普通通的山村，却是中国成千上万个农村创新发展的缩影。这里正在发生着细微而又巨大的乡村变革，它既是浙江省农村文化礼堂的发源地，又是全省第一个"微法庭"的诞生地，成为"枫桥经验"的升级版，成为"绿水青山就是金山银山"理念的实践者和获益者。自治、法治、德治"三治融合"的"上田做法"，被推向更多的乡村。"文武上田"仿佛插上腾飞的翅膀，声名远播。

　　走进上田，解读上田，探究上田。上田村正以其独特的文化肌理和创新变革，向人们展现当代农村的小康画卷，展示当代乡村治理的善治追求，展露当代农民的精神风采。

第一章

茶乡竹海的馈赠

一

对于村支书潘曙龙来说，这一辈子最熟悉、最执着、最用心的事，就是打理自己的村庄。有时候他像一个庄稼人侍弄花花草草一样细心周到，有时候像经营企业的总经理一样精心运营，有时候又像是祠堂总理一样贴心地服务于村民，判断是非，调解纠纷。

他在村里扮演着多种角色，但在他看来，上田村党总支书记这个职务是崇高的、神圣的，因为他是党组织的人，是上田村村民的领头羊。他常常会走到高处，眺望全村的面貌。上田村是一个大村，包含 8 个自然村，分布在长长的牛肩岭上，全村有农户 560 户，总人口 1901 人。这里的一草一木，都和他结下了深厚的情谊。

上田村地处风景秀丽的凤凰山北麓，像是镶嵌在青山湖东南面的一颗明珠，仙溪终年流水潺潺，山清水秀。清乾隆年间的《临安县志》中载有上路里、田坞里的地名，而上田村的村名就是取西边的上路里、东面的田坞里两个自然村的首字而得名。

上田村历史悠久，文脉流长，有"茶乡竹海"的美誉。在潘曙龙看来，"茶乡竹海"是大自然对上田村最优厚的馈赠，而"文武上田"则是上田村的精神财富，两者缺一不可，相辅相成。

2004年1月15日，时任中共浙江省委书记习近平同志来临安考察调研时，充分肯定了临安的生态建设。近年来，临安牢固树立"绿水青山就是金山银山"理念，在生态发展模式和区域治理上不断创新。上田村便是近年来涌现出来的美丽乡村精品线建设的一个典范。

上田村村民用自己的实践，证明了"三治融合"乡村振兴的路子是正确的。这些年来，上田村先后获得了全国民主法治示范村、浙江省文明村等二十多个荣誉称号。他们以"茶乡竹海"农业发展为基础，以"文武上田"文化传承为特色，以"三治融合"乡村治理为模式，努力将上田村打造成"全国乡村振兴样板村"。

2005年5月初的一天，潘曙龙接到在公安局工作的一个同乡的电话，说有要事商量。

那时，潘曙龙开着运输公司，生意做得风生水起。他想：公安局的同乡找我会有什么事呢？第二天，他忐忑不安地开着车赶到公安局去见同乡。

这个同乡开门见山，直奔主题："我在外面工作，常常听说上田村乱成了一锅粥，作为上田人，我头都抬不起来。上田村乱成这样，你回去竞选村委会主任吧，好好管理管理，让上田村有个大变化。"

潘曙龙愣在那里。过了一会儿，他说："我还不是党员呢，也从没想过要当村干部。"

同乡说："年轻人要积极上进，先竞选村委会主任，再申请入党也不迟。"

潘曙龙说："让我再考虑一下。"

同乡说："离村委会竞选还有半个月，你就别犹豫了。"

潘曙龙在此之前还从没想过要当村干部。迫于生计，潘曙龙很早就辍学了，办过一家很小的节能灯具厂，也跑过运输，从承包车辆到自己买车，后来还开了物流公司。他是全村第一个买轿车、第一个使用"大哥大"的人，算是改革开放富起来的第一代人。那时，他一门心思想着怎么做老板，怎么把生意做大。可现在，他要想的是如何把上田村管理好，也许这才是他这辈子要做的正事。

那段时间的夜晚，他常常辗转反侧、彻夜难眠，他悄悄地起床走在村道上，月色朦胧，思绪茫茫。

他想起父辈的创业和艰辛。父亲在村里担任了二十多年村支书，从20世纪60年代干到了80年代，曾经创办了砖瓦厂、造纸厂，还建造了千人大会堂，受到村民的拥戴。后来，父亲被调到板桥乡工业办公室任主任，村民们还很不舍。

这么多年过去了，上田村却颓败得像一盘散沙，村里负债数十万，班子领导不力，民心涣散，斗殴不断，治安混乱。潘曙龙想，新时代的农村怎么能这样乌烟瘴气呢？当时国家已经提出了建设社会主义新农村的口号，但上田村却仍然是老样子。应该怎样走出农村治理的困境呢？

过了两天，潘曙龙把自己要竞选村委会主任的想法告诉了胡伟民。

胡伟民这些年来一直和他一起跑运输，也是一个热血青年，兴奋地说："你要是回村当村委会主任，我们几个就跟着你一起回去，助你一臂之力。"

半个月以后，村委会选举如期举行，潘曙龙以87%的得票率当选上田村村委会主任。他把物流公司交给同伴打理，并实行"休克"疗法，慢慢退出市场，自己则回到村里一门心思当村委会主任。

潘曙龙回村当主任成了村里的头号新闻，村民们议论纷纷，不知道阿龙葫芦里卖的是什么药，好端端的运输公司老总不当，大钱不赚，回村里收拾烂摊子。也有人猜测，阿龙一定是钞票赚饱了。一时间，村里说什么的都有，潘曙龙只当是耳旁风，不去理会。

那天，新一届村委会第一次召开会议，潘曙龙走在去村里的大礼堂的路上，就被几个人拦住了。

其中一个人对他说："潘主任，你回来得正好，村里拖欠的工资，你发给我。"

还有几个人干脆一直跟他到了大礼堂。办公室、会议室设在二楼，一楼是造纸厂。

会场上也乱哄哄的，吵成了一锅粥。

等大家稍稍安静，潘曙龙对村干部们说："今天是让大家来开会，不是来讨债的。如果你是为了讨这十几元工资，你就不要来开会。开会的目的是什么？就是要商量上田村怎么走出困境，建设成新农村；怎么带领村民们走出一条致富的道路。把上田村建设好，党员有责任，我们村干部也有责任。"

潘曙龙掏心掏肺地和大家说："我呢，文化程度不高，以前又没当过干部，不怕大家笑话，今天要开会，我昨晚在纸上写讲话稿，写了又改，改了又写，折腾了大半宿。但我想，只要依靠党组织，依靠集体的力量，依靠村民的信任支持，就没有干不好的事。"

与会人员纷纷点头称赞。

接着，潘曙龙又说："从今天起，我要约法三章，如果大家没意见，就要执行。一是开会要守纪律，不迟到早退；二是干部开会一律不开误工费；三是'一支笔'报销制度，加强村委会的财务管理。"

大家都为这约法三章叫好。当时，村里欠债 40 多万元，砖瓦厂欠银行贷款 18 万元，还欠着村民们各种各样的款项，村委会的财务管理很混乱，只要有村委会领导签字，就可以从出纳那里领钱。

尽管潘曙龙在会上宣布了"一支笔"报销制度，可还是管不住，事后他发现一些没有经他签字的报销单，出纳照样把钱付出去了。

潘曙龙把出纳找来狠狠剋了一顿："家有家规，村有村规，这个制度一定得执行，不然如何管理？"他给出纳下了死命令："凡是没有我签字付出去的钱，你一笔一笔给我要回来！"

出纳有些委屈，说："以前都那么做的。"但他看到潘曙龙态度坚决，也就不敢马虎，一户一户上门，好话说了一大堆，总算把钱一笔一笔收回了。

潘曙龙动了真格，村民们都对他刮目相看，相信他能把上田村的事管理好。

二

都说新官上任三把火。潘曙龙担任村委会主任后，就想着怎样因势利导，发挥优势，改变上田村的面貌。

他在心里盘算着首先应该做好"茶香竹海"这篇文章。"茶香竹海"就是家门口的金山银山，是上田村村民祖祖辈辈的根。

上田村村域面积 10 平方公里，森林覆盖率达到 75%，生态公益林 3265 亩，保护率达到 100%，茶叶种植面积 1400 亩，竹林面积 3000 余亩。

茶叶是临安"老三宝"之首。明万历年间，天目茶被列为贡品，与龙井、虎丘、天池、阳羡、六安并列为六大佳品。清宣统二年（1910），天目云雾茶在中国首次以官方名义主办的国际性博览会南洋劝业会上获评特等金质奖。20 世纪 80 年代，天目茶产业规模达到全国第三、浙江第二，临安成为我国眉茶出口的重要基地。近年来，天目青顶入选"杭州十大名茶"，获国家地理标志农产品认定。2012 年，临安被授予"中国名茶之乡"称号。所以，潘曙龙首先把目光投向上田村的这一片茶乡。

上田村属于龙井茶钱塘产区区域，是天目龙井重点产区，有着传统手工制作茶的悠久历史。这里的茶叶基地大多处于海拔 300 米至 600 米以上的马安山、前山畈、九池山、叶家岭等地，茶叶以其精美的外形、醇香的肉质，深受消费者青睐，远销省内外，并多次在全国茶叶品评中夺冠，获得诸多奖项。

1985 年，名优茶开始走俏市场，受余杭、富阳两县生产龙井茶的影响，上田村全面恢复手炒旗枪茶。家庭作坊生产量小，出售茶不方便，于是在村边设立名茶夜市，有二十余个摊位百余人交易，成为上田村龙井茶自由交易集散地，并出现茶叶贩销大户，一年销售名茶 40 余吨，销售额 400 余万元。1990 年之后，当临安县大宗茶低迷时，上田村却因大力发展龙井茶已走出低谷，名优茶生产出现勃勃生机，全村名茶灶达 500 只。2000 年，茶园面积稳定在 50 公顷，一年产茶 75 吨，并注册"上田龙""悦田"两个商标，建造两座名茶加工厂，由手工炒茶过渡到机械制茶，工效提高三倍多。

潘曙龙和其他村干部们通过土地流转，上田村成立了两家茶叶专业合作社，建成了两个标准化茶厂，总面积 3000 平方米，并培育茶园种植面积 1400 亩，年产值超过千万元。振兴临安茶叶五年计划启动仪式就在上田村举行，大大鼓舞了上田村的茶农。

在这些大户的带动下，上田村变成了板桥乡最重要的茶叶基地，成为改良茶树树种的示范，以村为单位计算，上田村的名优茶产值居临安榜首。上田村的茶叶外形精美，茶水汤色清澈，回味醇香，多次在各类茶叶评比中夺冠。上田村的茶叶香飘万里，还被指定为浙江省政府会议用茶。

尤其值得一提的是茶叶专业合作社，集茶叶生产、收购、加工、包装、销售服务于一体，依托临安良好的区域优势和生态环境，实行了统一生产标准，统一操作规程，统一注册商标，统一收购、加工、包装、销售，并制定了严格的茶叶生产加工管理措施和合作社管理制度，提高产品质量，促进规范化建设，推动产业化发展，成为上田村的品牌项目。

1996 年 3 月，中华人民共和国林业部（现林业和草原局）命名临安为"中国竹子之乡"，为"中国十大竹子之乡"之一。上田村是一个竹产业十分发达的典型村落，因为毛竹资源丰富，竹产业成为上田村的支柱产业，包括冬季的"孵笋"经济。"汉仙""玉川"生熟纸也是上田村的特产。民国纸业鼎盛时期，上田村造纸作坊曾雇用富阳造纸工匠百余人，并将熟纸直销至苏杭。也许是因为造纸的原因，上田村钱氏族人有习书法的传统。

上田村因"茶香竹海"而名，而兴，而富，而安。"茶香竹海"是上田村村民共享的幸福美丽家园，是上田村的"家底"，也是上田村可持续发展的"家业"。

潘曙龙以"茶香竹海"为底色，开始打造美丽乡村。他要让每一个上田村村民感受到新农村的富裕，让每一个游客都感受到新农村的愉悦。

2008年，潘曙龙被选为上田村党总支书记。上田村党总支部下设三个支部，共有党员83名。

潘曙龙感到肩上的担子更重了。从2005年当选村委会主任后，他就把"千村示范、万村整治"项目作为重点工作来抓。通过几年努力，全村投入150余万元完成道路硬化、村庄绿化、卫生洁化、路灯亮化等工程，让村民看到了希望，上田村也开始进入各级领导的视野，在板桥镇乃至临安崭露头角。

2008年10月，镇里有关部门找到潘曙龙。原来，有一个新农村整治项目，年初由一个村接手，可是到了10月，该项目也动不起来，如果年底不完工，财政就要把补助资金全部收回。镇里领导询问潘曙龙有没有能力接手做这个项目，但如果接手，必须在两个月内完工。

潘曙龙当场表态："这个项目我们做定了。"

回到村里后，他立即召集村两委班子开会，分工落实，第二天就开始全村整治。

村里的党员干部都被发动起来，投入到村庄整治的工作中去。专业施工队伍对几个重点工程夜以继日、加班加点赶进度，终于赶在年底前全面完成了新农村整治项目。

2009 年，上田村投入 30 万元完成了上田社区服务中心的建设，投入 50 余万元完成了污水处理池的建设，先后建成"五室三站""两栏一校一场所"，成为临安市农村新社区示范点和杭州市全面小康建设示范村。

2010 年，上田村共计投入资金 680 余万元，完成"四大节点、五大工程"建设，通过了临安"绿色家园、富丽山村"精品村建设验收。

2011 年，上田村被确定为省级中心培育村。

2018 年，上田村以 4A 级村落景区为目标，打造"文武上田"村落景区，这是上田村美丽乡村建设的一个新的里程碑。

集腋成裘，积微成著。上田村一步一个脚印，一年一个变化，把一个崭新的乡村展现在世人面前。

三

经过几年的努力，完成美丽乡村、精品村的创建，"三治融合"的创新，上田村发生了巨变，村民们看在眼里，喜在心里。而这时，潘曙龙又把目光转向乡村旅游，开始村落景区建设，这是上田村实现第二次飞跃的载体。

担纲上田村乡村规划的主设计师钱燕萍在接手项目后一直处于兴奋状态。她是土生土长的上田人，毕业于浙江农林大学园林设计专业。毕业后十多年来，她做过设计、旅游，看到美丽乡村建设方兴未艾，就创立了浙江创景乡建园林规划设计有限公司。她的业务很专一，只耕耘乡村，这与她是土生土长的上田人有关，她热爱这片土地，只想把乡村建设这一件事做好。她更希望把上田村作为一个完美的作品，呈现在临安3000 多平方公里的土地上。于是，自从接手项目后，她全程跟踪，走村串巷，跋山涉水，园林、建筑、外围的工程项目都亲力亲为，虽然辛苦，但心里有一种归属感、幸福感。早些年，她请了全国有影响力的规划设计专家来上田村，梳理村子里包括土地、资产、文化等各方面的资源，就是要把上田村规划成临安乃至杭州的创意基地，还要成为独特的景区，带动旅游业的发展，带动农户创业致富。

上田村按照4A级村落景区的标准，无论是规划还是建设都要求高起点、高标准，最终的目的是要通过村落景区建设实现经济发展和美丽乡村振兴。

板桥镇专门成立了工作组入驻上田村，加大了工作力度，努力把上田村做成板桥镇的一个样板。村落景区的实践让村庄与景区融为一体，从美丽乡村基础建设升级为旅游产品，走乡村可持续生态发展路线。

一场规模浩大的村落景区建设在上田村全面展开。搞建设，必须破旧立新，拆整先行，拆出发展空间。板桥镇对环湖村到上田村沿线五个村进行集中整治，共拆除违章建筑568处，征迁农户36户。

每一处拆掉的建筑都按照标准打造成花园式景观。过了一段时间，突然有一天，村民们发现上田村变了，变得美了，自己仿佛生活在人间仙境里。

栽好梧桐树，引来金凤凰。2019年，临安区新锦产业发展集团有限公司入驻上田村，专门成立了临安区文武上田文化发展有限公司，为上田村文旅产业发展注入了新的活力。

专业的事要由专业的人来做，文武上田文化发展有限公司入驻后，上田村的旅游业发展迅猛，人气陡升，2019年旅游人数就达到10万多人次，经营收入达到170万元。他们规划了"六个一"活动：一堂课，建立"三治"学院，把上田村建成党员培训和"三治"培训基地；一桌菜，让游客品尝临安风味的土菜；一台戏，打造一台反映钱王传说、吴越文化的歌舞剧；一间房，培育具有上田村农家风味的民宿和农家乐；一分田，把上田村闲置的土地流转起来，做成亲子游学基地；一份礼，把上田村的农产品、文房四宝做成精致的礼品送给每一个游客，让游客有一种满满的获得感和快乐感。

一个有故事、有内涵、能富民的村级景区就这样吸引着四方游客，让上田村走得更远。

第二章

文化礼堂发源地

一

断钢劈石，震撼人心；平衡之术，惊艳全场；魔术杂技，奇幻刺激。一个个达人精彩的绝技绝活表演，让现场观众惊叹不已，不时发出阵阵喝彩声。

2020年1月17日的晚上，上田村文化礼堂里满是欢声笑语，到处张灯结彩。舞台所在的大厅——"上田客厅"里座无虚席，1900多名观众把整个礼堂坐得满满当当。一场主题为"礼堂看村晚 欢乐迎新年"的"村晚"演出正在热闹上演。

可不要小瞧了这场在小小的上田村里举办的"村晚"。

要说到晚会的举办规格，它是由中共浙江省委宣传部、浙江广播电视集团主办，临安区委、区政府和浙江电视台教育科技频道承办的，亲临现场的省里领导就来了好几个；要说到晚会的精彩程度，那可是经过了整整两个月的筹备组织，通过网络征集、地市推荐，从百余名来自全省各地的能人达人中精选出近20人进入最后的展演阶段的。

他们中有屡次上央视节目的农村文化礼堂文艺骨干，有掌握非凡本领的民间器乐达人，还有继承着数百年传统技艺的非遗传承人……个个身怀绝技，非同一般。

演出中有舞蹈、村歌、小品、武术、戏曲等多种表演形式，有来自各地的"民星"带着乡土味、文化味、年味儿的节目轮番上阵，瞬间点燃了新年的气氛。

而作为此届"村晚"的东道主上田村，带来了晚会的压轴节目：书法武术表演《文武上田》。武术表演一招一式孔武有力，书法表演一笔一画风雅飘逸。参加的演员中，年纪最大的六十七岁，最小的才十二岁。

聊起那晚的盛况，村民们至今还历历在目、记忆犹新，言谈之中满是自豪。以前上田村这个小村子里来个乡镇干部都觉得是一件值得炫耀的事，哪会想到有这么一天，不仅市里的领导，连省里的领导都来了。

上田村的文化礼堂，到底有什么巨大的魅力，能在一个小小的"村晚"演出中让全省的文化达人济济一堂，展现他们各自拿手的文化技艺呢？

答案很简单，理由也很充分，那就是浙江省第一家农村文化礼堂就落户在上田村。"农村文化礼堂发源地"——这样的一块金字招牌，让上田村村民备感自豪和荣耀。

"我们村建文化礼堂啦！"

这些年，说起农村文化礼堂，浙江人总是充满自豪。这一创新的乡村文化地标，已经成为燎原的星火，照亮浙江的乡野。

走进浙江乡村，要找文化礼堂，用不着导航，靠眼睛和耳朵就行。太阳下山时，你走到村里，灯光最亮堂、欢声笑语最集中的地方，一定是村里的文化礼堂。

2012 年年底，临安市板桥镇上田村建起全省首家农村文化礼堂。2013 年 3 月，浙江省农村文化礼堂建设工作现场会在上田村召开，决定全面推进文化礼堂建设工作。经过八年多的建设，现如今，浙江省农村文化礼堂的数量已超过1.1万余座。

上田村为什么能成为浙江省农村文化礼堂的发源地？上田村的文化礼堂建设又有什么特别之处？

二

上田村连接山外的是一条崭新的柏油路，山路弯弯，绵延向前，两旁茶山竹海，苍翠欲滴。上田村最引人注目的建筑，就是村中心的文化礼堂。

上田村的文化礼堂，不是一幢单独的房子，而是一片白墙黑瓦的徽派建筑群。

潘曙龙小时候，村里基本上都是徽派建筑，后来慢慢消失了。如今恢复了徽派建筑，就是想找寻老底子的味道，让年长的村民能够回味从前，也让年轻人了解和传承上田文化。

文化礼堂最中间的位置是村文化广场，旁边依次坐落着乡治馆、荣誉室等。东边的一片建筑则设置了小剧场、文武馆、文昌阁等。

文化礼堂室内部分有2700多平方米，室外广场也有几千平方米。下雨时，村民想要有更大的室内活动场所；放假时，小孩子要有地方可去……村干部们边想边建，慢慢地把各种功能都整合进来了。

穿过修葺一新的牌坊和文化广场，走进村史陈列室，能看到琳琅满目的展品，墙上悬挂着"好家风"墨宝和闪闪发光的"十八般兵器"，"两堂五廊"中展示着草鞋、饭竹筒……一段弥漫着精武精神和墨香的村史生动地展现在人们面前。村庄的一次次迁徙和重组，也许能在眼前这个文化广场上找到印记；村庄永不止步的奋进和拼搏精神，也许能在上田人的幸福生活里找到答案。

看着功能齐全的文化礼堂，人们不禁好奇：论经济，上田村算不上特别强；论规模，上田村也不是特别大。"农村文化礼堂发源地"这个金字招牌，怎么就落在了上田村呢？

其实往前推几百年，上田村曾经辉煌一时，这还得从文化广场上的花牌楼说起。

走近上田村文化广场，首先映入眼帘的就是一个新建的高耸气派的石质牌楼，这是上田村的标志性建筑。

牌楼雕龙画凤，气势不凡，石材考究，人文底蕴厚重。牌楼后面，是宽阔的文化广场。沿着村委会办公大楼一直向下走，你会发现这个文化广场可不简单，它的一端是花牌楼，另一端则是一个露天建造的舞台。这个舞台同时又是它身后的文化礼堂的台阶。越过这些建筑再往后看，它们背靠着的青山上有"茶香竹海，文武上田"八个擘窠大字。

其实花牌楼原是上田的一个自然村，这儿原先有一座雕刻精美的木质牌坊，当地百姓称之为"花牌楼"。在花牌楼的正上方，有一块明朝嘉靖皇帝赐封的牌匾，上书"丹凤昂晓"四字；在花牌楼的一侧，有一座拱形的亭子，名叫"清白亭"；清白亭的两侧，一边栽着一棵四季常青的青冈树，另一边栽着一棵高大挺拔的白果树（银杏），一"青"一"白"两棵参天大树，一左一右守护着这个亭子，它们昭示着世人：凡从此处走出去的后人，无论做多大的官，掌多大的权，必须"要留清白在人间"。

说起这个历史遗迹，就得说说上田村历史上的两大世家：钱氏一族与刘氏一族。今日之上田村，"崇文尚武"可说是他们的立村之基、建村之魂。

上田村深厚的历史渊源和尚武精神，可追溯到唐末的武肃王钱镠。临安上田村的钱氏家族，是富阳赔销坞钱王后裔在三百年前迁徙过来的。据说赔销坞钱氏有三兄弟，老二离开老家富阳另谋生路。他是傍晚时点着灯笼行路的，讲好走到哪里灯笼灭了，就在哪里落脚。走着走着，来到上田村鱼坑里，灯笼黑了，钱家老二的一家人就在上田落了户。

钱家老二是临安钱武肃王的后代，从小练武功会拳术。到了上田村，他邀了一班年轻人学习武术，他说学武术不是为了去打击别人，而是为了防身健身，也可扶正压邪。遇到邪恶不法欺压善良的坏人，就可惩罚他，当然要遵守法度，不可伤人害命，不能惹事犯法，要保境安民，这是祖先武肃王的谆谆教诲，村民们祖祖辈辈牢记于心。在他的带领下，钱氏后裔个个崇文习武，十八般武艺样样精通。清朝末年民国初年，社会动荡不安，匪贼多如牛毛，上田村一带的村民依靠十八般武艺保卫家园，比邻村要安定得多，毛贼土匪知道上田村有很多人会武功，一般不敢轻易冒犯。

民国十八年（1929），钱大顺、钱金山兄弟二人还曾包揽了全国武术对抗赛散打的冠亚军，尚武的上田村从此名声大噪。女拳师钱金花自创的"金丝拳"也一度名震武林。上田村的十八般武艺也由此达到鼎盛，慕名前来拜师学艺者络绎不绝。在此后的数百年间，上田村家家户户都保持着习武的传统，尤其是南拳、舞狮为一体的武术技艺，多次在各类比赛中摘金夺银。2012年，上田村的十八般武艺经临安市（今临安区）、杭州市推荐审核公示批准，入选浙江省非物质文化遗产名录。

至今，钱氏后裔在上田村尚有五百余人，占全村人口的四分之一左右。老祖宗的勇武精神世代流传，历千年而不衰。

而上田村的深厚文脉亦可追溯到八百多年前迁徙至此的刘氏一族。因躲避战乱，刘氏世祖从江西梓溪迁徙至此，崇文尚儒，后世成为官宦世家。刘氏家族曾经出过四位进士，其中第九世孙刘景寅，曾任刑部侍郎、兵部郎中等官职，成为朝廷要员。因其为官清正廉明，刚正不阿，不畏强暴，不图私利，深得嘉靖皇帝的宠爱，故赐予匾额，允许在其家乡建花牌楼与清白亭，以昭连表。但刘景寅终因政务操劳过度，卒于任上。其灵柩运回家乡，埋葬在洪基山坡上的祖坟墓地。

往事如烟，世事更替。嘉靖皇帝所赐的匾额与雕刻精美的花牌楼早已不复存在；清白亭也在凛冽的风霜雨雪中轰然倒塌；唯独当年守护着清白亭的生命力顽强的青冈树与白果树，缘其深厚之根基与不屈之精神，历经刀斧砍伐、风霜雨雪，至今依然根深叶茂，傲视蓝天，守护着先人之清白遗训。

现今，刘氏一族在上田村尚有百余人丁，他们坚守着先祖的遗训，在这块风水宝地上繁衍生息。这两个世家的后裔仍在村里栖居，祖上的儒雅之风和勇武精神，世代相传。

怎么才能对"文武上田"中的文与武进行深度挖掘，让上田村的优秀传统文化从尘封的历史中走出来？如何推动上田村的"文武"文化转化为经济效益？这是潘曙龙一直在思考的问题。

他和村里的文化人一起翻开家谱，梳理上田村的历史脉络和文化渊源，搜集整理了村里的许多文化遗存。好不容易有了不少成果，却发现村里根本没有地方来陈列、展示这些宝贝。

总不能菜都要出锅了，才发现连个盘子都没有吧！潘曙龙这才回过神来，牵头建设了村文化广场和特色农业展陈馆，这可以说是上田村文化礼堂的胚胎。

就是当年的这个特色农业展陈馆，后来成了文化礼堂最早的多功能室。

当时只道是寻常。潘曙龙怎么也不会想到，不经意间播下的种子，日后竟能长成一片繁茂的森林。

三

为了打响打好手上的"文武"两张牌，潘曙龙可没少花心思与功夫。

俗话说得好："文无第一，武无第二。"在这"武"事上，潘曙龙可是颇费了一番周折的。

上田村习武的钱氏后裔，承袭先祖"一掌定江山"的彪悍血脉。习武之人最讲究宗源流派。那时候，上田村的十八般武艺以姓氏为界，谁都不服谁，还经常"芦山论剑"。

潘曙龙决定从化解派系之间的矛盾入手。若能把他们的心结打开，不光能解决团结问题，促进全村的和谐，还可以使武术成为上田村新农村建设的一块文化招牌。潘曙龙暗自下了决心。

正在这时，两派又一次开战了，这回闹得还挺凶。

当时在上田村参与十八般武艺、红毛狮子灯队的，以外姓族人居多。有一次，外姓族人去富阳表演狮子灯。钱氏家族有点不服气：这红毛狮子灯、十八般武艺，乃钱氏家族祖传，哪容得你外姓族人来保管和操练！于是，钱氏家族派了四五个人，到外姓族人家里，趁其不在家，将红毛狮皮、十八般武艺刀枪全部拿走了。

外姓族人回到家里，发现红毛狮皮与十八般武艺刀枪不在了，就知道是钱氏族人拿走的。外姓族人当即自愿捐集了两千多元，第二天，派两个人赴杭城重新购得红毛狮皮、锣鼓、绣球等舞狮子灯所需全套行头。后又请来师傅，制作红毛狮子、十八般武艺兵器及全套配件。

第二年春节后，正月十二，外姓族人敲锣打鼓，从上路里开始舞狮子灯，每到一户外姓族人家门口都舞一遍。

"没你们钱氏家族，我们照常舞狮，谁怕谁啊？"外姓族人向钱氏家族的人示威。

而钱氏家族也不甘示弱，他们的红毛狮子灯队则在钱氏家族集聚的地方舞狮。此后一段时间，上田村两队狮子灯分头到周边乡镇去跳，形成了两队狮子灯互不服气的对峙局面。

好端端的上田村十八般武艺、红毛狮子灯队，离心离德，士气不存，几百年的尚武良俗，眼看就要分崩离析，濒临消失。上田村村民看在眼里，痛在心头。

潘曙龙也万分焦虑，心想：得赶快把两支队伍召集到村委办公室里来协调。好不容易把两队人马请到了会场，两派人相对而坐，怒目圆睁。

"今天叫大家来，是商量上田村十八般武艺的兵器道具如何集合起来的事，首先把各族里存放的狮皮、刀枪全部集中到村委会里来。今后大家不分你我，齐心协力，齐头并进，把我们上田村的十八般武艺进一步发扬光大。"潘曙龙苦口婆心地说。

然而，两派人马说话却像吃了枪药，互相指责对方。

"他们交出狮皮，我们就上交刀枪。"

"狮皮本来就是钱家的，为何要上交?"

潘曙龙正要调解，只见一个师傅把拳头重重地往桌上一砸，袖子一甩，离开会场，扬长而去。

潘曙龙赶忙站起身，追出门去。虽然人追回来了，但这场协调会还是不欢而散。

虽然协调会开不成，但潘曙龙绝不放弃。他想，上田村习武三百余年，决不能在我们这一代人手里分化瓦解。

潘曙龙找到长辈、师傅，找到当年一起习武的师兄、师弟、师姐、师妹们，一户户走访，一个个谈心，与大家推心置腹："上田村的武术是祖宗留给我们的财富，也是中华传统文化瑰宝，不能让这份祖传文化遗产在我们手里丢失。"

潘曙龙又对全村的党员干部发出号召，提出党员干部要以身作则，带头做好团结的表率。

功夫不负有心人。经过潘曙龙与村委会一班人的大量工作，终于把村里头两派之间的矛盾慢慢化解掉。之后，上田村成立了武术协会，组建了国术团，将失散多年的十八般武艺兵器"复铸出炉"，懈怠了数十年的上田人又重出"江湖"。

从牛肩岭头到田坞口，从马安山麓到花牌楼，上田村的老老少少齐心合力练武艺，同心同德聚人心。

上田村的国术团走出家门，奔赴市、省各级比赛、展示和演出，荣获 2010 年第七届浙江国际传统武术比赛发展武术运动贡献三等奖、2012 年浙江省弘扬中华武术文化贡献奖、2013 年浙江省武术（集体项目）锦标赛贡献奖。从 2009 年至 2012 年，参加在杭州市黄龙体育中心举行的国际传统武术比赛，共获得十块金牌、一块银牌、一块铜牌。程妙水、李荣华、程仁和、钱福田、李奇生、潘曙龙、程金跃、钱火荣、方成荣、沈玉琴、刘富鸿、罗成、钱家乐、范宣云、陶林荣等人获得了个人比赛一等奖等多项殊荣，还荣获乡镇、县市等许多奖项。

数百年来，上田村十八般武艺几经风云，历尽沧桑，历史文化内涵愈见深厚，成了宣传上田、发展上田的独特的文化金名片。过往的斗殴人成了"传承中华武术，弘扬民族精神"的"薪传人"；习武让上田人和谐团结，让上田村清明气朗。一个崭新的"文武上田"呈现在人们面前。

四

若说十八般武艺是强身，是怡情，孕育了上田人的精气神，那么研习书法则同样让上田人精神富足。

无论你随意走进上田村的哪一个院落，都会看见有人在埋头临帖，专心练字。

跨入新时代，耍枪弄棒数百年的上田人不甘心只做一介武夫。受钱王文化与刘氏文脉的熏陶，上田村村民素来喜爱习武弄墨，常在农耕之余强身健体、陶冶性情。

"池墨泼飞云，紫毫挥广宇。"上田村全村男女老少，从鹤发童颜的九十岁老翁，到一脸稚气的八岁孩童，从村两委会干部到田间地头劳作的普通农民，都醉心于翰墨。还有为数不少的村民在市级以上的书画大赛中获奖。

村民忙完农活干什么？练书法。老年人茶余饭后干什么？练书法。孩子们做完作业干什么？练书法。这就是上田村村民生活的真实写照。全村上下，练习书法的气氛很浓。

年已古稀的村民陈晓明，务农之余，潜心习书，终于练出了一手好字。每逢春节，他不光书写自家的春联，还帮左邻右舍写，自得其乐。像陈晓明这样的书法爱好者在上田村还有许许多多。

字写得好的人心很静，有涵养，字写得好的地方民风淳朴。潘曙龙对村民们醉心书法感到非常自豪。

可以说，上田村的幸福生活，有一半是浸润在墨汁里的。说起这个村子与书法的缘分，恐怕绕不过一个七旬老人——胡成英。

胡成英是一名退休教师，数十年临摹不辍，尤擅章草，很早就加入了中国书法家协会，作品多次入选中国书协主办的各类展览。他受前辈程士槐老先生的熏陶，从小就喜欢书法。程先生是杭州市书法家协会最早的会员之一，他既有极好的天赋，又有丰厚的学养。可以说，是程老师的影响，使他终生不渝地爱上了书法艺术，并把这种艺术当成了自己的事业。

2006 年，胡成英等几名酷爱书法的村民自发组建了"村级书法协会"，潘曙龙非常支持他们，还专门设立了文化展览室和书法创作室。创作室的创立，给村民们从事书法活动带来了很大的方便，大伙儿志趣相投，常常一起切磋书法。

上田村的艺术氛围，引起了上级书法家协会的高度重视。临安市书法家协会把上田村确定为一个基层点来抓，以此延伸协会的社会服务功能。协会班子成员事无巨细地到村指导，进行作品点评、上课、辅导等工作，倾注了大量的精力。

2010 年，上田村被临安市书法家协会授予书画创作培训基地。2012 年 8 月，上田村书法协会正式登记注册为临安市书法家协会上田村书法分会。协会还制定了章程，完善了制度，走上了制度化、规范化的轨道。

潘曙龙不仅注重艺术活动硬件设施的建设，还为传播推介书法文化积极奔走。自上田村书法分会成立以来，每年都会组织各种书法交流活动，一方面提高书法爱好者的创作积极性，另一方面也将书法更深入地推广到基层群众之中。

村里还不定期地邀请省、市文联的书画家前来指导、点评，同时，积极组织村民参加省级专业书法的培训，赴书法之乡绍兴、浦江等地考察，提升书法整体水平。

书法创作室还免费为村民提供笔、墨、纸、砚。每每在茶余饭后、农事闲余，村民们就会自发来到创作室，尽情泼墨弄彩。

每逢春节，村民们都会书写对联互赠，以书法来传递亲情、友情。几年下来，上田村购买的宣纸已经以吨来计算。细细一算，村子里每年花在书法上的钱还真是一笔不小的开支，但是潘曙龙觉得值。村民们有了修身养性的爱好，孩子们更加受益无穷。

精神的力量是无穷的。有夫妻一起学书法的，有姐妹结伴上书法课的，有村民以书法会友的……临安市书法家协会还专门为胡成英、陈晓明等家庭授予"书法之家"的牌匾，在村里传为佳话。

潘曙龙说，创建"中国书法之村"是他的一大愿望，如今上田村正在与省内高校的书法产业研究机构合作，希望以书法为统领，开发多样化的文化产业，打造书法文化品牌。潘曙龙还有很长的路要走，还有很多的事要做。

五

从无到有，从小到大，由点到面，由盆景到风景。潘曙龙手上的"文武"两张牌越来越有分量了，可是到底如何才能打响打好这两张牌呢？

潘曙龙等来了这么一个机会。

2012 年临安市的一次文化建设活动，给予了潘曙龙实现这个久久盘桓在他脑子里的想法的一次绝佳契机。

2012 年初，临安市决定在"绿色家园、富丽山村"建设中深化"乡风文明进万家"活动，在全市建设一批村级文化礼堂。文化礼堂建设的定位是"精神家园"，要承载传播现代文明、弘扬主流价值，展示村庄形象、传承村庄文化，传承先贤精神、学习身边楷模，普及实用知识、学习先进文化，促进邻里和睦、团结党群关系，举办重大活动、丰富文体生活等功能。

在充分调研论证的基础上，最终确定实施 56 个村级文化礼堂建设的试验点，而上田村因在 2010 年创建临安市首批"绿色家园、富丽山村"精品村中，突出"茶香竹海、文武上田"的创建主题，成为首批建设村之一。

得到这个消息，潘曙龙大喜过望，他知道，上田村的文化春天就要来临了。通过了解，潘曙龙得知，在农村文化礼堂建设的过程中，临安市规定，要突出"精神家园"的功能定位，按照"两堂、五廊"标准，统一规划布局。潘曙龙组织村里的文化人因地制宜，挖掘村落"文武双全"文化和村庄历史，梳理村落文脉，以实现"一村一品、一村一景、一村一韵、一村一境"的文化建设新境界。按"两堂、五廊"的格局进行布置，"两堂"是指学堂和礼堂，"五廊"包括村史廊、民风廊、励志廊、成就廊、艺术廊。

2012 年，上田村的文化礼堂破土动工。

据了解，2013 年以来，农村文化礼堂建设连续数年被列入省政府十方面民生实事，省里还相继出台了农村文化礼堂建设的指导意见、计划、标准等文件，成立了省、市、县农村文化礼堂建设工作领导小组，整合利用农村各类建设项目的资金。一百家、一千家、一万家……农村文化礼堂遍布乡野大地，点燃星星之火，呈现燎原之势。捎着家常味、带着泥土气的文化礼堂，已成为乡村的精神文化地标。

通过建设文化礼堂来梳理村落文化，凝聚村民人心，振兴乡村经济。与上田村这个农村文化礼堂的发源地一样，一个个故事正在浙江省万余家农村文化礼堂上演。

每一个故事都充满着幸福笑容，每一个故事都激荡着历史风韵，每一个故事都展示着令人回味无穷的新农村风采。

第三章

崇礼上田好家风

一

上田村的文化礼堂建起来了，上田村的"文武"传统有了一个具体的载体与传承之地，不过潘曙龙总是觉得，礼堂的这个"礼"字里面，一定还可以大做文章。

《礼记·曲礼》有曰："道德仁义，非礼不成；教训正俗，非礼不备；分争辨讼，非礼不决。"

毕竟，中国是一个有着几千年文明传承的礼仪之邦。

与许多其他地方的农村一样，彼时的上田村里总是不可避免地发生一些鸡零狗碎的小矛盾、小纠纷，村干部们天天像个救火兵一样到处灭火。

这事那事，千头万绪，头痛医头，脚痛医脚，潘曙龙知道这样肯定不行。而之后发生的一件新媳妇气回娘家的事，更是坚定了他要琢磨出一套行之有效的规矩礼仪出来。

这件事其实是由一件小事引起的。

"阿龙，不好了，那边两家要打起来了，你赶紧去看看!"一大早，就有人跑来给潘曙龙报信。

上田村民风彪悍尚武，村民之间有一点不对付的，先不论道理，直接用拳头说话。

据说双方对峙的人还挺多，"战事"一触即发。潘曙龙赶紧带上几个村干部赶过去。

原来，一个嫁来不久的新媳妇和村里人闹矛盾，一气之下跑到娘家去搬救兵，结果来了两车娘家人，气势汹汹地说要给那人点颜色看看。

这下正好，棋逢对手。上田人最喜欢用拳头论英雄，正愁遇不到对手。

"今天别说是两车人，来他个十车八车，也一样。"

两家人怒目而视、摩拳擦掌，眼看就要动起手来。

潘曙龙生怕局势恶化无法控制，只能一边打圆场从中调停，一边让人赶紧报警，最后公安出动了才把事态平息。

事后，潘曙龙就在心中琢磨起来。他想，外地姑娘初来乍到，人生地不熟，生活习俗又有所不同，和他人发生口角在所难免，如果大家不够宽容，她憋屈太久，肯定会去娘家倾诉，容易生出事端来。难道新媳妇受委屈只能去娘家搬救兵？新媳妇嫁到我们上田村，就是我们上田村的人，我们作为村干部，就不能主动向她们做个承诺表个态？无论遇到什么事，我们村干部都可以做她们的坚强后盾，做她们的娘家人，她们又何须再到娘家去搬救兵？

孔子有云："不学礼，无以立。"

于是，上田村的新人礼就这样产生了。

自那以后，凡是有嫁到上田村来的新娘子或上门女婿，在举行婚礼之时，村干部便会亲临婚礼现场，为新娘子或上门女婿举行新人礼。

起初，那些前来喝喜酒的宾客还会在私底下议论纷纷："今天是我外甥结婚，是我做娘舅最风光的日子，村支书和村委主任还来抢什么风头……"

这边的娘舅姑父正在犯嘀咕，那边的婚礼现场却欢声笑语，喝彩声此起彼伏，潘曙龙带着其他村干部，正在进行上田村独创的新人礼。

他们站在新娘子面前，庄严地向她做出承诺："尊敬的新娘，从今之后，你是上田人，上田是你的家。我们作为上田村的村干部，甘愿当你最可信赖的娘家人，生活中无论遇到什么事，我们村干部都愿做你最坚强的后盾，今后有什么大事小事、难事易事，都可以找我们村干部，我们一定会在第一时间帮助解决。"

讲到这里，全场亲朋好友掌声雷动，一片叫好。

特别是送新娘过来的送亲者，听了这番话更是觉得暖心，有这么好的村干部，自己的亲人嫁到这儿，还有什么不放心的呢？这时，新娘也激动得热泪盈眶。

新娘面对在场的数百位宾客大声说道："从今天开始，我是上田人，上田村是我的家，今后我无论跑到天南海北，心中始终记住，自己是上田人，我愿为上田村做出我应有的贡献。"

最后，潘曙龙书记在祝福新人的同时，还向新娘送上一个精美的礼盒，里面装着文房四宝与"上田村训"，以示新人要遵守上田村规，传承上田人的书法传统。

这个新人礼还真的灵验，从那以后，外地嫁过来的媳妇回娘家搬救兵的事，便在村里销声匿迹了。

也许是从这个新人礼中得到了启示，上田村又相继推行了启蒙礼、成人礼、孝老礼、任职礼。

比如说启蒙礼，小孩子到了上小学的年龄，村里会组织同年龄的小孩子，到村文化礼堂来，请老师们来辅导，给孩子们做一些启蒙教育，这有点儿像旧时的小孩子上学前上孔庙拜孔夫子。当然，辅导的内容与往昔有所区别。

又比如孝老礼，每年的重阳节，村里的老人们身穿节日服装，喜气洋洋地欢聚在礼堂，接受村干部为他们举办的孝老礼仪式。各自的晚辈们恭恭敬敬地拜高堂、敬糖茶，祝愿老人们甜甜蜜蜜，欢度幸福晚年。在孝老礼仪式现场，各位老人享受到了新时代带给他们的生活的甜蜜，获得了被孝敬的快乐。

再如成人礼，面对的是那些刚从少年步入成人队伍的毛头小伙子。成人礼是他们步入社会的第一课，要对他们讲解成年人的一些职责与担当，要他们对遵纪守法做出庄严的承诺，为他们的日后成材奠定思想基础。

至于任职礼，主要是村干部换届之后举行的礼仪，对象是新选举产生的村两委班子成员。他们不仅要站在台上，还要面对全村人民群众做出自己庄严的承诺，告诉大家，既然全村人民信任他们，选他们当村干部，那么他们能为全村人民能做到什么、服务什么。

任职礼的最大意义在于，纠正了村干部"选前说一套，选后做一套"，辜负人民群众对村干部的期望的错误做法。任职礼对村干部既是一种压力，更是一种动力。

潘曙龙在上田村推行的诸多礼仪，渐渐地就像是爆竹上天——名声在外。2013年3月，浙江省文化礼堂现场会在上田村召开时，所有与会者亲眼目睹了上田村的各项仪式。大家一致认为，这是社会主义新农村建设中的新风尚、新创举，对树立文明向上、和谐发展的村风具有积极意义。

上田村的诸多礼仪，是上田人弘扬精神文明的载体，也是对后辈人进行中华文明传统教育的好课堂。

这样，文化礼堂的"礼"字，才算是真正地凸显出来了。

二

当你走进上田村文化礼堂的书画室时，一定会被四面墙壁上挂满的由村民亲手撰写的、以家规家训为内容的书法作品所深深吸引。这些由篆书、行书、隶书等不同字体写成的文字，或遒劲有力，或潇洒飘逸，或端庄清秀，以各种不同的姿态展现着充溢于整个村庄之中的和睦家风。

"家家有家训，户户好家风"这一主题活动从 2014 年起就在上田村开展得如火如荼，成绩斐然。如今，这一"上田经验"已经在临安区推广，上田村成了临安区"好家风"建设当之无愧的模板。

2014 年春节期间，中央电视台《新闻联播》"新春走基层·家风是什么"系列报道，引起了潘曙龙的关注，由此受到了启发。

想到就要去做，潘曙龙马上召开村两委会议，讨论如何收集家训。

文化礼堂是建起来了，可大家来文化礼堂都是图个热闹、看个新鲜，假如通过"文化礼堂育家风"的活动，把家风、家训融入文化礼堂的建设中去，那么，既丰富了文化礼堂的精神内涵，也能使上田村的好家风、好家训得到更广泛的传承。潘曙龙在会上第一次跟村两委成员提出了传播家风、家训的概念。

家训是什么？有的村干部丈二和尚摸不着头脑，有点儿蒙。

"我父亲教我的是'惜食有饭吃，爱衣有衣穿'。"潘曙龙笑着说。

大家这才恍然大悟："原来家训这么简单！"

会议结束后，村干部们马上行动起来，发动党员、村民代表，带着"好家风"家庭评选调查表挨家挨户地收集。很快，一条条地地道道的家风、家训汇聚起来："家有一心，有钱买金；家有二心，无钱买针。""从小不吃苦，至老没结果。""勤俭为本性，忠厚能传家。"……

作为"文化礼堂育家风"活动的第一步，上田村不仅发动村干部和群众理家规、谈家风、立家训，还请来省、市书法家以及本村二十余位农民书法家，为全村 585 户家庭书写了家训。这些书法作品框裱后，除了一部分悬挂于文化礼堂，大多数都挂在了村民自家的客厅里，世代农耕的村民家里飘漾着传统文化的气息。

上田村还请村民海选"好家风"家庭，再由村民小组长、村民代表、村两委班子成员和在村党员无记名投票，选出十户"好家风"家庭。

对上田村村民钱益品来说，难忘的是作为全村十佳"好家风"家庭之一，他收到了杭州书法家为其书写的"勤俭为本性，忠厚能传家"的家风牌匾，这让不少村民羡慕不已。一回家，钱益品自豪地说："这得好好保管！"

这位钱武肃王的后裔，今年五十五岁。假如你了解他的经历，一定会惊叹于给他取名的那位前人的先知先觉，好像冥冥中就已经注定了他这一生的命运——去人间验证他的"一品"人生。

钱益品，是上田村走出来的"杭州市道德模范"。这个人称"一品丈夫"的男人对妻子的爱情的坚守，在上田村家喻户晓。

对妻子的爱为何用"坚守"这个词？因为钱益品三十多年来一心一意照顾着患病的妻子。他的事迹使大家又相信了爱情的力量。

那么，在钱益品身上到底发生了什么？故事还得从三十多年前说起。

十九岁那年，在砖瓦厂工作的钱益品认识了比他小一岁的郭爱珍。情窦初开的郭爱珍第一眼就看上了钱益品。什么原因，连她自己也说不清楚，只是觉得钱益品这个人忠厚。

在那个颇为艰苦的年代，他们没有什么花前月下的恋爱经历。两个年轻人在一起的时间几乎都是在繁重的劳动中度过的。钱益品是个老实巴交的人，没有什么花言巧语，更不懂什么是爱情，总觉得郭爱珍性格脾气都蛮好的，和她在一起，总有使不完的力气，每天都是乐呵呵的。

本来两个小年轻相处得好好的，也已经到了谈婚论嫁的年龄。可是，有一天，劳动中的郭爱珍突然瘫倒在地，疼得额头上直冒豆大的汗珠。当钱益品急匆匆将郭爱珍送到医院时，一位老医师私底下告诉钱益品说，你媳妇的病情十分糟糕，需要去大医院做进一步检查，但凭经验判断，应该是强直性脊椎炎。

强直性脊椎炎？钱益品从未听说过这个病，但从郭爱珍那疼痛的表情中，他感觉到这个病非常厉害。

有病就要治病，钱益品下定决心，不管什么情况，一定要把郭爱珍的病治好。

在那之后，钱益品隔三岔五就会请假，陪同郭爱珍去杭州的大医院接受各种检查。

经过医生多方会诊，最后确诊郭爱珍所患的疾病确实是强直性脊椎炎，而且不容易治疗。医生告诉钱益品，强直性脊椎炎严重的可致残，长期卧床，生活不能自理。至于这种病是什么原因引起的，医生说，病因有许多，其中就有遗传这个因素。

病因查清，郭爱珍无法面对现实，于是想到了死。可钱益品想到的却是对郭爱珍许下的照顾她一辈子的承诺。

钱益品决定娶郭爱珍。实话实说，钱益品全家人都不支持。为此，钱益品找到父亲，做起了父亲的思想工作："您从小就在我们这些孩子面前说，做人要厚道，不能朝三暮四……"

钱益品的父亲是个开明之人，既然儿子已经做出了选择，也就没再反对什么。

在郭爱珍二十四岁那年，钱益品说服了家人，硬是从病榻上把新娘子抱进了家门。

从此，小两口人生的命运紧紧地系在一起，踏上了漫漫的寻医之路。

钱益品连梦中都盼望着医学奇迹的发生，只要听说哪儿有什么秘方，无论多贵多远，他都要设法赶去。

有一次，钱益品从电视上得到一个秘方：蜜蜂叮咬对这个病有一定的疗效。他便租了一辆车，抱着妻子赶到十多里外那个养蜂场去进行"蜂疗"。当钱益品把手伸进蜂窝里捉蜂时，自己的臂膀被蜜蜂咬了，后来肿得像馒头似的。

蜜蜂是好随便捉的吗？钱益品疼得龇牙咧嘴，但他已经顾不得这些了，只要妻子的病能治好，不管有多疼，他都能忍。每次去，他都要让蜜蜂在妻子僵硬的关节上咬上五口，这是秘方上说的，咬多了有风险，蜂毒也会要人命的。

钱益品不忍心妻子来回颠簸，便索性向养蜂人买了一桶蜂回家自己养着，在家里做起了蜂疗。时间一天天地过去，这些小精灵一样的蜜蜂在生生死死中更替着，可妻子的病没有任何好转。

钱益品又听说余杭有个郎中有祖传偏方可治此病，要把浸过药的羊肠线植到患者体内去，每周去一次，每次治疗费要花六百多元，一个月就是两千多元。要知道，这些费用，农村合作医疗一分钱都不能报销。

俗话说，一分钱憋煞英雄汉。这些钱从哪儿来？妻子担忧的是钱，硬是把每周一次治疗改为半月一次，后来又改为一月一次。可钱益品认为钱可以去借，去想办法，最不忍的是，妻子在治疗过程中的那种痛苦。每次钱益品抱着妻子来到那家医院门口时，妻子的泪水就会哗哗地流下来。钱益品却只能强颜欢笑，只有当他一个人时，泪水才会从眼眶里落下来。

三十个春秋的漫漫寻医路！为了给妻子治病，钱益品东奔西跑，满世界找医生、找秘方……

这对患难夫妻，丈夫心中想的全是妻子，妻子心中想的全是丈夫。钱益品无论是上山还是下田，每隔两小时就非得赶回家一次，给床上的妻子端茶水，抱她上厕所；妻子呢，为了让丈夫少往家跑几趟，一天到晚尽量熬住不喝水，中午不吃饭，早晚两餐只吃几口，尽量少上厕所，控制住自己的体重。丈夫撑着这个家已经够累了，不能再让自己的体重增加，让丈夫抱着自己累上加累。因为这个念头，几年下来，妻子越来越瘦小。

这一切，丈夫钱益品看在眼里，痛在心里。

由于妻子有这样的想法，钱益品更是不敢离开妻子。钱益品外出打工，不管活有多脏多累，他都不计较，但干活处必须要有个能让妻子躺下的地方。

如果在工地，则在工棚腾出七尺之地；如果在工厂，则在仓库腾个容身之处。钱益品在哪，他妻子就在哪。

有这样一种说法：一对恩爱的夫妻，一生中至少产生过两百次离婚的念头。

涉及这个话题时，钱益品说："我若有这想法，当时会把她抱回家来?"掷地有声的一句话，回答了所有人的疑问。

老天爷总算对这对患难夫妻开了点恩——婚后第四年，他们有了儿子。当妻子快要分娩时，钱益品把妻子抱进医院，这下可把当时在场的医生惊呆了。医生呵斥着钱益品说："这样的人怎么能让她生孩子?"妻子却镇定地对医生说："别管我，只要保住孩子就行……"

如今，这对患难夫妻的宝贝儿子终于长大成人了。他们的儿子在考取大学的那年，又被部队选中应征入伍，退伍回家后又去宁波上大学，夫妻俩在儿子身上又看见了希望。

多年来，兄弟姐妹以及村里、镇上的人，都对这个家庭伸出过援助之手。重度病残的郭爱珍每月都能得到国家的补助金。村里那些志愿者，隔三岔五地上门探望，并提供服务。2020年，政府还为钱益品家提供了1.3万元的危房补助，村里也无偿提供了十几吨水泥。他家的房子进行了翻修，客厅和房间也做了简单的装修。

要说"好家风"故事，如果让钱益品来讲，还真讲不出几个字。不过，钱益品说，"和睦友爱，忠厚传家"，这是他父亲和他说的。这些年，不仅他自己，连儿子身上也能看到这八个字的影子了。

"一品丈夫"一家的生活苦尽甘来，真的是越来越有奔头了。

三

关于"好家风"，上田村还有一个以诚信赢天下的生意人的故事，也让人津津乐道。

做生意，最烦的就是讨债。对于那些久讨不还的客户，那就更是难上加难了。

这个故事的主人公名叫胡伟民。乍一看，胡伟民和上田村的其他村民也没有多少区别，是一个忠厚老实的中年汉子，当年他曾经和潘曙龙一起弃商回村竞选村委会委员。自从走出校门，胡伟民便学开小型拖拉机搞运输，慢慢地积攒了一点资本，后来又购买了一辆大型货车，天南海北地跑运输，一跑就跑了二十多年。

胡伟民的老婆是个裁缝师傅，开着个裁缝铺子。裁缝师傅脖子上总挂着一条软尺，一天到晚笑嘻嘻的，自由自在。如果这样认为，那您就错了，隔行如隔山，其实吃这碗饭也挺不容易的。客户的活儿全得在晚上熬时间赶出来，一年四季很难睡一个安稳觉。平日里，客户少了心焦，客户多了又心烦。这门行当做久了，就有改行的想法。

既然老婆有这个想法，那就换吧。胡伟民心想，自己跑了二十多年运输，出门在外，酸甜苦辣什么味儿都尝够了。就这样，夫妻俩一拍即合。那么换什么行当好呢？胡伟民的老婆首先想到的就是余杭的那个乐器村。

和上田村相邻的那个村子里，因为竹乡的优势，家家户户都在制作乐器：有的制作笛子，有的制作箫，有的制作胡琴，有的制作古筝……她想：每一件乐器都需要用布袋子包装，笛子有笛子的套子，箫有箫的套子，胡琴、古筝也都得有个套子，就连钢琴，也得有个漂亮的绸缎罩子……如果办个专门制作乐器包装的厂，业务肯定有得做。再说自己在这方面有技术优势，做服装都这么多年了。服装，说白了，也就是人的包装。过去，多少挑剔的客户她都能应对自如，何况这些不会说话的乐器？

这样一想，夫妻俩就信心满满地建厂房、置设备、进材料、制样品。就这样，一个家庭作坊式的小型乐器包装厂就顺风顺水地建成了。

老婆懂技术，管生产；胡伟民长期在外面跑，人脉广，吃得开，就搞产品销售。夫妻双方既有分工，又有合作。他们俩既勤奋，肯钻研，产品质量过硬，服务又讲诚信，把小型乐器包装厂办得风生水起，产品销售量也越来越大，客户也不限于周边的一些乐器村了，而是天南地北都有客户来订购他们的产品。

但世界上的任何事情，都是有易有难，不可能一帆风顺，更何况办企业，要和各式各样的客户打交道。比如资金往来的诚信问题，你讲诚信，但别人是否都会讲诚信呢？现在办企业的老板都说："办企业容易收款难。"特别像胡伟民这样的小型企业，家底薄，资金少，最怕客户拖欠货款。如果货款欠得多，企业的资金就会"断流"，生产就会遇到难关。这是胡伟民最担忧、最头疼的事。

有一次，湖北有一家开琴行的赵老板，欠了胡伟民一笔货款，已经很长时间了，无论胡伟民怎样催讨，对方就是不汇款，一副"千年不赖，万年不还"的架势。这下真把胡伟民逼急了，便一天一个电话催讨，最后只好说，你如果再不汇款，那就把货物发回来还我好了。

胡伟民把话说到这个份上，赵老板也觉得实在拖欠不下去了，有一天，终于把这笔货款汇过来了。

胡伟民接到了银行的短信提示，也没有细看，心想汇过来就好，于是就放下了这件事，忙别的事情去了。

过了几天，胡伟民到银行去取款，准备去进一批材料，突然发现自己的存折上多出了好几万元钱，便叫银行拉一张清单，急忙赶回去拿自己的账本核对。胡伟民这一核对就对出事情来了，原来前几天赵老板汇款给胡伟民时，竟然在后面多按了一个"0"。

这下子胡伟民反倒急了。他想，怎么多汇这么多钱给他呢！人家赚一点钱也不容易，要是知道少了这么多钱，一定急得不行，他必须马上把多汇的钱还给人家。于是，他立刻给赵老板打电话，让赵老板报个汇款账号过来，好汇钱过去。

结果电话拨了十多个，赵老板就是不肯接。胡伟民只好守着电话一次次地拨。最后，赵老板不耐烦了，终于接听了，只听电话中传来气势汹汹的吼叫声："钱给你了，你还想要我什么？"说完这一句，马上又放下了话筒，电话又断了线，胡伟民想回答都来不及。胡伟民想了想，没办法，只好发短信把事情告诉赵老板。没过多久，赵老板打电话过来了，一个劲地赔不是，说话的声音也有些哽咽，想必激动得不行。胡伟民立即一分不少地把钱退了回去。

事后，有人说胡伟民太傻，人家怎么对付你，你就该怎么对付人家，这样的人就该惩罚惩罚他。可胡伟民不这么想："事情一是一，二是二，一码归一码，不能因为人家对你态度不好，你就报复人家，这样做是不对的。做人做事诚信最要紧，古人说，诚信赢天下嘛！我没有这样大的雄心壮志，可做人终归是这个道理。"

这件事后，赵老板再也不拖欠胡伟民一分钱货款，还把胡伟民的诚信美德在他的圈子中加以传扬。胡伟民的产品信誉度，在生意圈里更高了。

说起这件事，胡伟民总会笑呵呵地说："做人做事总归要讲诚信，大家都讲诚信了，世界就太平了！"

关于上田村"好家风"的故事，不胜枚举，几乎家家户户都能说出几个动人的故事来。从2014年起，历时六年的探索和耕耘，上田村在这方面展现出了自己的态度，概括成一句话就是：家风是一种无形而强大的力量。

"好家风"的评选过程，实际上也是一次宣扬社会正气和弘扬社会主义核心价值观的过程。让好家训、好家风焕发新光彩，用优秀的传统文化纯净心灵。

目前，临安区近 200 个村，已评选出 2100 余户村级"好家风"家庭。在此基础上，12 个镇街已评出 120 户"好家风"家庭。

家训带动家风，家风推动村风，村风促进民风。一条条绵延上千年的古老训词，与一座座文化礼堂相互激荡与交融，共同焕发出新的生命活力，凝聚起乡土的精气神。

第四章

"微法庭"的乡村实践

一

一个小山村专门设了一座法庭，这在临安一时成为一件稀罕事。

2018 年 8 月，上田村的"微法庭"在杭州市临安区板桥镇上田村正式揭牌。

上田村的"微法庭"是一个小程序吗？是巡回审判点吗？是调解室吗？答案：都不是！

那么，上田村的"微法庭"到底是什么？又能做什么？

说到上田村的"微法庭"，先说个颇有趣味的"龚万巷"的民间传说故事。

相传合肥三孝口西南隅，曾有一条巷子，名为"龚万巷"，巷子两边住着龚、万两家。原先两家因为围墙向外扩展而闹矛盾。在朝廷为官的龚大人寄书信一封，曰："千里来信只为墙，让他三尺又何妨？万里长城今还在，不见当年秦始皇。"龚家人见信，皆息怒默语，悄悄将与万家相邻的山墙拆除，退后三尺。

龚家一反当初的举动，使万家很受震动，愧疚之余，也仿效龚家的做法，主动将与龚家相邻的山墙退后三尺。这样一来，龚、万两家住宅间形成了一条六尺宽的巷道。人们便把这条巷道称为"龚万巷"。在当地，"让墙"一时传为美谈，民间每遇纠纷，常以一句"让他三尺又何妨"冰释前嫌，春风化雨，蔚然成风。

再来说一个多年前发生在上田村邻舍间建房让地的故事。

其实，早年中国很多地方的农村，在盖房子的时候，邻里间常为一些矛盾发生争端，大打出手的事也是屡见不鲜。这时候，就要靠村里有威望的长辈或者村干部从中斡旋调停，假若无法调解，甚至还会闹到打官司的地步。

话说有一年炎炎夏日，在上田村老叶家建房工地上，师傅们挥汗如雨，砌砖的砌砖，拌灰的拌灰，正热火朝天地施工。

突然，邻居家萍姨气势汹汹地拿了一把菜刀，跳到老叶家的建房工地上，放开喉咙急吼吼地对老叶家的人说："如果你们不停下来，今天我就死在这儿！"

叶家建房的师傅们看到这女人突如其来的过激行为，都怔住了，停止了手中的活计。这是怎么回事？邻居萍姨为何发如此大火？又为何拿着刀以死威胁？

原来叶家建造新房，因为与萍姨家相邻，放样时就因房子间隔距离、建房高度等问题与萍姨家有过纠纷。后经村人民调解委员会调解，双方达成谅解协议书，并签字确认了。

现在叶家房屋都已结顶了，萍姨为何又如此激动呢？萍姨说，叶家没按协议书做，房屋超出了协议的高度，挡住了她家东面的阳光。

拿刀恐吓，事情非同小可。上田村调解组织会同派出所，第一时间进行处理，才没使事态扩大。

潘曙龙觉得，这件事虽暂时平息，但还需要再做做萍姨的思想工作，把矛盾彻底化解。

隔天，潘曙龙把萍姨请到办公室里，为她沏上茶，心平气和地对她说："既然你与叶家有谅解协议书在先，而且你又签了字，双方理应遵守。邻居造房子是一辈子的大事，作为邻居得让人处且让人，退让一步海阔天空。俗话说得好，只有千年的邻居，没有对门的冤家，抬头不见低头见，近邻胜过远亲啊！"

萍姨在潘曙龙的耐心劝导下，火气慢慢平息。正在此时，叶家媳妇不知怎的闯了进来，气势逼人地对萍姨说："谁相信你？一而再再而三反悔，以死威吓，怕你不成了？"

萍姨一听叶家媳妇此言，腾地站了起来，对着叶家媳妇吼道："谁怕谁了……"猛地将手中的手机一掼，就离开了办公室。

叶家媳妇的鲁莽言行，把萍姨刚刚平息的火又点燃了。

潘曙龙当场对叶家媳妇进行了一番教育："我们正在做工作，化解矛盾，让你们家可以安心地建房。你倒好，闯进来，不问青红皂白就吼人，现在事情给你搅黄了，你看看，这样对你家有利，还是对她家有利？村训里说'邻居乡亲，相友相助，待人宽厚'。这村训，你难道没学过，没看过？村规民约是要村民自觉遵守的。"

潘书记又心平气和地对叶家媳妇说："做人要有器量，退让一步天地宽，吃亏就是占便宜，平安就是福啊！"

事后，潘曙龙又找到萍姨，对萍姨说："叶家按谅解协议书建房，没有超高，没有违约，你不能毁约，你要遵守你的承诺。"接着又加重了语气说："法治社会必须以法行事，凡经村人民调解委员会调解签字的协议，具有法律效力，双方必须履行，必须对自己的承诺负责。不能随意推翻或毁约，这也是做人的诚信。"

经潘曙龙一番说法教育，萍姨表示会遵守协议书。最后双方按谅解协议书约定，相邻的水沟共用，两家之间不再打围墙。叶家建好水沟后，两家人推开门，就可以面对面说话。

一场为建房而引发的邻里矛盾，在村干部的调解下就此化解。两家人不但拆除了相隔多年的围墙，还消除了心灵之墙。

这堪称上田村版的"龚万巷"故事。

其实村子里像这样的事也是屡见不鲜，从造房、婚嫁到经济纠纷，从家长里短到柴米油盐，常会有矛盾纠纷发生。假如事情能调解成功，那是皆大欢喜；万一无法挽回，只能走法律程序，村干部们的努力岂不是前功尽弃？

在农村土生土长的潘曙龙对农村调解深有感触，许多调解是冲着人情世故去协商解决的，万一当事人不买你的账，或者事情已经到了不可调和的地步，那就会碰到一些法律专业的问题，还得讲法，这就恰恰是村里的调解员所欠缺的。

这时，临安区人民法院首创的一项司法服务举措——"微法庭"模式应运而生。这个模式为完善农村纠纷的处理渠道，弥补村干部在处理纠纷时法律专业知识的不足提供了极大的帮助。

2018 年 8 月，临安区人民法院在上田村开展试点，建立了上田村的"微法庭"。

二

上田村作为省级文明示范村，近几年在自治、法治、德治方面都进行了积极探索，村里的经济发展了，村民的思想认识也在逐步提高，这些都是临安区人民法院在上田村成立"微法庭"试点的天然优势。

有了"微法庭"，有什么纠纷，在村里就能解决；有什么纠纷，用手机就能通过 ODR（在线矛盾纠纷多元化解平台）解决；在法院有官司的，不用跑法院，村里给你代办"移动微法院"。从调解员的角度讲，设了"微法庭"之后，有法院提供法律保障，有法官咨询指导，调解时的底气也足了，当事人也更加信服。从村干部的角度来讲，以前因为法律知识相对欠缺，有些纠纷不会调解、不敢调解，所以一旦出现事情，就推到法院。现在有了"微法庭"，矛盾发生在基层，就可以在基层解决。

有一次，村里出现离婚纠纷，潘曙龙在村委会的"微法庭"打开微信，点击小程序"临安法院微法庭"，熟练地找到"指导调解"的选项，然后选择"离婚纠纷"，并填上"纠纷焦点"。

几乎同时，临安区人民法院立案庭（诉讼服务中心）副庭长陈艳菊的手机上就收到了潘曙龙提交的信息，立即回复指导。

这是"上田微法庭"的日常工作，这个 24 小时留言平台将诉讼服务触角延伸到最基层，已成为法官和村干部联系最紧密的渠道。

"微法庭"的办公地点就设在上田村村委会办公室。"浙江移动微法院"、浙江 ODR 和网上立案平台等办案神器都进驻了村里。

临安山区多，农村老人、务农的人多，文化水平不高，这些智能平台对他们来说，使用起来还是有难度的，好在"微法庭"就是代办点，比起以前方便多了。潘曙龙算是村里第一个吃螃蟹的人。

前面说到的那起离婚案件，就是通过"微法庭"圆满结案的。

小潘和妻子小赵性格不合经常吵架，2014 年，小赵就带着孩子回了娘家。长期分居，感情也难以为继，小赵觉得婚姻应该到此为止了，但孩子的抚养费和探视问题，两人怎么都说不拢。

由于小潘是上田村的人，临安区人民法院将案件导入"上田微法庭"。

"我不想见他，一见就来气！"小赵一口拒绝了潘曙龙提出的面对面调解的建议。

潘曙龙通过平台向法院反馈了情况，法院随后安排小赵来到法院的视频调解室，而小潘则来到"上田微法庭"。

坐在"上田微法庭"的电脑前，潘曙龙戴上耳机，连上视频，与小赵、小潘、小赵的父母在浙江 ODR 平台上来了一场"背对背"的调解。

他还给法官发去了邀请码，让法官一起参与指导调解。

小赵和小潘很快达成了一致意见，两人在线签字后，法院确认离婚。

作为村支书，潘曙龙常常作为调解员为村民化解纠纷。他觉得"老娘舅"不能和稀泥，碰到一些法律专业问题，还得讲法、讲理。在潘曙龙看来，"微法庭"在村与法院之间搭建了一个平台。

为了让联络更加高效，临安区人民法院与每个"微法庭"建立了点对点联络对接，建立了两个"24小时"原则，即用户可24小时留言提出需求，法院收到后必须在24小时内予以答复。

有些案子，作为村干部去调解，就怕一碗水端不平，而现在法庭及时介入指导，就公正多了。通过"微法庭"，法院负责指导人民调解，提升基层调解员的调解水平和化解纠纷的能力，让群众相信村镇的调解员，愿意让他们来调解，达到"纠纷从哪里来，调解回哪里去"的效果。

目前，杭州市西湖区、江干区、富阳区、下城区、拱墅区、淳安县等区域已自发将"微法庭"先进经验推广到辖区各乡镇街道，并提出要达到"覆盖乡村、遍布社区"的总目标，发挥杭州法院在系统治理、依法治理、综合治理、源头治理方面的积极作用。

三

关于"微法庭"的"微"字，临安区人民法院主要负责上田村"微法庭"的庭长陈艳菊有三点说得非常好。

"微"是微小的"微"。"微法庭"是一个设置在镇街、村社一级的微型法庭工作室，"微"代表"微法庭"规模较小，但是麻雀虽小，五脏俱全。"微法庭"具备人民法庭的基本功能，是基层化解纠纷的一个新载体，也是法院指导基层人民调解的一个新平台。

"微"也是防微杜渐的"微"。"微法庭"会经常选取典型案件，通过在线视频直播方式，组织上田村村民就地观看法院庭审直播，以案释法；在寒暑假期，安排青年法官志愿者在上田村"天目学堂"为中小学生开设法制课堂、模拟法庭，开展青少年法制宣传教育；对赡养、相邻、借贷等具有教育意义或在当地有一定影响的案件，加大巡回审判力度；同时邀请上田村党员、村民参加公众开放日活动，参观法院建设，旁听案件庭审，感受司法文化。

"微法庭"还含有"微信""互联网"等智能因素，既不用新增人员编制，也不用新建办公室。诸如"浙江移动微法院"、浙江 ODR 等智能服务平台，在农村地区的宣传力度不够，加上农村老年人、务农务工人员文化水平等因素影响，这些智能服务平台在农村的知晓率、利用率不高，但现在"微法庭"通过智能平台延伸驻村，解决了智能化建设成果在农村运用的"最后一公里"问题。

那么，以新时期"枫桥经验"建设的上田村"微法庭"遇上互联网会擦出什么样的火花？当事人从对簿公堂到握手言和中间又有怎样的故事？法官和调解员又是如何合作把矛盾化解在村里？

下面这起发生在上田村的经济纠纷案件，堪称"微法庭"在农村法治应用上的典范。

老李前些年在上田村投资了一个农业项目，向老徐收购茶叶，合作一直很融洽。2015 年 3 月，老李从老徐处收购了价值二十余万元的茶叶，当时承诺茶叶全部到货之后结清货款。但是后来由于政策原因，项目迟迟无法落地，老李的资金开始紧张，欠老徐五万元货款一直未付。

老徐多次催讨，老李于 2017 年 4 月 23 日当场给老徐出具了一张欠条，之后一直没有付钱，后来干脆电话也不接了。无奈之下，老徐将老李起诉至法院。临安区人民法院在了解情况后发现老李是上田人，就把案件移交到上田村的"微法庭"，联系村里的特邀调解员老陶进行诉前调解。

当时，这场官司也是村干部老陶受聘担任临安区人民法院特邀调解员以来调解的第一起案件，法院专门指派立案庭副庭长陈艳菊法官到场进行指导。

以往在村里做调解，由于缺少专业培训，法律知识和调解技巧相对比较欠缺，老陶在调解过程中容易出现矛盾点提炼不清、协议不规范的问题，导致调解效果不佳。这次有法官坐镇指导，老陶信心满满。

在调解开始前，陈艳菊法官对老陶讲述了调解的三个要素。首先要了解案件的前因后果，审查买卖合同的真实性，掌握准确的事实经过，然后要找出其中的争议点，抓住矛盾发生的根源，最后是找到双方共同的利益契合点，提出行之有效的解决方案。同时，陈艳菊法官还向老陶说明了草拟调解协议时需要注意的规范。

调解开始后，老徐首先开始诉苦："我们其实已经合作很久了，我也很信任老李，本来这笔货款有二十多万元，其中五万元尾款，我一直相信他会给我的，但是后来他就躲着我，我不得已才起诉的。"

"老徐啊，这五万元我确实是欠你的，但是我现在这个项目因为政策原因一直无法回笼资金，我现在外面也欠了很多债，不是故意躲着你，而是不敢面对你啊。"老李也是一肚子苦水。

"老李，这确实是你的不对了。大家都是生意合作伙伴，资金一时周转不开可以理解，但是你也要积极出面解释。老徐和你合作这么久了，他肯定会理解的，你逃避也解决不了问题，毕竟你们以后还是要有生意往来的。我觉得你还是要先向老徐道个歉。"调解员老陶说道。

"老徐啊，真的很对不起，我在这里向你道个歉，但是我现在手头真的很紧张，接下去我的项目又要重新启动了，这五万元能不能等到那时资金到位了再给你。"

"老李，我们也合作这么久了，不是我不相信你，但是我怕你到时候又躲着我了，你总要先给我一部分尾款吧。"

"可现在要我一下子拿出五万元，我确实是拿不出来。我那个项目重新启动还要一段时间。"

两个合作伙伴的商谈开始陷入僵局，此时调解员开始提出调解方案。

"这样，你们就写一个协议，约定分期付款，一个月还款几千元，你们觉得如何？"

"我觉得可以每个月还五千元，分十个月还清。"老徐要求。

"五千元太多了，我现在手头拿不出来。可否先每个月还一千元？等我项目落地了，一次性都付给你。"老李讨价还价。

"要不这样，前期先每个月还一千元，后期有钱了，金额再慢慢提高，两年内付清；如果老李有钱了，可以提前一次性都付清。你们觉得如何？"最后，调解员老陶提出了一个折中的方案。

"可以！"

"同意！"

最后，双方握手言和，表示今后还要继续合作。

调解成功后，为保证调解协议效力，在陈艳菊法官的指导下，老李和老徐通过 ODR 在线申请了司法确认。

"这个软件还挺新奇的，就这么点几下就申请好了。"老徐感叹道。

"没想到这个平台挺方便的，我一开始还觉得应该很麻烦，没想到几分钟就申请好了，省得我们跑法院了。我之前在宁波还有一个案子，可不可以也通过这个平台申请调解？"老李也产生了极大兴趣，也对法官询问起了相关信息。

"当然可以，只要按照上面的提示提交材料，宁波那边的法院就会受理的，到时候还可以远程在线调解，一次也不用跑。"陈艳菊法官答复道。

随后，陈艳菊法官还对特邀调解员进行了 ODR 的指导和培训。

没想到调解也可以这么便捷，遇到问题能得到法官的及时解答，调解成功后还能在线申请司法确认，调解协议的效力更有保障，大家也更愿意到"微法庭"进行调解，调解效果也更好了。经过这次调解，老陶对"微法庭"有了更深的了解。

是啊，调解员对村里的情况比较了解，而且有一定的调解经验，但在法律知识上有所欠缺。通过上田村的"微法庭"，一方面，法官可以直接参与到纠纷的化解当中去，在法律知识和调解技能上进行指导，提升调解员的调解能力；另外一方面，法院在遇到村里的矛盾纠纷时，也可以邀请调解员参与到纠纷的化解当中去，充分发挥他们熟知乡情、了解村民的优势。

上田村的"微法庭"模式，一方面让村民的法治意识增强了，面对纠纷，大家更愿意坐下来心平气和地协商，或者通过法律途径解决问题。另一方面，村里的纠纷处理更高效了，处理矛盾更方便，打官司不用来回跑，在手机上用微信小程序就能处理。许多村民总觉得到法院打官司难为情，大家更愿意在手机上点几下就把事情处理掉。

而且这种调解有法律保障，调解成功后就进行司法确认，程序一次性到位。很多纠纷在村里就化解了，不用到法院起诉。

村民们通过"微法庭"就能联系到法官，觉得离法官更近了，非常方便。

另外，村里的普法宣传活动内容也更丰富了。除了发放宣传册、宣讲等形式以外，还可以通过"微法庭"选取典型案例进行庭审直播。法官和大学生们还时常到村民家里来"话家常"，帮大家排忧解难。

"微法庭"从 2018 年在上田村试点后，一年多以来，已发挥出了大作用：2018 年 9 月至 2019 年 8 月，上田村的诉讼案件数量下降为 15 件，调撤率跃升至 93.33%。像这样的"微法庭"，2020 年上半年在临安区已达到了 1000 家。

正像"微法庭"的标志所传达的：它本着"以和为贵"的思想，消弭处于萌芽阶段的矛盾，用智慧的方式和有效的沟通，追求"公开、公平、公信、公正"的目标，为老百姓提供更便捷高效的司法服务。我们看到，"微法庭"为乡村治理插上了"互联网+"的翅膀，推动专业力量下沉，打通了法官帮百姓说理、法律帮百姓评理的渠道，在乡村法治的源头，实现了"纠纷从哪里来，调解回哪里去"的目标。"微法庭"这一农村"三治融合"的创新，极大丰富了新时期的"枫桥经验"。

上田村的实践和创新，走出了一条自治、法治、德治"三治融合"的新路子。"上田做法"的根本在于，以法治强保障，以德治扬正气，以自治增活力，为农村社会治理制度创新贡献了智慧与力量，为美丽乡村建设提供可复制的标本和榜样。

尾　声　乡土变革时代

风从浙里来，风从乡村来。

行走在浙江生机勃发的乡村田野上，到处可见鲜花盛开，绿色铺陈；到处都是山清水秀，春意盎然。

一颗颗闪耀的珍珠，串联起散落在浙江大地的美丽乡村。它们万紫千红，如诗如画，点缀于浙江的青山绿水之中；它们宜居宜业，生态文明，成为社会主义新时代农村建设的典范。

多年来，浙江在"八八战略"指引下，协调推进平安浙江、法治浙江与新农村建设，尤其是在自治、法治、德治相结合的乡村治理体系中，走出了一条创新融合的新路径。如今的浙江乡村，一户一风景，村村有法宝，一大批乡村治理的经验做法，为推动农村安定有序发展、乡村全面振兴奠定了坚实的基础。

怎样加强农村基层基础工作，探索自治、法治、德治"三治融合"创新的有效途径，健全乡村治理体系？如何让"三治融合"在实践中不断完善，实现乡村的有效治理？这驱使我把目光投向广阔的农村大地，在变革的乡村寻找前沿的苗头现象，通过不同的典型案例，去解读浙江乡村治理的密码。

一

"三治融合"创新是乡村治理的新路径。

在写作《大国治村》的过程中，我一直在思考：作为一个有六十万个乡村，八亿农民的大国应该如何治村？我们欣喜地看到，中国基层的农民们不乏创新意识，他们的探索努力，为大国治村提出了新路径，回应了当下中国面临的诸多重大而迫切的乡村治理问题，并提出了解决这些问题的可行方案。

中国是一个典型的农业大国，中国社会是一个乡土社会。毛泽东同志说过，农民问题乃国民革命的中心问题。无论是初期革命还是建设改革，都是从农村发起的，改革开放和现代化建设也是从农村发轫的，广袤的农村土地为乡村变革提供了施展的舞台。邓小平同志曾强调："我们的改革和开放是从经济方面开始的，首先又是从农村开始的。为什么要从农村开始呢？因为农村人口占我国人口的百分之八十，农村不稳定，整个政治局势就不稳定，农民没有摆脱贫困，就是我国没有摆脱贫困。"[①]

习近平总书记在党的十九大报告中提出，实施乡村振兴战略，加强农村基层基础工作，健全自治、法治、德治相结合的乡村治理体系。

进入新时代，如何推动中国特色社会主义制度更加成熟、更加定型，为人民幸福安康、为社会和谐稳定、为国家长治久安提供一整套更完备、更稳定、更管用的制度体系，是摆在中国共产党面前的一项重大历史任务。党的十九大提出了国家治理现代化的时间表和路线图：到2035年，"各方面制度更加完善，国家治理体系和治理能力现代化基本实现"；到21世纪中叶，"实现国家治理体系和治理能力现代化"。

---

① 《邓小平文选》第三卷，人民出版社1993年版，第237页。

党的十九届五中全会对"十四五"时期经济社会发展目标和2035年远景目标，坚持和完善中国特色社会主义制度，推进国家治理体系和治理能力现代化作出了新的规划。

国家治理体系和治理能力现代化，离不开广大农村的治理。村庄是中国农村最基层的细胞，是县域、省域、国域治理中的一个重要的环节，如何现代化治村成为我们必须探讨和研究的问题。

"郡县治，天下安。"作为一个农业型大国，乡村社会在现代国家建构的过程中占据着重要位置，农村基层治理体制的变革也是国家规划性社会变迁的重要内容。追溯到清末新政肇始，农村基层治理百余年的实践，基层治理体制不断地变换，中国一直在探寻治理策略的选择和治理技术的创新，摸索乡村治理制度变革的一般规律。

县域治理在国家治理中占据举足轻重的位置，而乡村治理又是县域治理的末梢。但是，因为种种原因，在区域经济发展与社会治理上还存在着许多现实的问题和挑战。近年来，中国农村基层治理不乏创新之举，尤其是在自治、法治、德治"三治融合"创新方面，取得了显著成效。在深入采访中，我看到了几个典范式的村庄创造的乡村治理模式，为构建乡村治理的中国模式提供了可借鉴、复制和推广的重要经验。

"三治融合"创新正在形成一个新的治理格局。它充分发挥人民群众的主体性和创造性，实现了党的领导、人民当家做主、依法治理三者的有机统一，既顺利推进了农村法治化进程，又维护了乡村社会的稳定和谐。

"三治融合"创新成为一种充满柔性和韧性的治理力量。自治这种组织制度，它的成长既需要通过不断强化农民认同的合法性机制，培育和完善自我规则化机制，以形成制度化的社会自治能力。法治，是推进国家治理体系和治理能力现代化的必然要求，建立系统完备、科学规范、运行有效的制度体系，是依法治国的根本保证。大到一个国家，小到一个村庄，都是如此。德治历来为国人所推崇，在"三治融合"中重构乡土文化秩序，也一定会焕发出熠熠光芒，再现其"至德要道"的暖暖之意。

<h1 style="text-align:center">二</h1>

乡野调查能带给我们什么呢？

我在写作《大国治村》的过程中，把蹲点采访作为一次乡野调查，企图从中总结出一份关于农村治理的观察报告，也是一次从乡村微观角度探寻、解码"三治融合"创新的尝试。有一段时间，我在农家吃住，每次少则待三五天，多则住十多天，采访了上百名农村干部和普通百姓，感受当下农村的深刻变化，了解村民们的生活状况，甚至是他们的喜怒哀乐。改革开放以来，中国农村从"站起来"到"富起来"，从"强起来"到"美起来"，发生了翻天覆地的巨变。中国农民在经济富庶以后，更关注的是人的生活、人的精神追求，更关注的是乡村治理、乡村发展。

谈到基层社会治理，我还是想回过头来再谈谈费孝通的《乡土中国》。学者郑也夫在一篇文章中说："费的根据出自一个小时空，而《乡土中国》虽为小书，却意在概括一个大时空的特征。书名即可证明。乡土当为中国空间之大半；作者未设定时限，就是说他要概括漫长历史中延续、积淀成的乡土社会特征。内容更可证明：差序格局、礼治、无讼、长老、名实分离，均为大时空的乡土社会的特征之概括。不幸，20 世纪 30 年代江村的那个小时空中文字与教育的衰微，未必反映大时空的特征。"尽管时空飞跃，时代变革，但费孝通对研究乡土中国提出的许多的命题，今天仍有借鉴意义。他在 1936 年所写的《江村经济》是对某个村庄方方面面生活的事实勾画，时隔十年以后，他的《乡土中国》则是对传统社会秩序的融会贯通的理论思考。

弗思（Firth）是最早赏识《江村经济》的一位教授。他说："我想，社会人类学者可以做出最具价值的贡献或许依然就是这种微型社会学。"郑也夫用大象的某个局部和社会的某个局部作比拟。单纯从象牙、象尾，不可能认识大象。而文化在时间上先于每个在世的个体，从空间上传播到广阔的地域。文化的影响导致一个局部不能不在一定程度上反映总体，虽然子文化和小传统也决定不了局部，不可能完全地反映总体。他指出，关键在于如何把握共性与个性。他认为，因为对于体量巨大的事物难以把握深入的理解，几乎必然来自可以把握的局部，特别是在迄今为止大数据的威力还未全面释放的社会历史中。《乡土中国》的论述则是对社会总体的把握，整合出局部的共性，这使乡野调查得到了升华。

因此，我在创作《大国治村》的过程中，把武义县后陈村、永康市塘里村、东阳市花园村、杭州市淳安县下姜村和临安区上田村作为乡野调查的一个个点，深入采访这些村的历史、人文、传统和变迁，通过这些村的风貌，了解中国农村基层治理中的困境和现状。我把它作为微型社会学去调查、研究、认识，进一步理解中国农村社会当前基层治理新的不同的路径。

尽管，我所记录的这几个村庄和当年费孝通调查的江村一样，不能代表中国所有的农村，但它们确是乡土变革时代的典型，或者说类型、模式。中国许多农村的自然条件、社会结构和所具有的传统文化，都和这几个村基本相同，所以这几个村固然不能代表中国全部的农村，但不失为乡土变革时代的参照，可以为中国农村基层社会治理提供不同的路径。

武义县村务监督制度从一个小村的大胆创新，上升为国家法治的一项制度后，又形成浙江省级标准发布执行，最终使"后陈经验"成为一套可借鉴、可复制、可推广的经验、模式和标准，主要包括适用范围、组织建设、监督实施、效能评价等五个方面，对村务监督委员会的人员构成与基本要求、人员的产生与退出、场所与制度建设等进行明确界定，对监督内容、工作方式和履职保障等进行明确规范。标准详细阐述了村务决策监督的流程与要求、村务公开监督的流程与要求、村集体"三资"管理监督、村工程建设项目监督等方面。《村务监督工作规范》打好了基层治理的标准基础。武义县把"三治融合""最多跑一次"等向村级延伸，逐步铺开乡村治理标准体系建设。目前，已建立《村级公益性草坪生态公墓建设与管理规范》《农村集体资金支付非现金结算工作规范》等五个标准，开展标准体系运行评估，在全县域推广实施。为了推进标准有效实施，武义县配套出台《关于推进村务监督委员会规范化建设的实施意见》，让专业俗语变得接地气，提出二十条老百姓看得懂、干部做得到、实践好操作的标准。武义县计划在 2020 年底实现"两百四零"目标："两百"即村务公开规范率 100%，村务监督委员会规范率 100%；"四零"是指打造一批"四零"示范村，即农村党员干部行使公权力"零违纪"、村务事项"零上访"、工程建设"零投诉"、不合规支出"零入账"。

后陈村走出了一条法治之路，是这些朴实的农村干部和村民建立了全国第一个村务监督委员会，首先把权力关进了笼子，这种首创精神正是基层创新的例证。

"后陈经验"成为我国基层治理推进中的一项标准性创造。2004 年6 月 18 日，新中国第一个村务监督委员会在这里诞生。此后，"后陈经验"从"治村之计"逐步上升为"治国之策"，2010 年被写进《村民委员会组织法》，2017 年，中共中央办公厅、国务院办公厅联合印发建立健全村务监督委员会的指导意见，更是向全国推广这一做法，使其像春天盛开的蒲公英一样撒向全国。这以后，党中央在全国推行国家监察体制改革，为改革全面推行和制定国家监察法提供了实践支持。

东阳市花园村在振兴的道路上进行了大量创新实践，探索出一些有效经验和具体做法。从 1981 年创业开始，花园村强党建、兴产业、重生态、善治理、惠民生，实现了从小到大、从弱到强、从穷到富的华丽转变，走出一条创业富民的乡村振兴之路。

1978 年，花园村村民人均年收入仅为八十七元。一穷二白、一贫如洗、一无所有……用这些词来形容花园村，并没有任何夸张。当时的花园村缺水、缺地、缺资源，老百姓要靠农业发家致富显然是不可能的。

用什么路子才能走出贫穷落后的困境？邵钦祥认为，必须因地制宜，以工强村，走工业化道路。1981 年 5 月，他筹资一千五百元办起了家庭作坊蜡烛厂，在闪闪的烛光中，他看到了发展的希望。同年 10 月，他又创办了花园服装厂。他从试办工厂中寻找到增收的源泉，并一如既往地开拓创新，如今已发展成为产业多元化的花园集团。

十多年来，花园村演绎了"梅开二度"的九村并一村的传奇，使花园村版图迅速扩大。花园村作为中国名村，已经由传统意义上单一的村演变为一座富有现代气息的城。邵钦祥又在花园村开辟了独特的乡村治理探索之路，努力使现代城市管理方式与传统乡村治理方式相融合，构建和谐有序、绿色文明、创新包容、共建共享的幸福家园。

和东阳市花园村相比，永康市塘里村是一个只有三百多人口的小村庄，过去几乎与当年的花园村一样一穷二白，既无旅游资源，又无产业支撑。"白发愚夫"孙朝厅毛遂自荐当了村党支部书记，大刀阔斧进行村庄改造，没想到却连连受挫。孙朝厅依靠党员干部，建设美丽乡村，曾经群龙无首的村庄有了主心骨，多年悬而未决的矛盾问题迎刃而解，"脏乱差"的环境迅速得到改变，社会经济事业得以迅速发展，尤其是将德治融入美丽乡村建设之中，创造性地利用本村具有个性的历史文化传承，挖掘孙氏后裔孙权文化精神，使原本沉闷郁结的塘里村充满生机活力，变为浙江省美丽宜居示范村，村支书孙朝厅也成为闻名遐迩的治村导师。

下姜村是习近平同志在浙江工作期间的基层联系点，他曾多次到下姜村走访调研，为我国农村发展指明方向。于是，积贫积弱的下姜村在强劲春风的吹拂下，探索出了精准脱贫的"下姜模式"。尤其是，以下姜村为中心、涵盖邻近的枫树岭镇域二十八个行政村和大墅镇的四个行政村，建立了"千岛湖·大下姜"乡村振兴联合体，正在探索以下姜村为龙头、多村统筹协作的乡村振兴之路，为中国乡村治理模式提供了一种全新的路径。

上田村的潘曙龙是很有抱负的农村领导干部，他受命于危难之际，把贫穷落后的上田村改造成为社会主义新农村的榜样，创造性地建成了浙江省第一个农村文化礼堂，形成了"三治融合"的"上田做法"，被推向更多的乡村。"文武上田"仿佛插上腾飞的翅膀声名远播。

当我们对中国农村"三治融合"的创新治理作一个回望，尤其是对武义县后陈村、永康市塘里村、东阳市花园村以及杭州市淳安县下姜村、临安区上田村几个村庄进行深入剖析和总结时，可以看到社会主义新农村中农村基层干部群众在治村实践中的艰辛探索，可以看到农村民主政治和追求美好生活过程中散发的希望之光。

三

从乡村治理的创新，我们看到民间蕴藏的智慧和力量。

2019年6月5日，农业农村部公布了首批全国乡村治理典型案例，其中，象山县"村民说事"、桐乡市"自治、法治、德治融合"、宁海县"小微权力清单36条"三个案例来自浙江。

桐乡市的"自治、法治、德治融合"是孙景淼、林健东等著的《乡村振兴的浙江实践》中的一个重要案例。2013年，桐乡市创造性地运用"枫桥经验"的基本精神，坚持问题导向、满意导向，着眼防范化解基层社会矛盾的风险，牢牢把握提升自治能力、注重依法办事、打造崇善社会三个关键环节，率先试点探索自治、法治、德治相结合的基层社会治理模式，在乡村全面建立村规民约、百姓议事会和乡贤参事会以及百事服务团、道德评判团、法律服务团"一约两会三团"，形成了"大事一起干、好坏大家判、事事有人管"的乡村治理新格局。

桐乡市的"三治融合"创新，培育了乡村治理的多元主体，探索解决了"谁来治"和"怎么治"的问题；发挥了自治的基础作用，提升了基层社会治理的内生力；构建了"多元参与、协商共治"的城乡社区参与式自治模式，通过村民议事、小区协商、民主评议等形式参与协商，推动基层事务从"为民做主"到"由民做主"的转变。

浙江省委及时总结提炼嘉兴桐乡的做法，加大在全省全面推广"三治融合"基层社会治理模式的力度。2013年末，浙江省委十三届四次全会第一次提出"完善法治、强化德治、推进自治"的基层"三治"建设理念。2014年初，浙江省委政法委将健全"三治合一"的基层治理工作机制列为全省创新社会治理六大机制之一，并纳入"平安浙江"考核。2015年，在浙江省新一轮村规民约、社区公约修订中，"坚持法治、德治、自治相结合"成为全省三万多个行政村（社区）的共同条款。2015年6月，浙江省委在桐乡市召开全省创新基层社会治理现场会，重点部署"三治融合"基层社会治理模式的推广工作。2018年初，浙江省委把"三治融合"基层社会治理体系建设推广工程作为总结提升推广新时代"枫桥经验"六大工程之一，明确提出"五个进一步"的目标，即基层党建引领进一步强化、基层自治机制进一步完善、基层法治水平进一步提升、基层德治作用进一步发挥、基层善治目标进一步实现。

象山县的"村民说事"发起于2009年初，如今已经在浙江农村开花结果。正因为有了"村民说事"这一载体和平台，干部群众同坐一条板凳，心贴得更近了，村里的矛盾纠纷大大减少。"村民说事"经过十余年的发展，已经得到了进一步完善。许多地方将"村民说事"下沉到基层网格，上升到微信网络群，设立了"说事长廊""说事亭"等载体。

在"枫桥经验"发源地浙江，"枫桥经验"更是早已成为浙江乡村治理的重要法宝，它的核心内容是依靠发动群众，就地化解矛盾。半个多世纪过去，"枫桥经验"的内容更为丰富，从过去单纯的化解矛盾纠纷，维护社会治安稳定，拓展到乡村治理的方方面面，成为创新基层社会治理、促进社会平安和谐的有力武器。

宁海县的《村级小微权力清单36条》只是一本薄薄的小册子，却涵盖了村级重大决策、村级采购、村级集体资源和资产管理等村级公共管理事项方面的19条权力，以及村民宅基地申请、村民求助救灾款申请、计划生育服务等村级便民事项方面的17条权力，并且每一条都有详尽的一目了然的权力运行流程图。有了这份清单，便真正做到了"把权力关进制度的笼子里，让权力在阳光下运行"，而人民群众当家做主的权力也就落到了实处。

2019年岁末，我又关注到兰溪市的村务协商委员会和金华经济开发区的罗埠镇"互联网+基层社会治理"新模式。

2019年8月以来，兰溪市在村民议事会、说事堂、恳谈会等原有协商形式的基础上，积极探索民意收集更加广泛、民主协商更为有效的基层协商制度，建立村务协商委员会，并制定出台相应的实施意见和议事规则。根据制度设计，村务协商委员会是村级参事议事、建言献策，凝聚共识、统一思想的群众性协商组织。村务协商委员会一般由十至三十人组成，大家自愿参与、自愿协商。主任由村级党组织书记兼任，成员则由乡贤代表、网格员、村务协理员、老干部代表、优秀青年代表、致富能人代表、妇女代表等非村两委会成员担任。

遇事讨论、要事协商、难事帮忙，村务协商委员会不直接参与具体村务决策，也不干预村两委会日常工作，但他们会对村集体经济发展、村级工程建设等事关村庄发展的重要问题以及村民普遍关心的问题积极发声，并协助村两委会参与矛盾调解，维护社会稳定。

黄店镇王家村，是兰溪市最早试行村务协商委员会制度的村子。在推进美丽乡村示范村建设过程中，委员会成员挨家挨户征求美丽庭院建设意见，并开展协商讨论，对围墙建设材料、高度、款式等形成了较为统一的意见，提交给村党支部、村民代表大会研究决策。最终出炉的美丽庭院，得到了村民的一致好评。协商的过程也是宣传政策、凝聚共识、推进落实的过程。村务协商委员会不仅给村民们提供了一个发声的平台，也帮助村两委会听到更多的声音，使得决策更加科学全面。

金华经济开发区不断探索"三服务"新形式，罗埠镇创新搭建线上小程序——"罗小兴"网络服务平台，积极探索践行"互联网+基层社会治理"这一新兴综合治理服务模式，深化"最多跑一次"，向"零次跑"目标推进。

时任罗埠镇党委书记的吴雨澄认为，农村里很多事往往都是由小矛盾拖成大问题的，而有了"罗小兴"，老百姓坐在家中点点手机就能反映问题，而政府服务也从计划式服务转为点单式服务，从八小时干部转变为全天候在线干部。这就是"罗小兴"卡通形象风靡罗埠镇村的奥秘。

履不必同，期于适足；治不必同，期于利民。

随着"三治融合"创新在浙江大地生根、开花、结果，社会治理得到不断创新完善，涌现出越来越多各具特色的治理模式和样本。有效的社会治理、良好的社会秩序已然形成，人民群众的获得感、幸福感、安全感也因此更加充实，更有保障，更可持续。

我们应当及时总结乡村治理中涌现的新创造、新经验，使之发扬光大，为乡村治理提供多样化模式。

四

社会治理是一项系统工程。我们正处于一个乡村变革的新时代，治理乡村任重道远而又艰难复杂。自治、法治、德治融合创新为我们提供了广阔的发展空间，但我们同时也要看到当下中国仍有诸多重大而迫切的乡村治理问题。

我们应当探讨如何走一条乡村善治之路。自治、法治、德治"三治融合"是新时代农村基层社会治理的发展方向。因此，加强和创新乡村治理应当走符合中国实际的乡村善治之路。

首先，"三治融合"关键在于有一个坚强的战斗堡垒。这个堡垒就是农村基层党组织，它是党在农村全部工作和战斗力的基础，是"三治融合"创新的首要条件，是引领乡村振兴的主心骨。实施乡村振兴战略，完善"三治融合"创新，关键在党的基层组织，关键在农村基层党组织。而如何打造一支过硬的农村"领头雁"队伍，是农村基层组织建设中的重中之重。一个好的农村"领头雁"，能成为发展带头人、和谐引领人、群众贴心人，会给村民带来实惠和福音。而反之则可能会成为"害群之马"，祸害村民，让村民寝食难安，没有安全感、幸福感，这绝非危言耸听。因此，在"三治融合"创新中，必须始终如一地把加强农村"领头雁"队伍建设作为工作的重中之重，采取一系列有力举措，大力选拔一批政治意识强、亲百姓、能致富、善治理的基层组织带头人，把农村基层党组织建设成为积极宣传贯彻党的乡村振兴战略、领导团结动员农民推进乡村振兴的坚强战斗堡垒。

其次，要实现社会的广泛参与。社会参与的扩大及创新有助于构建复合治理的体系。桐乡采用"一约两会三团"制度，罗埠镇的"互联网+基层社会治理"模式，使治理主体由单一政府转为政府（社区服务）、村委会、辖区单位等多元主体，既加强了党的领导，完善了政府公共服务，又注重了社会参与，突出了居民自治。社会参与体现社会的力量，也要求社会力量得到积极扶持。我们应当看到，过去很多时候，在关乎民生的各项社会事务的决策上，群众参与的渠道并不顺畅，决策过程往往是自上而下、替民做主。因此，要在乡村治理中扩大公众参与度，健全以群众自治组织为主体、社会各方广泛参与的新型社区治理机制，逐步拓宽公共参与的渠道。随着经济社会的发展，民众教育水平的提高，民众的平等意识、参与意识不断觉醒。武义县后陈村建立全国第一个村务监督委员会就是民主意识觉醒的例证，这一制度较好地引导社会成员在法治轨道上主张权利，定分止争，努力使循法而行成为全体公民的自觉行为。

第三，要提供公平、可持续的公共服务。社会治理对现代公共服务提出的要求是公平、可持续，这也是社会治理创新的难点所在。目前，许多农村公共服务体系仍显薄弱，给农村治理带来了一定的难度。老百姓希望得到政府可持续的公共服务，有的治理创新虎头蛇尾，人走政息，并不能解决一些领域的体制性问题。人们对社会治理的认识还不到位，有的把社会治理等同于维护稳定，没有可持续的完善和支持。

最后，要强化德治的引领作用。通过生活礼俗的教化、乡规民约的约束，引导人们行为，规范社会秩序，平息矛盾纠纷，把基层社会治理建立在道德的高地上。如何让一项好的制度得到落实，也是乡村治理的一个难点。如何建立起公开、透明的常态化治理机制，实现权力运行全过程的民主？一些地方虽然有了很好的制度，但制度挂在墙上，锁在抽屉里，问题仍然很多。这就需要在乡村治理的过程中，实现村民自治在决策、执行和监督职能上的功能分化和权力制衡，提高乡村治理能力。桐乡市的村民议事会，兰溪市的村务协商委员会就较好地实现了村民议事会、协商会、村委会、监委会在决策、执行和监督方面的功能分化和权力制衡，避免职责错位、监督不力等问题，合理分工，各司其职，促进了乡村治理能力的提升。

农业农村部农村合作经济指导司司长张天佐认为，从自治、法治、德治相结合的乡村治理体系看，自治为法治和德治建设奠定组织基础，法治为自治和德治建设构建制度保障，德治为自治和法治建设提供价值支撑。通过深化自治、强化法治、实现德治，为乡村振兴提供有力的支撑。在他看来，自治、法治和德治在乡村治理中，尽管其着力点和作用不同，但并非各自为政，而是你中有我，我中有你，相辅相成，互为补充。面对复杂多样的乡村治理环境，决不能套用一个模子，而应该在吸收借鉴典型经验的基础上，从实际出发，因地制宜地创新，结合本地美丽乡村治理的方式方法，加强和提高乡村治理能力。

传统乡村在与现代经济的呼应中，不断自我蝶变与振兴，不断创新与发展，演绎出生动的乡村现代化故事，这正是我们作家所要关注的。

我们的时代是一个变革的时代，乡村是承载中国农村改革的大舞台。乡村治理的每一个创新都会烙下时代的印痕，我们热切期待有更多的创新、更好的发展。

明天的中国乡村会更美好。

后 记

党的十九大吹响了乡村振兴战略的号角。习近平总书记在党的十九大报告中指出："加强农村基层基础工作，健全自治、法治、德治相结合的乡村治理体系。"[1]

早在 2013 年 5 月，嘉兴在全国率先探索开展自治、法治、德治"三治融合"的基层社会治理模式。"三治融合"是对乡村治理体系的创新，已经在浙江得到了很好的实践。

在中国的基层治理中，基层创新造就了中国奇迹。而这，是我一直关注的课题。

前些年，我深入武义县后陈村采访，创作了《第三种权力》（又名《后陈村的权力樊笼》），先后发表在《北京文学》《中国报告文学》杂志，并被列入 2017 年中国报告文学优秀作品排行榜，获得了第七届徐迟报告文学奖、浙江省优秀文学作品奖。

这期间，我还深入东阳市花园村、永康市塘里村，以及杭州市淳安县下姜村、临安区上田村等村庄进行采访，找到了许多创作的灵感。

作为一名报告文学作家，要有一种家国情怀和责任担当。报告文学

---

[1] 习近平《决胜全面建成小康社会　夺取新时代中国特色社会主义伟大胜利——在中国共产党第十九次全国代表大会上的报告》，新华社 2017 年 10 月 27 日电。

是文学领域的轻骑兵，是最贴近时代和现实的一种文体，有着不可替代的巨大作用。如何更加广泛地关注社会转型期的复杂现实，把握当下社会的本质和热点、焦点问题，反映社会变革和历史面貌，是报告文学作家应该思考的问题。农村治理的创新和改革是一个大课题，虽然创新不断，但仍任重道远，很值得我们报告文学作家去关注、去书写。

以《乡土变革时代》为题的尾声部分，是我近年来对农村"三治融合"创新的一些粗浅思考，由于知识和水平有限，一定会有很多错漏之处，请各位读者批评指正。

在为写作《大国治村》而进行采访的过程中，我得到了杭州市委宣传部副部长应雪林，淳安县人大常委会副主任洪永鸿，淳安县委常委、宣传部部长汤燕君，淳安县委宣传部常务副部长余国富，临安区委常委、宣传部部长李赛文等的热情帮助，得到了金华市委宣传部副部长程建金，永康市人大常委会副主任、诗人章锦水，武义县委常委、宣传部部长童咏雷，花园集团党委副书记金光强等的全力支持；在写作过程中，得到了李炳银、李朝全、杨晓升、李春雷、李青松、朱晓军、师力斌等老师的关怀和指导；在本书出版过程中，更是得到了浙江文艺出版社两任社长郑重、虞文军，总编辑王晓乐，编辑冯静芳等老师的鼓励和鞭策；洪铁城、徐进科、古兰月、马跃真、何惠芳、桑洛、黄选、周江徽等人参与了采风创作活动，在此一并致谢。感恩伴随着我前行，文学的崇高激励着我做一些微薄的努力。

《大国治村》被列入国家出版基金项目、浙江文化艺术发展基金资助项目，给我极大的鼓舞和鞭策。最后，我要感谢我们的时代，是丰富多彩的乡村变革，使我们的写作呈现出一种光芒；我要感谢编辑老师和读者朋友，是你们和我一起分享，让我的思想插上了飞翔的翅膀。

李　英

2020 年秋于白溪湾

图书在版编目(CIP)数据

大国治村 / 李英著. —杭州：浙江文艺出版社，
2020.12
ISBN 978-7-5339-5991-3

Ⅰ.①大… Ⅱ.①李… Ⅲ.①报告文学—中国—当代
Ⅳ.①I25

中国版本图书馆 CIP 数据核字(2019)第 290733 号

策划统筹　王晓乐
责任编辑　冯静芳　朱　立
责任校对　许红梅
责任印制　张丽敏
装帧设计　吴　瑕

大国治村 DAGUO ZHI CUN

李英　著

出版发行　浙江文艺出版社
地　　址　杭州市体育场路347号
邮　　编　310006
电　　话　0571-85176953(总编办)
　　　　　0571-85152727(市场部)
制　　版　浙江新华图文制作有限公司
印　　刷　浙江新华数码印务有限公司
开　　本　710毫米×1000毫米　1/16
字　　数　295千字
印　　张　21.25
插　　页　2
版　　次　2020年12月第1版
印　　次　2020年12月第1次印刷
书　　号　ISBN 978-7-5339-5991-3
定　　价　58.00元